Love
deeply
shallow
said

，

深深的爱
浅浅的说

高瑞沣 著

作家出版社

图书在版编目（CIP）数据

深深的爱，浅浅的说 / 高瑞沣 著.—北京：作家出版社，2015.9

ISBN 978-7-5063-8354-7

Ⅰ．①深… Ⅱ．①高… Ⅲ．①长篇小说-中国-当代 Ⅳ．①I247.5

中国版本图书馆CIP数据核字（2015）第236362号

深深的爱，浅浅的说

作　　者：高瑞沣
责任编辑：丁文梅
装帧设计：小　贾
出 品 方：北京中作华文数字传媒股份有限公司
出版发行：作家出版社
社　　址：北京农展馆南里10号　　　邮　　编：100125
电话传真：86-10-65930756 （出版发行部）
　　　　　86-10-65004079 （总编室）
　　　　　86-10-65015116 （邮购部）
E-mail:zuojia@zuojia.net.cn
http://www.haozuojia.com （作家在线）
印　　刷：三河市北燕印装有限公司
成品尺寸：142×210
字　　数：210千
印　　张：9.5
版　　次：2016年3月第1版
印　　次：2016年3月第1次印刷
I S B N　978-7-5063-8354-7
定　　价：29.80元

目 录

C O N T E N T S

楔｜子

林深深已经很多年没有再想起过孪生妹妹郭浅浅了，直到那天她在Wichita花园看到一株并蒂莲。

她久久伫立在水生植物馆前，她身后有两千八百平方尺的蝴蝶室，面前有三千繁花，但她的目光始终没有离开过那株并蒂莲。

她活了小半生，那天她才知道原来双生花—蒂双花，两个花朵亲密无间，却始终朝相反的两个方向开放——

这么近，那么远，多像她和郭浅浅。

她一向不是个宿命论者，却在那一刻，为双生花在一枝梗子上互相爱，却也互相争夺的宿命黯然神伤了很久，很久。

从堪萨斯州回到曼哈顿，林深深收到一份令人绝望的体检报告，和一个比那份报告更让她绝望的消息——同她青马竹马的丈夫顾泽诺，跟他的外国女助理的关系，已经热烈发展到，在光天化日之下愉快地去酒店开房了。

私家侦探给出的捉奸地点是曼哈顿中心的索菲特酒店——看到这个地址，林深深觉得很讽刺，那是她和顾泽诺办婚礼喜宴的地方。

开车去索菲特酒店应该不超过十五分钟,她却开了整整一个多小时。

一路上林深深都敞开车窗,风把她的长发吹得老高。顾泽诺喜欢她长发,她是知道的。尽管他从来也没有说过,但她仍然知道。所以,她的长发就一直这么留着,养着,直到齐腰,她才舍得剪一剪分叉的发丝末梢。而此时,在长发被风肆意扬起的时候,不知道为什么,她居然会想起多年前,顾泽诺第一次吻她的场景。

彼时,她已经有了一头长发,他们坐在小区里那棵苹果树下咬着冰棍,林深深吃得满嘴都是,比她大三岁的顾泽诺一手把她的长发绾在耳后,一手含蓄地为她擦嘴,慢慢地,他的手突然就变成了越来越近的他的脸,然后脸又变成了他的嘴巴……

后来上大学时,寝室里几个女生相互八卦起大家初吻的年纪,林深深说自己十二岁,她们怎么都不相信,她们觉得中国女孩不可能那么开放。在她十分肯定及确定的情况下,她们才勉为其难地表示,小孩过家家的那不能算,必须得是深吻,深到伸出了舌头,口水混在一起,还要勾到嗓子眼。

那个吻,到底深到什么程度,现在林深深实在是想不起来。但她总觉得应该挺深的,因为当时顾泽诺吻她,直吻到她喘不过气来才罢休。她甚至还怀疑这个吻会导致自己怀孕,惶惶不安了整整一个月。而就在这种惶惶不安当中,她居然就那么顺理成章地和他走上了共行的岁月:十二岁接吻,十五岁分开,他来了美国。而三个月后,她居然又追了过来。十七岁的她刚上大学,他却已经上了班,还进了顾氏的家族企业,专责打理海外市场。

二十岁的她,毕业后在他的公司做他的助理;二十二岁,他们结婚,婚后她坚决不再做他的助理,离职开了家别致的花店。

楔子

她的花店里有上百个品种的花，她将闲暇时光都消磨在了这些花儿上。而在她之后，他换过的助理超过十多个。她从不管他的事，他也终日忙碌，两个人的话题越来越少，所以日渐生了隔阂。但林深深怎么也不会想到，她二十五岁这年，也就是认识顾泽诺的第十四年，与他接吻的第十二年，成为他老婆后的第三年后的这年，她会在这个阳光明媚的午后，带着自己的姨妈，穿着顾泽诺买给她的，那套昂贵的香奈儿高级定制套装，化着大浓妆，拿着BV的铂金包和佳能的最新款DV机，轰轰烈烈地前去捉奸。

顾泽诺和他这位新助理的事情，对林深深来说，早就已经不算是什么秘密了。那个刚刚毕业的女孩有着跟她一样漂亮的长发，还有她没有的金发碧眼和五官深邃。彼时，顾泽诺在看这位新助理的简历时，指着她的照片开玩笑地说："你看这个人感觉多像你读书时候的样子！也许你们上辈子就是姐妹！"

当时的林深深正在打理窗边的一簇忘忧草，心湖稍微荡漾了一下，但她只是轻描淡写地抬头瞄了一眼，便回答道："哪儿像？我肯定比她漂亮很多。"

一张东方面孔和一张西方面孔，顾泽诺居然会说相像，难道容貌真的可以不分国界？或者说，他眼中的她早已模糊了。现在的他，记得的只是她那些程式化的标志，比如长发、微笑和学生时期洁白的裙子。后来，这位姑娘真的成了顾泽诺的助理，再后来，她成了自林深深以后唯一一个真正通过了试用期的顾泽诺的助理。

这个姑娘叫乔安娜。虽然林深深不在公司工作，但她总能从前同事嘴里听到一些风言风语。她通通都不信，可这世界上有许多事，不是你不信就不会发生的。乔安娜在升为顾泽诺的正式助理以后，终于出现在了她家。

那是三个月前的一天，刚从瑞士订完花种回家的林深深，疲惫地敲响自家大门，但来给她开门的却不是顾泽诺。开门的是乔安娜，她穿着她的拖鞋，系着她的围裙，手拿着她家里最漂亮的那个马克杯，杯子里装着温热的牛奶。她一副自己就是女主人的样子，而发烧的顾泽诺躺在床上。

林深深没有在乔安娜脸上发现任何不自然或者尴尬的表情，她还笑眯眯地喊她："姐姐，您就是顾太太吧？您怎么才回来呀？您看，顾总生病了，我正在这照顾他呢？顾总好可怜哦！发烧发到38度8，这是高烧，高烧很严重的您知道吗？人体的温度是37度左右，他这都超出两度了！如果体温太高很容易造成脑部受损及脱水，是会有生命危险的！"

她还没说话，乔安娜就已经说了这么一大堆。

林深深怔了片刻，嘴角缓缓上翘，露出一个微笑。她没有生气，没有骂人，很平静地进门，换了套大牌性感内衣，毫不避讳地，优雅地站到乔安娜的面前。

她端了杯咖啡，就那么站在卧室门口，以女主人的姿态像指挥佣人一样指挥着乔安娜照顾生病的顾泽诺：帮他把枕头垫高一；把被子掖一掖；给他拧把湿毛巾吧；顺便再烧壶开水……

末了，她还亲自教她为顾泽诺煮了碗中国的红糖姜汤。

那碗姜汤，乔安娜煮了四次，不是红糖太多就是火太大糊了锅。最终，乔安娜识趣地告辞了。

那天以后，"乔安娜跟顾泽诺到底有没有一腿"这颗怀疑的种子，在她心里生根发芽，疯狂蔓延。

知晓她一切心事的姨妈为她出了主意："你要拿不准，我帮你找私家侦探查查。顺道的事情而已，因为我的老公也正在接受我的调查。深深，有些事情总要勇敢去面对。调查出真相，离婚的时候，形势才会对你更有利。"

　　这个林深深又怎么会不懂？

　　可是人都没有了，就算拿到很多钱，她又真的会快乐吗？

　　但她的理智终究没有战胜自己的猜疑，她接受了姨妈的帮助。那个私家侦探倒是也不含糊，还真的提供了不少证据。林深深已经看过无数乔安娜和顾泽诺亲密无间的照片，但今天不同，这是他们三个月以来的第一次开房。而开房预示着什么？是个人都清楚。

　　无论林深深多不想面对现实，车子还是将她带到了索菲特酒店。

　　下车时，林深深忽然自然而然地抬起头，此时，阳光明媚得能晃花人的眼，她眯着眼睛轻轻地笑了笑："也好，从哪里开始就在哪里结束……也算是有始有终了。"

　　她话音刚落，一个一身黑客帝国范儿的私家侦探凑了过来，告诉她们房间号后拿走了好几百美元。他笑嘻嘻地用英语说："合作愉快。"

　　姨妈用中文骂道："死洋鬼子，臭老外。这种事儿能愉快得起来吗？"

　　她们一起坐电梯到了二十二层，第二零一八号房间就是她们的目的地。夕阳照进酒店的走廊，林深深在那片浓郁的金黄色中想起顾泽诺的脸，突然，就又有些进退两难，最后还是姨妈果断把她拉到那间客房门前。

　　姨妈很快举起了DV机，进入录像模式，然后轻声催促道："敲啊，等什么？我都准备好了，你赶紧的。"

林深深愣了足足一两分钟，眼看姨妈就要像泼妇一般一头撞向那木质房门的时候，她一把抱住她，赶在自己眼泪掉下来之前把姨妈拽回到电梯里。

电梯门"叮"的一声关闭，林深深泪流满面。

电梯从二十二楼开始降落，降到十八层时，她用力发出最后一声哽咽；降到十二层时她用纸巾把脸擦干净；降到八层时她面无表情；降到三层时，林深深从容地对着姨妈嫣然一笑。

她们像什么都没有发生过一样，从酒店大堂穿行而过。在

酒店楼下的花园里，姨妈气急败坏地喋喋不休："你怕什么？愧对你的是他顾泽诺！你跟他认识十四年了，你十二岁就开始跟他谈恋爱，说句不好听的，你们要早熟点，现在孩子都已经可以打酱油了，是他对不起你，而不是你对不起他。你怕什么？你一向不是挺硬气的吗？"

"别说了，可不可以？"林深深甚至想捂住自己的耳朵。

"不可以，凭什么不说？我偏要说。"姨妈抱着肩膀好像在中国的菜市里骂街，"这世上好男人多得是，你干吗非要在一棵树上吊死？还是你就甘心忍受他这么对你？"

望着姨妈咄咄逼人的扭曲面孔，林深深忍不住冲她吼道："我就甘心了怎么着？你和姨夫要离了，你就见不得别人比你过得好是不是？你希望所有人都离婚，所有人都过得比你还要不幸福是不是？你早已经是半老徐娘，你还以为你跟十几年前一样年轻漂亮？我告诉你，你错了。你全错了。姨夫没有你，转脸就可以去找个年轻漂亮的小姑娘，男人四十一枝花，女人过了三十就是烂茶渣了，我告诉你……"

她的话还没有说完，气得发抖的姨妈一巴掌打到了她脸上。这一巴掌，让她整个人在混沌了这些年后，突然清醒了过来。

可是，林深深越清醒越不明白，她曾经幻想的洁白如象牙塔顶一

样的生活，为什么会在时光飞逝之后变得如此猥琐肮脏。

也许因为她的灵魂早就不洁白了。

林深深曾和顾泽诺看过一部名叫《伤城》的电影，电影很阴沉晦涩，顾泽诺看了一会儿就靠在她肩头沉沉睡去。

她独自一人看完了那部电影。

出片尾曲时，顾泽诺在她剧烈的颤抖中醒来，他茫然地替她擦去眼泪，近乎骇然地问："怎么哭成这样？"

她好不容易止住抽泣，仰面问他："你知道吗，每个人心中都有一座伤城，没有知道它里面埋藏着多少秘密。"

那是她唯一一次想和他说出她心底所有的秘密：

比如，她的父母被一场火灾带走，所有人都以为那是个意外，只有她知道真相不是那样。又比如，连他都不知道，她其实有一个她长得一模一样的妹妹。但那场火灾后，抛弃了她。她居然可以那么从容地在火灾后离开故地，离开自己在这个世界上，留下的，活下的，唯一的，最亲的亲人……

然而面对着那样凄惶的她，顾泽诺只是打了个哈欠说："以后少看这种文艺片。看完人都神经质了。"

也是，像他那样一个顺风顺水，世界里都是阳光的人，要如何去理解一个痛苦游移的阴暗灵魂？

她垂下眼帘，将还未说出口的话咽回去，从此向他关上了那座"伤城"的大门。

第二章

别总把悲伤挂在口上，每个人都有自己的秘密；

也别总是对他人要求太多，

不要让那些真正对你好的人，慢慢从你的生活中消失。

因为无论爱情还是友情、亲情，都需要用心经营。

【一】

"林深深，你以后跪着求我，我都不管你，是你自己犯贱。"

姨妈丢在最后这句话就走了，她是哭着离开的，连妆花了都不再补了。

林深深独自窝在车子的驾驶座里，她透过挡风玻璃看着酒店的门口，她在等顾泽诺的身影出现。

他带着乔安娜出来的时候，都已经是晚上八点多钟了。城市的街头，早已亮起了万千灯火。

见他们出来，林深深就拿起手机给顾泽诺拨了个电话。远远地，她见他很快接了起来，他用他惯常的口吻："有什么事吗？"

林深深轻轻道："今天姨妈说准备和姨夫离婚了，而我们还在一起，是不是应该庆祝一下？"

顾泽诺吸了口气："你有病吧？"

她笑了："是的，我真的有病，那么药在你那里吗？我来找你吃药？"

他似乎有了些担忧，所以马上说："你现在在哪里，我来找你？"

"回家吧，我给你一个小时的时间，不能早，也不能晚。就这样。"而她不等他再说话，就很快挂断了电话，然后一个人缩在车子里大哭，她突然很害怕一个人面对一切。

在哭够了以后，她才开着车子离开索菲特酒店。她去了家附近的超市，买了些蔬菜、鸡蛋以及牛肉。

她回家炒了几个家常的小菜，等西红柿鸡蛋出锅以后，一个小时到了。顾泽诺却还没有回来，林深深打电话过去的时候，接电话的不是他而是乔安娜。

乔安娜这次很客气地称呼林深深为顾太太，她告诉她："我们刚刚加了油，顾总去刷卡了。"

她便问："你们还有多久过来？"

乔安娜声音透露出她的尴尬："我就不过来了，顾总说，他马上送我回家。"

"干吗不过来？来吧，我邀请你来。我做了很多中国菜，我想你会喜欢的。就这样吧，我等你们。"不等乔安娜再说话，她便挂了电话。

大约又过了一个小时，他们终于到了家。顾泽诺刚进门，林深深一眼就发现，他身上穿的蓝色西服是自己上个星期才为他挑的。领带是她送他的生日礼物，皮鞋是结婚纪念日送的，就连他房门钥匙上的水晶钥匙扣也跟她的是一对的。他就这么带着一身她的印记，然后去跟别的姑娘约会，林深深想想都觉得真是可笑，太可笑了。

看到满桌的菜，顾泽诺居然难得地很高兴，但是吃饭前，他去了趟厕所。林深深见怪不怪，这么多年了，他喜欢在吃饭前去厕所蹲一蹲的习惯一直都没有改。

他刚离开，林深深就主动问乔安娜："你们在一起多久了？"

她看着她，很惊讶："我？我们……"

"不用解释，我明白的！"林深深不等她说完就打断她，"男男女女，年纪轻轻，干柴烈火的，这都是常有的事情。在哪个国家都一样。况且我跟顾泽诺在一起太多年了，早没了激情了，不管有没有你，我想我们迟早都是得完蛋的。"

"顾太太，你真的会跟顾总离婚吗？"乔安娜突然问。

自己真的会和顾泽诺离婚吗？

林深深也在问自己，她想起自己第一次面临离婚这个问题也是在十五岁，那年顾泽诺走了还没有两个月，她的姨妈就找了个老外，也要去美国了。于是，姨妈就必须跟她现任的老公尽快办完离婚手续。曾经相爱的夫妻因为财产的问题闹得不可开交，第一任姨夫说姨妈太心狠，票子、房子、车子，每样都不肯放手。姨妈却说，她也是有付出的，至少是几年的青春，一个女人能有多少年青春？所以该她的一分一毫都必须争取。

顾泽诺重回餐桌的时候，林深深与乔安娜正说到他们财产分割的问题。

他坐下来便问："你们都在说些什么？"

林深深便边往他碗里给他夹菜，边向他和盘托出道："说你有多少钱，占公司多少股份，还买了多少股票，你爸爸留下的基金每年能分给你多少钱，你妈妈过年过节送的黄金珠宝首饰价值几何……"

顾泽诺火了："林深深，你神经病是不是？"

乔安娜看他发了火，貌似很得意，她赶紧拉住他说："顾总，既然顾太太那么想离婚，你就答应了吧，感情的事不能勉强。"

"Shut up！"她煽风点火的话还没说完，就被林深深和顾泽诺异口同声打断了。

林深深本就不是个矫情的人，她知道自己对不起顾泽诺在先，那么现在他要如何报复也没有关系。不过，她却做不了那么大度，和他一样既往不咎。所以在顾泽诺和乔安娜回家之前，她就已经想好了所有应该说的话，她要先跟他说离婚，她不能让他把她抛弃了，必须是自己先不要他的。

可是她还没有开口，顾泽诺就说："深深，咱们要个孩子吧。"

"孩子"……这两个字让林深深下意识摸着自己的肚子，她想起那份体检报告，哀恸得说不出一句话。

见她那副表情，反倒是乔安娜含着满眼的泪说："顾太太，顾总是真心爱你的。今天我骗他去酒店的房间，也是因为我喜欢他，我不知道我哪里不如你。可顾总跟我说了一下午你们小时候的事，说你们在一起很多年，说你们之间的感情不是我能懂的，劝我不要费心在他的身上。那时候我就明白了，你们，我是拆不散的。其实上次顾总生病，你往家里打的电话，我都没有告诉他，就连刚刚你说你想离婚，我劝你们离也是因为我自己有私心。可是现在我明白了，不管我干什么，顾泽诺爱的终究都是你，只有你。我又干吗让自己活得如此狼狈？"这话说完，乔安娜就起身告辞了，她说，"你做的中国菜真的很好吃，多谢你了，顾太太。另外，我还要告诉你，如果我是你，就算顾泽诺真的出了轨，我也会把他从别人那里给夺回来。不为别的，就为你们在一起的这十几年，人生能有多少个十几年能再让你们去遇见另外一个彼此？"

是呀，人生能有多少个十几年能让自己再一次去遇见另外一个彼此？

林深深当着顾泽诺的面放声大哭，她本以为随着成长，她早已经把一切都丢了，却没有想到顾泽诺居然一直守在她身后，把她丢掉的一切都捡起来收好，然后在她以为自己一无所有的时候，把一切通通还给她。

随她怎样大哭顾泽诺也并不理会，只是埋头，风卷残云般吃掉她为他做的饭菜。吃完以后，他擦擦嘴，说："累了吗？累了就上楼去睡觉吧。"

林深深点点头，她实在是哭得有些累了，所以就任由顾泽诺背着她上了楼。她把头埋在他的颈间，闻着他身上多年不变的柠檬香皂的味道。

那份体检报告慢慢浮现在她的脑海里，有一种锥心刺骨的疼痛，在周身蔓延开来。她咬着牙，声音从齿缝里轻轻漏出来似的："我想我们还是离婚吧，我只想跟你离婚，我不想给你生孩子。"

顾泽诺没有说话，直到把她放在床上，才脸色铁青地问："这到底是为什么？你今天还没有发够疯？你还是不相信我？"

她看着他轻笑，仔细端详着她熟悉的他的脸："我很清醒，也知道自己正在说什么，不是我不相信你，而是我变心了，理由就这么简单。"

"好，说得好，你变心了？你变心的对象是谁？你告诉我？"

该怎么回答他呢？林深深低头，不敢去看他的眼睛，然后"唐鸣洪"这个名字，就从悠远的记忆里被拽了出来："我相信，你应该还记得他。"

"怎么突然就……"顾泽诺当然不会这么轻易相信，他知道，她也许还在跟自己闹脾气。他还没说完，林深深就连忙说："因为你对我不好。"

顾泽诺哭笑不得："我对你不好？我……"

然后他的话就又一次被她打断。

"在经济上你并没有苛待我，但是我现在觉得我错了。我跟你在一起并不幸福，你身边有那么多女人对你虎视眈眈，你条件太好了，你陪我的时间太少了，我没有半点儿安全感。我发现，原来平平淡淡才是真，我真的不应该跟你来美国，放弃家人，放弃朋友，还有放弃唐鸣洪。"

"所以，你是想告诉我，你现在才发现跟我结婚错了？你现在才发现原来你当初并不该选择我？"顾泽诺叹了口气。

林深深今天到底是怎么了？他想不明白。

"反正我现在就是不想继续跟你在一起了，我要离婚，我就是要离婚。"她冲他吼，解释既然没用，那还不如撒泼耍赖，反正，这本就应该是女人应有的任性。

顾泽诺怒极反笑了："我答应你，不过你也要答应我，我们的婚姻还需要维持半年以上。因为根据我父亲留下的遗嘱规定，我需要在婚后三年才能完全掌握公司的股权。并且下个月，我们都需要回国一趟。"

"你说什么？"她抬头看着她，原来他的犹豫、不舍，是有这个原因的。看来，他说的话，今天做的事，这一切的一切都是有原因的。自己怎么这么傻？林深深突然觉得这个世界是这么现实和可怕，她仔细盯着他："你做这么多？到底是因为爱我，还是因为在这三年之内，你不容我们的婚姻有失？"

顾泽诺想也没想很肯定地说："我爱你。"

正是因为他连丝毫考虑也没有，林深深反而生气得快抓了狂，她捏着拳笑道："你不去拿影帝真的都可惜了！那个乔安娜是你找来的配角吧？演得也相当不错！"

"从什么时候开始，你偏要把人往最坏处想？你真的变了好多。"

"我变没有变，我自己知道，你不用把这个作为你的借口。"

"好，很好。那你说吧，你要我怎么样才不跟我离婚？"

"果然，你费尽心思，不就是不想我现在跟你闹离婚吗？"

"你要这么想，我没有办法。"他直起身子，低低看着她，"你说吧，你到底想要怎样？"

"我答应你。现在不离婚。"林深深点点头，"不过，我想知道我这么做会有什么好处？"

顾泽诺深吸一口气，叹道："你想要多少，可以开个价码。"

"我累了，想休息一下，让我好好想一想，好好算一算，明天再告诉你。我不会就这么轻易放过你的。我姨妈说得不错，青春无价，该我的，我一分都不会放弃。"林深深仰身躺到了床上，她觉得自己浑身一点儿力气都没有了，"你给我出去，睡你的书房！"她枕着枕头闭上眼睛，她侧身不让他看见自己的脸，因为她的眼泪已经从眼角源源不断地流了下来。她想，不过这样也好，她还有时间可以留在他身边，去做自己想做的事。

那天以后，林深深和顾泽诺没有再说过话，不管是刻意还是故意，两个人只要见面都是绷着脸的。

僵持几天之后，顾泽诺先她一步回国。她收拾好自己在国外这些年积的东西，该封存的封存，该送人的送人

闲暇的空当，她犹如得了初老症，总是无端端陷入对往昔的追忆。

如果时光允许，林深深多想回到小时候，那时候，姨妈是整个家属院里最美丽的姑娘；顾泽诺家底殷实，学习成绩好，是真正的高富帅；唐鸣洪是男生里篮球打得最好的；而妹妹郭浅浅总是喜欢跑来她的床上跟她一起睡，她明明有自己的房间、自己的床……

那些都是极美好的，却又都是回不去的……

【二】

林深深经常想起那个夏天，自己刚刚年满十五岁的夏天。

那年，顾泽诺高三，她高一。顾泽诺比林深深大三岁，却只比她高两个年级。

那时候，顾泽诺每天早上都会站在她家的楼下，高声喊着她的名字。然后她很快从一个窗口探出小小的脑袋来回答他："等一下，马上，三分钟！"

但是他通常会等她五分钟以上，因为他并不知道，林深深和郭浅浅，这对同卵双胞胎姐妹会因为分不清她们各自的衣服鞋袜而纠结很久。

为了省事，又为了让两姐妹从小就同沐公平的慈爱，她们父母给她们的所有配置都是一模一样的。当然，不管是谁先做好出门的准备，第一个出门的一定是林深深，这是她们之间的约定：林深深的男朋友会在门口等她，她一定要先出去。她还是有私心的，妹妹不能和自己同时出现。

"林深深，你再不出来我就不等你了，天天磨磨蹭蹭的。"顾泽诺嘴上虽这么说，却从来也没有一次不等她的。

"少废话，想载我的人多得是。"她说得没错，因为除了顾泽诺，她还有唐鸣洪，她的另外一个男朋友。她记得他们开始于一场球赛，那天，她因无聊坐在学校操场边看了场球赛，她一眼就看见一身白色球衣的唐鸣洪在阳光下肆意奔跑，那么阳光和健康。他篮球打得真好，特别是那个带球上篮的动作，简直帅死了。中场休息的时候，她给他递上了手巾和一瓶水，用会说话的眼睛递上了几分情意。她以为他会记住她，然而球赛结束，深深看着无数女生朝他跑去，而他竟然不拒绝任何一个人的拥抱，快乐布满了脸庞。她失落地离去，然而却在半路被骑着单车的他拦住……

当然，除了她自己之外，只有妹妹郭浅浅知道她同时交往两个男生的秘密。

"就凭你？"顾泽诺一边唠叨，一边用脚支撑着地，等着她猛跳上来，他笑着继续道，"你以为你是你那个漂亮的小姨？就你压坏我多少条后车带子了，你说吧？"

林深深只一跳便跳到他的自行车后座上，可见这功夫不是几天就可以练成的。他的自行车原本是专业的赛车，并没有后车座，顾泽诺却非要为她专门安一个，白瞎了一辆赛车原本美观的流线车型。

他们出发以后，林深深会趁他背对着自己的时候，掏出唐鸣洪写给自己的情书，然后坐在顾泽诺的自行车后座上看完。看完后，她立刻就毁尸灭迹地撕碎丢到了风里去，纸片如雪花般在半空中飞舞，蔚为好看。而顾泽诺却只知道在前面皱着眉大声嚷嚷："不要乱扔纸屑。"

林深深便微笑着得意地反驳他："这哪里是纸屑，分明是一片片碎了的心啊。"

被无数男孩子捧在手心里，被很多很多人爱，估计许多女孩子都喜欢这样的感觉，林深深也不例外。她知道她和唐鸣洪不合适，根本就不应该开始，从一开始就知道。论家世、地位，唐鸣洪差顾泽诺不是一星半点儿了。但他偏偏那么英俊挺拔、阳光健康，所以就算她已经有了英明神武的顾泽诺，还是忍不住要贪心一下。

借用只比她大了十岁的姨妈的话说：

你可以拒绝死心塌地爱上别人，却不能拒绝别人对你无欲无求的爱。

说真的，林深深很喜欢这个姨妈，姨妈有漆黑的长发和粉红的唇，身上总是香喷喷的，还总是有那么多好看的裙子和高跟鞋，所以，她有时间就会去找她。大概因为她们都有美丽容颜的缘故，她们的关系格外的好，不像长辈与后辈，更像是姐妹。

林深深从小就看见姨妈跟各式各样的优秀男人约会，也看见她为约会不同的男人变换不同的发型和妆容。她会告诉林深深："千万不要因为一棵树而放弃整片森林，女人要懂得待价而沽。"

即使这样，林深深也能看出，她有时候也会分身乏术。在不得不做出抉择的时候，姨妈就会说："选定了就不要回头，不管错对，迟早也都必须在一棵树上吊死，这是女人的宿命。不过可惜的是，我们却不能放火烧了其余那片森林，让其他女人没得吊。"说着她还会叹气，"如果我也和你一样，有个和你长得一模一样的姐妹就好了。那我就真的可以再迟几年结婚，我可以同时和几个男人约会，也不会穿帮的。"

的确，姨妈说得没错，她做不到的，林深深却可以做到。她有郭浅浅，她可以游刃有余地周旋在顾泽诺和唐鸣洪的身旁。每当她分身乏术的时候，她就会让郭浅浅扮成她去应付唐鸣洪。而贿赂郭浅浅的办法何其简单，几滴眼泪和甜言蜜语，外加上洋娃娃、漫画书或者是某颗好吃的糖果。

为了避免穿帮，又为了保持神秘感，她一直不肯告诉唐鸣洪她的姓名。

那段时间，她快乐极了，同时和两个优秀的少年约会，穿梭在不同的爱情场景中，这既甜蜜又危险的刺激感觉，让她时刻都很满足。

她以为一切都在她的掌控之中，然而变故来得那么猝不及防。

那天，顾泽诺买了两张电影票，他却临时没有时间去。林深深回家想找郭浅浅一起去看，刚进小区的门就看见郭浅浅和唐鸣洪的身影一闪而过。她紧跟着过去，正好看见在花坛边的石凳上，唐鸣洪很深情地吻着郭浅浅的脸。

看过无数烂俗的言情小说的林深深第一次发觉，原来人生确实处处有狗血，并且还真让她遇上了。她是让郭浅浅冒充自己去跟唐鸣洪约会过，但是，她并没有让她和他那么亲热，更何况，他还吻了她！而他吻她的时候，眼神是那样的温柔！

　　林深深很生气，她紧紧攥着电影票转身离开了。她一个人在街上晃荡了很久，电影票被她攥在手里皱得不成样子。直到这部电影放映结束，她也没有去看。

　　回到家，她什么都没有说就上了床，用被子盖着自己的脸。刚刚发生的那一幕对她触动很大，"背叛、出卖、抓狂"等等词汇加在一起都不能诠释她的思潮涌动。失眠到半夜，她起来去厕所打电话给顾泽诺，她骗他说："我有一个很要好的朋友失恋了。"

　　顾泽诺却好似很有经验，很老成："深深，恋爱这事儿就是这样，从来都是好来好散，如果非要拼个你死我活、玉碎瓦全，对谁都没有好处。"

　　"那你会因为喜欢上别人而跟我分手吗？"她的手握紧子母电话机的话筒。

　　"不会。"顾泽诺回答得很快。

　　"那，如果那个人比我更漂亮、更好看呢？"她又问。

　　他叹口气："就算她是个天仙我也不会，我就喜欢你这样的。"

　　林深深心中更加不安："那如果，那个人跟我一模一样呢？"

　　顾泽诺便温柔地说："怎么可能，你是我独一无二的。"

　　她连忙抢白道："我是说，如果！"

　　他就笑了，不过语气却是十分认真的："有位哲人不是说过，世界上没有两片相同的树叶，所以也就更不可能有完全相同的两个人。别多想了，我答应你，这辈子我都不会跟你说'分手'两个字。放心睡吧，这都一点多了。"

现在回头想想，林深深发现顾泽诺确实从没有主动跟她提出过分手：哪怕彼此吵得面红耳赤；哪怕她关着门让他一夜都不能回家；哪怕她逆着他的意思跟来美国；哪怕在青春年少的时候，他发现有唐鸣洪的存在……他都没有说过。只是，再深情的承诺和誓言也敌不过似水流年。

脚踩两条船迟早会掉进水里，哪怕是天生开了外挂的林深深，也无法对抗这颠破不灭的真理。

也就是发现郭浅浅背叛她的第二天，唐鸣洪找到了她。

黄昏的路口，风缓缓地吹过来，唐鸣洪从公交车窗里探出头，大声喊着她，他手舞足蹈地说："喂喂喂，你等等我。"

林深深知道唐鸣洪叫的是她，但是她没有等他。林深深顺着回家的路继续走着，直到他从前面堵截过来。

唐鸣洪跑得气喘吁吁："告诉你让你等我，为什么还要乱走？"

他比她高，所以她就抬起头。此时天已经黑了，林深深觉得这样很好，天黑了她就可以把话快一点儿说完，而不用担心自己的表情泄露自己的真心，她说："唐鸣洪，我们分手吧，我们不合适，不应该在一起。"

"你说什么？"他走近她一点儿，直视着她。

"我们分手吧。"林深深咬牙狠心地说完这些话。她知道自己的脸在发烫，在唐鸣洪的面前，自己的脸居然会发烫，这简直是从来都没有发生过的事。

"我喜欢你，你也喜欢我，为什么就不能在一起？为什么要分手？"

"你连我名字都不知道，还敢说喜欢我？"

"是你一直都不告诉我的！"

"是的。因为我根本就不喜欢你，所以，我连名字都不想告诉你！"

林深深知道自己这句话说重了，伤到他了，所以他居然什么话都没有再说就走了，只留下一个瘦长的影子给她。

林深深回家，躺在床上辗转难眠。她知道自己这样做没有错，自己已经有顾泽诺了，所以不能够太贪心。她原本也想把唐鸣洪让给郭浅浅的，反正郭浅浅在自己分身乏术的时候，也假扮她跟唐鸣洪约会过不止一次。不过，发生接吻事件以后，林深深就不干了，她觉得这种行为是种背叛，她不能接受来自于自己孪生妹妹的背叛。

就这么想着，一睁眼一闭眼之间，居然就已经天亮了。林深深起床，开窗的时候，她在楼下的花坛边看到一个熟悉的身影。

她踩着拖鞋，穿着睡衣跑下来一看，果然是他，是唐鸣洪。

"你什么时候来的？这么早？还是你在这儿站了整整一夜？"她问他，他却怎么都不说话。她闻到他身上有酒的味道。

他突然一把就抱住了她，他让她靠在他结实的胸前："你为什么突然说要跟我分手？是不是我哪里做得不好？你告诉我，我可以改。"

他的呼吸那么温柔，他的拥抱那么温暖。

林深深闭着眼任由他抱住自己，等了很久，再睁眼的时候，她就看到了骑着车来接她上学的顾泽诺，和他那双发红的眼睛。

林深深从来没有见过顾泽诺这么生气。他扔掉车子过来，一拳就把唐鸣洪打倒在地。唐鸣洪原本就不是大他好几岁的顾泽诺的对手，加上一夜未睡，他被他打得简直爬不起来。即使是这样，顾泽诺犹不解恨，冲上去继续拳打脚踢。到最后还是林深深拦住了他，她拼尽全力抱着顾泽诺让唐鸣洪赶紧走，她还对顾泽诺说："我求求你，不要再打了。"

接下来的几天，林深深跟他俩都没有再见面，她觉得自己没脸见他们，最后，还是顾泽诺先主动在校门口拦住她，他像什么都没有发生过似的跟她说："我要去美国读大学了，因为还需要上预科，我不想浪费时间，所以过几天就走。"

她问他："能不能不走？"

他便轻轻揉乱她的头发："别说傻话。"

林深深便哭了，顾泽诺拉住她的手安慰她："我又不是不回来了。"

"对不起，对不起。"这是林深深在那几天对顾泽诺说得最多的话，她用力抱住他并且保证，"以后我再也不会了，我真的只喜欢你一个，我不能没有你。"

时间并没有因为她的歉意有所停顿，相反，流逝得飞快。

林深深逃课送他到了机场，为了安慰她，顾泽诺在登机前十分钟的时候，才跑去过安检口。临走时，他很温柔地对她说："等我回来，一切都等我回来以后再说。好不好？"

林深深深觉不安，她实在不能相信他的这个承诺，更何况是在刚刚发生了那件事以后。但是她知道她会等他，因为她真的爱他。她终于明白，自己不能再这么玩火下去。

她觉得自己在一夜之间长大了，而所谓的长大，原来其实就是把原本看重的东西看轻一点儿，原本看轻的东西看重一点儿。

【三】

曼哈顿没有直飞北京的飞机，林深深先飞到堪萨斯，再飞纽约，千辛万苦才坐上了从纽约飞北京的飞机。

十三个小时后，飞机安全降落。舱门打开，她在呼吸到家乡的第一口空气时，用力地闭上了眼睛。

同航班的乘客已经从她身边鱼贯而出，机舱越来越空，走在最后的人们，用奇怪的眼神看着这个仿佛被牢牢钉在座位上的年轻女子。他们谁都不会知道，在林深深闭上的眼睛里，有无数的火花在灿烂地跳跃着，那是她纷乱的思绪，是她深刻的记忆。

"林小姐，本次航班飞行已经结束，请问还有什么可以帮到您的吗？"

直到此时，林深深才睁开眼。映入她眼帘的是空姐标准的微笑，她不得不站起来，稳住心神朝着对方莞尔一笑："不，谢谢，我这就离开！"

从机舱口走过长长的高架桥，真正脚踏实地之后，她居然有了莫名的头晕目眩，心口突突地，一阵阵反胃感蓦然地涌上喉头。林深深赶紧捂住嘴巴，一头冲进港口通道的厕所。她整个人瘫软在洗手台上，吐了个昏天黑地。

人体真的是一种奇妙的肌体，明明自己已经那么久没有进食，胃部在没有多余材料使用的情况下，却依然还可以绞出酸涩的液体。

喘息间，林深深维持着双手支撑的状态抬头，然后就在正面前的镜面里发现，她背后有一个瞪圆双眼、满面惊恐的男子。

"我靠！"林深深反应过来之后放声尖叫，并且毫不犹豫地抓起手提包用力敲到对方的头顶上，"光天化日之下，你竟敢到女厕所来耍流氓？"

她就像女战士一样昂首挺胸，捍卫着女性的尊严和权利。当然，她也并没有忘记用眼角瞥了下周遭的环境，以期得到同仇敌忾的女性同胞们热烈的响应。

然而，她右边的一个、两个、三个、四个、五个座无虚席的小便池前，一排正在嘘嘘进行时的男士，就被毫无保留地收录进她的眼底……

　　这座城市不愧是交通枢纽、航空腹地和治安重点区域，巡警来得比厕所里男士们慌乱拉上裤子拉链的速度还要快。

　　林深深很快被警察带进警车，在车子开动之前，那个被她用手提包重击的受害者也一起挤了进来。

　　仅仅用一分钟左右的时间酝酿感情，林深深就开始在他面前号啕大哭，仿佛被欺负的那个人是自己一样。那个男人一下子也就心软了，他抬手递过一张面巾纸，声音很温柔："别哭了，又没把你怎样，我不会告你的。"

　　"真的？"当林深深收起怨妇般的情绪抬头时，看见的是一张还算清秀好看的脸。当然，他是比不上顾泽诺的，她这样想着，同时又狠狠捏了捏包包。干吗想起那个浑蛋？她问自己。然后"爱恨交加"这个裹挟着琼瑶味的词汇就突然浮上心间。

　　"当然！"他点点头笑了，一脸诚恳。

　　"你真好！谢谢你！"那股琼瑶味居然激起了鼻头的点点酸涩，她眼角泛起了更多的湿润，林深深很快用手腕擦掉自己脸颊上的泪珠，若无其事般收拾好满脸的哀怨，然后掏出化妆袋，重新化了一个很精致的妆。

　　这次回国，林深深从旧金山搭的是直机，她只提前发了条短信，目的是通知顾泽诺千万不要来接自己。因为在男厕所的意外，她没能去大厅门口直面无人接机的冷清场面。尽管一切都在她预料中，可对一个整整八年未曾踏上过故土的人来说，心底难免会有两分的失落，但八分竟然是长舒了一口气。

从车窗外看出去，夜色中，这个城市的一切都好像跟当年不太一样了。林深深眼中每一个倒退的陌生的场景都在提醒她，这八年的岁月如梭和光阴似箭。

八年啊！都两届奥运会了！

时间仿佛总是能改变一些东西，光阴总是会慢慢抹杀人们最痛苦的记忆，这不就是她这次说服自己回来的最大理由吗？

她拉开提包，把用完的化妆袋胡乱塞进去的时候，她的手指触碰到冰凉的手提电话，才想起开机。不出意外地，一条短信外带无数的未接来电蹦了出来。顾泽诺的习惯历来如此，他想要骂人就一定要拨通电话，用言辞的平仄和语调的抑扬顿挫直接非礼对方的耳朵，蹂躏其听觉。但此番何必要浪费标点，劳动手指，还给了别人书面把柄？

手机刚刚搜索到网络，铃音响了起来，林深深看着屏幕的闪光，却并不着急。她整个人舒服地靠在汽车座椅靠背上，深呼吸了好几次后，才接听了通话。

"你在哪儿？我在机场停车场等了很久了。"顾泽诺熟悉的声音如期而至，"为什么刚刚开机？我的短信你没有看到吗？你究竟在哪里？在搞什么鬼？"

林深深又一次深吸一口气："我不知道你在搞什么鬼，为什么又会出现在机场，我不是说过不要你来接我，我不想看到你吗？"

"你当然说过，不过我并没有答应你。"他的声音很轻快。

"你明明默认了。"她咬牙切齿。

"有证据吗？录像还是录音？我也许当时只是走了个神，反正你说什么都可以，我无怨无悔。"他难道不觉得一个大男人说这样的话很不要脸？

他继续问她："你现在究竟在哪里？"

"我已经到了，并且已经在进城的车上，我想，我还是先去酒店比较好。我可以在明天，给你妈妈，我的婆婆一个正式的会面。"林深深实在没有气力跟他纠结他的出尔反尔，甚至都没有回答他那一连串的疑问，只给了他一个简单交代。

电话的那头，顾泽诺没有再发出任何声音，她愉快地呼了口气，因为她知道，他此时正在努力按捺住汹涌的怒火。

她顿了顿，再度享受了几秒激怒他的快感，才又缓缓地开了口："你看，我这也是为你好，我是大家闺秀，怎么可以一下飞机就风尘仆仆地冲到你家，花容失色地去面见你妈呢？"

"嗯。"顾泽诺咬牙切齿地答应着，"你说得不错，不过，我来机场接你恰好就是我妈的要求。"

"我当然知道，来接我不是你的本意。"林深深上扬着嘴角，点点头，"不过，我也不得不以自己天生的矜持违心地拒绝你妈的好意。"

"没有商量的余地了吗？"顾泽诺冷笑着捏紧汽车的方向盘，声音中充满火药味，"我们今后的日子还很长，老婆！我爱你！"

"没得商量，就这样吧！我当然也爱你了，我的老公。"林深深热情地接了口，并且在要挂断电话之前再次提醒他，"记得这次的教训，我们已经开始闹离婚了，所以不是我不配合你，而是你临时改变了我们的约定。不管是大事还是小事，我希望在我们达成共识之后，任何一方都不要轻易在未提前通知对方的情况下擅自改动！"

此时，警车已经从机场高速下到了三元桥路，车子终于开进了市区，时间虽然已经很晚了，但城市的繁华路段还是相当热闹的。林深深把手机丢进包包里，把额头靠在车窗上。视线里，昏黄的路灯在眼前无尽地延绵，就像永远也走不到尽头似的。

抽身离开的时候不过是把牙一咬，把心一横，可是她没有想到的是，回来却需要太多的毅力。可是总得要有这么一天吧？只不知道八年的时间到底够不够久？

这次回来，肯定不得不重新拾起一些自己最不愿意想起的东西，但是，有些东西总是要提起以后，才能被完全放下吧？

【四】

警局里灯火通明，在根本完不成笔录的情况下，女警不得不暂时把林深深安置在这间拘留室里冷静一下。她简短地给她介绍了注意事项，留了杯开水，然后就锁了门。可能是呕吐让自己肠胃空虚，体内电解质不平衡，林深深其实并不是很口渴，但还是抱着杯子一点点把那些水喝完。

原本就没有什么大的问题，加上受害者并不追究，所以女警只是要求她回答些简单的问题，诸如姓名、年龄、身高、体重、国籍、民族，还有职业、婚否。

"你已婚？可以留你丈夫的联系方式吗？"女警抬头，握着笔等待着她报出号码。其实林深深只需要给出一个紧急联络人电话，就可以通知人来接自己离开。她却摇晃着手机轻轻问，"紧急联络人就是我自己，我自己就是自己的家长，可不可以就留我的电话？"

"亲人、朋友、同事、同学都可以的。"女警用笔敲了敲桌面提醒她。

林深深就向她嫣然一笑："父母双亡，丈夫见异思迁，朋友众叛亲离，亲戚七零八落，在国内，我好像实在没有什么可以紧急联系的人。"

"林小姐，请你配合一下好吗？"女警压低声音向她耐心解释，

"这只是我们的一个常规程序，一个联系人而已，没有那么困难吧？"

林深深的神色泰然自若，她摊了摊手，异常坚定强硬地表态："实际情况就是如此，我就只能这样配合。"接下来，她便再不肯开口说话了。

林深深一直处于一种放空的状态。她说不清楚自己在想什么，具体是为了什么，就只是觉得一颗心惴惴不安，没个地方安放。

她听到外面的走廊不时传来的脚步声和说话的声音，她可以从中判断，有警察在交班，有警察在来回巡视。但随着夜渐渐深了，人声越发低微，除了这近处蚊子的声音，便只剩下街道上偶尔远远传来的汽车喇叭声。

鬓边的汗水把耳发紧紧粘在脸上，林深深稍微歪脖子，耸起肩膀蹭一蹭。她动作幅度稍大，便已抵到了冰凉的墙壁，刮下些尘灰。几个小时下来，原本直直坐着的她终于抵挡不住身体的疲惫，本能地蜷缩成一团，闭眼躺下。

又是非常浅的假寐，在八年前刚刚离开的时候，林深深甚至怀疑，是不是如果听不到郭浅浅的呼吸声，自己以后一辈子都不能再安心地睡觉？

她们原本都有各自的房间、各自的床的，但是她们从来都是背靠着背躺在一起，喃喃地谈梦想、开玩笑、说未来、聊生活。她已经习惯了郭浅浅睡在一旁的感觉。

不知道是不是每一对双胞胎姐妹都是这样长大，一起哭完了还要一起笑呢？

郭浅浅和自己往昔的点点滴滴像放电影一样闪现，林深深记得自己曾经每天去传达室询问到底有没有郭浅浅的来信，传达室的老大爷每次都头也不抬，甚至都没有哼一声。

老大爷也许实在是烦了，怎么会有一个人每天都要来问他两次？老眼昏花的他，怎么能区别出两个孪生姐妹的样子？

林深深甚至还把自己的糖和水果送给这个老头，嘱咐他如果有自己的信，请立即送达。但是这老头收了林深深的贿赂却并没有办事，这让林深深分外懊恼。

其实有些信是不需要通过门卫老大爷的，它们会自己躺在林深深的抽屉里，等待着她的临幸。那时候的妹妹似乎想破头也搞不明白，为什么那些男生总是那么追捧林深深，她不是长得和姐姐几乎一模一样吗？

所以郭浅浅曾经无数次捧着林深深的脸仔细端详和比较。

为此，郭浅浅甚至还生气地把那些情书送到妈妈的面前，请她以大人的眼光来看看，自己究竟哪些地方和姐姐不一样？

但是仿佛是林深深做了什么大逆不道的事一样，妈妈动了真怒，发了火，用力责打了一直都很乖很懂事的姐姐。

那是林深深第一次挨打，所以记忆深刻，她被罚跪在郭浅浅跪过无数次的客厅地面上，她低着头，并不似妹妹般会大哭大闹或者可怜兮兮地讨饶。

郭浅浅似乎想阻拦却被关在了卧室，她只能绝望地把耳朵贴在门板上，用手叩着门。后来浅浅哭着拥着林深深说，那尺子仿佛打在了她心上，不止疼了深深，也疼了她。

那个晚上，两姐妹一个在客厅里跪着，一个在卧室里跪着，从来都不记疼不记打、犯了错下次接着再犯的郭浅浅下定决心要牢牢记住这次教训，学会守护自己和姐姐的共同秘密，学会在父母面前保持缄默。

林深深一直以为自己会和郭浅浅永远相亲相爱在一起，尽管她连永远究竟有多远也并不知道。而且时间并不能证明一切，一刹那也有可能会成为永恒。就像郭浅浅无可奈何地表示过，就算是孪生的姐妹，出生时也会分一前一后，一刹那就注定了姐妹的排位。

回忆来得那么猝不及防，以至于她想这样一直沉掉进去。然而拘留室外面的走廊里传来的脚步声和说话的声音打断了她的回忆。声音慢慢接近，林深深勉力坐直自己的身体，然后麻利解开紧捆发髻的发绳，让如瀑的长发垂下来。她用手指插在发丝里，用力扒拉了两三下，似乎柔顺了不少后再重新系紧，绾在脑后。

来的人竟然让她意想不到，简直就是出乎意料。

【五】

如果不是错认林深深是郭浅浅，孙艳也不可能在路过拘留室门口时大呼小叫。如果不是孙艳的突然出现，是不是林深深要在那个脏兮兮的拘留室里喂一整晚的蚊子？

这种久别重逢让林深深有些怔忡，大脑的思维是散的，似空白又好似填满了东西。直到从警察局里出来，到下榻的酒店的时候，她才从恍惚中完全恢复出来。此时，天都似乎要亮了。林深深这才记起，自己确实应该要给好久不见的好友孙艳一些常规的惊呼和拥抱，然后相约在一起互诉衷肠。

"孙艳，你怎么会知道我在这里啊？"林深深用力咬着自己的嘴唇，其实她并不是太喜欢煽情的场合，但眼泪还是流淌了下来，一颗颗滴落在酒店房间的地毯上。

"多亏我在，你回来怎么也不告诉我？要不是机缘巧合遇到，你是不是还想在那间拘留室里面待上一辈子？"孙艳埋怨地眨了眨眼睛。

林深深闻言不禁"扑哧"一笑："我说你是怎么机缘巧合地被那些社区老大妈们扭送到派出所的呀？而且，看情形还有关风化！我真的是十分好奇呢！"

"事实证明我是被冤枉的嘛！你看我的样子像是做那种不良职业的人吗？"孙艳半是感叹半是认真地点点头，她突然凑近林深深，很仔细地端详她的样子，"不过说真的，你跟郭浅浅长得简直一模一样！"

"哦……"孙艳提到了郭浅浅，林深深只觉得喉头重了一下。她并没有白她一眼，挖苦她说她说的都是些废话，孪生姐妹哪里有不像的道理？

她只是低着头问："她还好吗？她知道我回来了吗？"

"她很好，你什么都没说，我们怎么知道你会回来？"孙艳低了低头，有些不好意思地敛着眼看她，"你走了这么些年，每次我提起你，她都会找借口把话题岔开过去。"

"是我当初走得太决绝了，伤了浅浅的心。"林深深淡淡地说着，沉浸在故人重逢的喜悦里的两个人莫名地就安静了下来。

"怎么会？浅浅不会怪你的！"孙艳连忙出声安慰。

"怎么不会？姨妈只能负担我们中的一个去美国，是她想也没想就拒绝了。她以为我也会留下来，而我却在她拒绝之后立刻答应，独自跟了姨妈走！还随了姨妈的姓氏！"林深深的愧疚翻滚在心底，但她咬紧牙关，脸上依然保持着浅笑，"她应该恨我的！真的，我觉得浅浅就应该恨我，每天都诅咒我！"

"深深，你别……别这么说，这些年你一直都寄钱给我，托我接济浅浅。其实，你大可以告诉她的。"孙艳真的不知道自己应该说些什么才好。

"不要告诉她。"林深深正色道,她赶快收紧了那些自己快要泛滥的悲伤,"好了,孙艳,谢谢你为我和浅浅做的一切,还有,谢谢你在这里出现,见到你,我很高兴,真的很高兴。"林深深终于决定,在许多不甚美好的回忆席卷而来之前,将大家的注意力转移到值得高兴的事情上。

说话间,孙艳的手机响了好几回,她却只顾着跟林深深说话,任由它在衣服口袋里持久地振动,丝毫没有要接听的意思。反倒是林深深起了心疑:"谁啊?这么晚给你电话?"

"真不是什么要紧的人和事!"孙艳敷衍地笑笑。

"那要不由我来代你接听?如果不是讨债、催账的,那肯定就是个如花似玉的男人吧。"林深深耍坏地嚷嚷着。

"你可快饶了我吧!你呢?你跟你如花似玉的男人现在怎么样了?"孙艳精神困顿地打了个哈欠笑笑,手却更加捂实了装手机的衣服口袋。

"你呀,难道还怕我抢你男人不成?"林深深用手指轻轻戳了戳孙艳的额头,"我和他正在闹离婚。"

"离婚?为什么啊?顾泽诺人帅钱多,你还要跟他离婚,是什么原因呢?"

林深深不知道该如何回答她,只是叹了口气:"一言难尽!"

"哦!"孙艳想了想,像是突然想到了什么似的拍了拍手,"我明白了!"

"你明白什么了?"

"难言之隐!他肯定不行,我知道的!"她拍了拍她的手背,一脸寓意深远的表情,安慰似的用力点点头,"深深,我真的明白。"然后,她挤眉弄眼地甩给林深深一个千娇百媚的媚眼,"这也是你选这家城北的酒店的原因吧？你看我和浅浅住在东城，咱们从小又是在那里长大的，你偏偏不去酒店又多又好的东城选酒店，选了这里是为了掩人耳目？"

"掩人耳目？"

"好找野男人啊！"

"真没有……"

"不必解释，都是女人，我了解的！"

林深深无语，但是她真的累了，也实在不想跟她在这个话题上继续下去："你困了吗？家又离这儿那么远，是就跟我住下，还是怎么打算？"

"还睡什么呀？都快天亮了。"孙艳很快从床上站起身来，伸了个懒腰，带着阴阳怪气的语气，"你好久没回国了，我告诉你，还是我们中国的男人好，我又怎么能打扰你呢！"

"孙艳！"林深深有点儿想要怒了。

"好啦！好啦！我走了，走了。"可是她还是一副了然的样子，走到门口，她又突然停下来，"不过，深深，你回来的事儿，我可以告诉浅浅吗？"

她的这个问题突如其来，其实林深深早就料到了，但当孙艳说出口的时候，她还是愣了一愣，她咬了咬唇，轻轻点了点头："当然，当然你可以告诉她，因为我这次回来，就是为了找她。"

不等孙艳再说什么，她就赶紧送走了她。关上了房间门之后，林深深迅速按亮了酒店"请勿打扰"的指示灯。她敞开行李箱的箱盖，散开自己绑紧的长发，双膝跪在绵软的床上静静沉默着，从旧金山到北京，一共有9436公里的距离。

原来自己内心还是在无限地逃避，对那片火场总是唯恐避之不及。也许同自己去美国的行径相似，她现住的这间酒店从交通、环境各方面来说都不算是上上之选，但唯一的好处是地处北城，是直线距离自己和郭浅浅那个被烧毁的家最远的地方。

离开一个熟悉的城市是需要勇气的，如果没有爱的人，在哪个城市又不是一样？

其实林深深一直都不喜欢昼夜温差极大的旧金山。白天暖得人心浮气躁，夜里寂冷得要侵入骨髓。所以，在飞机降落首都机场的那一刻，林深深觉得还是只有这片故土才能够完整地收容自己的灵魂。

孙艳没走几分钟，居然又折了回来敲门，也正好打断她的静默。林深深收拾好心情重新拉开了房门。孙艳跟风一样飘了进来，猛冲到房间正中的大床边，然后回头略显羞涩地朝林深深勾了勾手指，故意压低了声音："深深，深深，你过来，过来。"

"干吗？房间里只有咱们两个，你说吧，你也不用害怕隔墙有耳！"时间不早了，林深深真的没有时间去响应她的故作神秘。

"哦。"孙艳拢了拢她手中硕大的手提包，从刚开始见面时，林深深就注意到，那包里鼓鼓囊囊的，貌似相当沉重。

"到底是什么啊？你别这么犹抱琵琶半遮面的好不好？"

"我这里有些卫生用品，我想你应该用得上！"孙艳用力咽了咽口水，"你看看你，喜欢什么就拿什么，千万不要跟我客气！"

"等等？"林深深伸出手掌打断孙艳，"你说什么卫生用品？"

边说着，她边下手拉开了孙艳的提包，孙艳配合地顺势提起了包底，那些五颜六色的杜蕾斯、第六感、花花公子、杰士邦和冈本……散落在雪白的床单上。

林深深被惊吓得像被开水烫到一般飞快地缩回了手指："你说这

是卫生用品？"

"还是居家旅行必备之良品！"孙艳老鸨子般笑着，双手交叉从肩膀摸到手腕，慢慢逼近林深深，"是女人，谁不会寂寞，谁不会冷？但是也要注意安全。"

"呵。"林深深不得不感叹，"你真是够了不起的，就是这个原因所以被带到派出所的吧？"她低头，仔细观赏着国内常用的这些品牌，然后对孙艳竖起了大拇指，"看来你还是个个中高手啊！这么多品牌都用过了吗？并且都已经熟练驾驭了吗？"

"不小心从包包里掉出来一打，恰好被个居委会大妈看见，她小题大做，少见多怪地非要说我是有伤风化，破坏社会团结。"孙艳用手指捂住了大半张脸，双腿并拢做鹌鹑状，还假作娇羞，"不过这些牌子我可并没都用全，最多也就是浅尝辄止，只是希望增加些知识和见闻，还有就是赚些零花钱。这些宝贝在我的淘宝店里卖得特别特别好呢！"

"是多增加些姿势吧！"林深深只能摇头苦笑，连忙上去把这些东西重新塞进她的包包里，"我心领了，这些东西，你还是拿回去自己享用，或者在你的淘宝店里卖掉吧！"

孙艳倒是完全会错了她的意思，她以为林深深有洁癖，所以慌忙地不断解释："深深，这都是新的，我进货来卖的，从来都没有用过的。"

林深深已经完全受不了了，三两下就把她推到门口："好，好，好！新的也不用了，你快回去吧。"

"你真的不要啊？"孙艳边走边扭头向她再度确认，她觉得她应该是需要的呀，特别是林深深还在国外待过，解放了思想。

"真的不用了。"林深深赶紧严肃表情，认真地点头，并且保证自己说的是实话，一点儿都不违背自己内心的真实想法。

"再见啊。"她很快跟孙艳道别，随后，手脚麻利地关上了门，直到把耳朵贴在房门上，听到她的脚步声越行越远，才松了口气。

孙艳走后还没到几分钟，林深深居然又听到了敲门声，"请勿打扰"的灯亮着，不可能是服务员，所以一定是孙艳又有其他什么幺蛾子了吧？

她一副受不了的样子，嬉笑着过去开门："我说姐姐，您还有完没完啊？"

林深深拉开门，单手叉着腰，满脸是笑容。

倒是让门外的顾泽诺对她这一脸春色深感意外，愣了愣才摊开双手，皱着粗粗黑黑的眉毛笑道："怎么？这么欢迎我？"

林深深及时收起了自己的错愕，勾了勾唇角，顺着他的话说："是啊，怎么现在才来？我可是等得花儿都谢了！还百无聊赖了！"

顾泽诺就站在房间门口，饶有兴致地继续接了下去："你登记酒店入住的时候，刷卡的提示短信就已经传到了我的手机。我足足在机场等了你一夜，话说，这不长不短的时间，你到哪里去了？红杏出墙？不过，又有什么男人能比过我的英俊潇洒呢？"

"打住吧！"自己的信用卡居然被他绑定了手机号码，林深深心下不爽，一脸鄙视地伸出自己晶莹雪白的手掌到他的眼前，"少顺着杆子往上爬，你这哪里是在等我？你这是盯梢！侵犯我的隐私！还英俊潇洒？我呸！你也不照照你那坏子？"

"说话别那么损啊！我坏子怎么了？嫌我长得不好，你找一好的给我瞅瞅啊！"顾泽诺一向都对自己的外表很自信，她居然当面批判自己的长相，简直是可忍孰不可忍。他终于收起了笑容，表情慢慢认真了起来。

"你以为我不能？要不是我这人心慈手软，早就把你像甩大鼻涕似的甩了！"林深深用手臂叉着腰肢挡在门口，语气里丝毫没有要熄火的趋势。

困意袭来，都到这个时间了，顾泽诺发现自己真的不想跟她继续争吵。况且自己本就天生丽质，无须正本清源，何必跟她计较？他旋即叹了口气，伸出手："走吧，跟我回去！"

"回去？去哪儿？"林深深盯着他伸过来的骨节分明的手指，不为所动地明知故问。

他看起来显然并不想陪着林深深绕弯子，淡淡地说道："回我家，收起你那套什么大家闺秀的歪理吧！是我妈让我来接你的，总不能就我一个人回去。"

林深深一副拒人千里的样子："这些话你不必来跟我说，要解释也不需要我解释，我们在闹离婚，你当这件事不存在是不是？"

"你是不是要来劲啊？"顾泽诺大力吐出一口气在原地绕了两个小圈子，斜眼看着她那给脸不要脸的白痴样子，又重新捡起了自己的大度，忍下这口气，"我长得是不如你，你瞧你长得多好……跟模特似的，而且还是毕加索先生专用的！我说怎么刚认识你就觉得眼熟呢，合着在毕老先生的名画里见过！"说完这些话，顾泽诺又长出一口气，突然想起自己一个大男人站在走廊里跟女人吵，确实有碍观瞻。想着他就向前迈了一步，他觉得家丑不可外扬，希望进屋详谈。

林深深的手指却紧紧扣住门框，扼杀了他进屋的预谋。但嘴巴上，她当然也继续积极应对着："那也不如你！达·芬奇打小练画，那画的就是你吧？我还真挺纳闷的，达·芬奇怎么就透过你妈的肚子把你的模样画得这么逼真！"

顾泽诺没有后退，也没有动，他眯着眼盯着她漆黑的眸子："怎么着？达·芬奇画鸡蛋惹着你了？嫉妒了对不对？谁让你的胸脯还不如那蛋黄大呢？说实在的，要不是你见天儿在前面罩着个有垫的胸罩，我还真就分不清楚你的正面反面了呢！"

"你们家有36D的蛋黄吗？"林深深怒极倒反是笑了，"就你好！细得跟根儿牙签似的，平时堆在一块儿也就罢了，每到那时候……"她说到一半自己就先笑了起来，紧接着纤腰摆柳地靠上前来，凑近了他。

顾泽诺黑着脸，下意识地一避，他预感到她不会说出什么好话，一副厌恶的样子，最后却也依然听之任之。

林深深在他的耳边轻声又暧昧地细语道："我就跟梦见我姥姥在缝衣服一样。"

顾泽诺一怔，回味过她话里的无限羞辱，胸口剧烈地起伏。他的身子依然被林深深的手臂隔离在房门之外，所以顾泽诺故意用怨毒的眼神瞧她那副扬扬得意的面孔，口上也滴水不漏地回嘴："缝衣服？你们家有这么长这么粗的缝衣服针？"

手下的动作却也丝毫不含糊，他重重地用力一推，好似前方是个令人十分厌恶的障碍物。

他的这一推毫不怜香惜玉，林深深立刻就脚下站立不稳，当即狼狈地倒退了两步，她的后背撞上一组柜体的棱角。

"我×！"暴怒之下的林深深也顾不上撕破脸，久违的国骂亲切地抚慰了她的心灵。这边的顾泽诺却已经侧身堂而皇之地登堂入室，他闻言朝疼得蹲了下去的林深深逼近了一步，恰恰好将她卡在墙壁和衣柜形成的角落里，礼貌地问："请问你怎么×？"边说着，却还是边伸出手拉她站起来。

"你……你放开我！"林深深直到站直了身体才发现自己的手臂已被他紧紧握住了好久，"你再不撒手我就喊人了，臭流氓！"

"你喊就喊吧，我们在闹离婚，并没有离婚，所以，此时我完全可以行使我的权利，当然，你可以想象是你姥姥在缝衣服。"顾泽诺淡笑着，甩开她的手，用脚后跟把房间门重重踢合。

"你不是说我像蛋黄吗？怎么又有了异常的兴趣？"林深深抱着手臂，背部紧紧贴着柜门，却突然发现床角居然遗落了件孙艳带来的卫生用品。如果这被顾泽诺看见，她想，自己今天就不要活了。她悄悄挪了过去，用脚尖把那包卫生用品用力踢进了床底深处，在房间里昏黄的灯光下，顾泽诺并没有注意到她的耳根已经粉红得透了顶。

"那咱们就都别回去吧，免得我妈起疑，还不如让他们以为我们激情难耐，在酒店开了房！"他说着一头把自己重重摔到床上，三下五除二把自己扒得只剩下一条白内裤。然后他钻进被窝里，自觉地只占床的三分之一的位置。

他闭上了眼睛，还没忘记继续嘟囔着回应她最后的那句话："其实我喜欢小的，钻石珠宝都用小盒装，垃圾才用大筐抬呢……"嘴巴上虽然还在来劲，但顾泽诺没几分钟之后就已经呼吸均匀，慢慢沉睡。看来，他也确实很累了。

闹到了这个时候，天已经完全亮了，热烈的阳光从窗外透进来，照亮了整个房间。林深深站在床的另一头踮着脚看着熟睡中的他：轮廓有致的好看侧面，以及暴露在被子外泛着健康光泽的皮肤，结实的胳膊和修长紧实的小腿。莫名地，她心中有点点异动，瞬间就涨红了脸。

她赶紧用手蒙住自己的双眼，转身进了卫生间，放水洗澡。雾气蒸腾之中，林深深看到一具年轻洁白的身体，这个身体和她妹妹郭浅浅的一样，都出自她们的父母，但是父母的印象却早已经在那片火海中灰飞烟灭了。她闭上眼睛，拿起莲蓬头用最热的水狠狠冲刷自己周身上下，把自己洗成一只熟透了的虾子。林深深发现，这种浑身烫热的感觉似乎能够稍微缓解心中那份恼人的焦灼。

若非青春苦短，谁会想来日方长？

我们往往都是如此担心着未来会发生的事情，

而因此忘记了要慢下来享受现在，

并且勇敢地面对曾经。

【一】

林深深回来的消息，被孙艳第一时间带给了郭浅浅。郭浅浅听到后什么话也没有说，什么反应也没有，该上班上班，该睡觉睡觉，似乎这个消息对她来说无足轻重，就像是电视新闻里的事一样，听完了就完了。普通人的生活并不是什么新闻，她该怎样还得怎样。

下午三点十分，郭浅浅打工的咖啡厅破天荒地生意冷清，因此，就算眼前这场戏颇具看点，却没有造成大规模的围观。

如此想来，郭浅浅还是心怀安慰的。她轻轻抬手擦拭着脸上的咖啡。

她觉得自己应该承认对面这个女人绝对是个人才，单从泼咖啡这一点来说，她对泼水量的控制、力度的掌握以及瞄准的准确性，都控制得十分出色。更重要的是，明明是泼妇才有的架势，被她这般梨花带雨地表现出来，倒显得郭浅浅这个被泼的人不是个东西了。

该女子有些夸张地抖了抖她美丽的小嘴，又耸了耸她削薄的肩膀，用尽全身所有的力气劈头盖脸地对郭浅浅丢过来无数对她父母的殷切问候。

"你穿得如此妖艳到底是给谁看？我男朋友为什么要盯着你看？"

身着棉质白色衬衫外罩墨绿色大围裙的郭浅浅错愕地张大了嘴

巴，她真的无法理解自己身上这件工作服是如何跟妖艳扯上关系的。而就在她无法回答的同时，咖啡已经临头而至了。

该女子更加大声地控诉："你不爱我了吗？你居然帮着外人！"显然这句话是对她身旁正在劝解她的男朋友说的。最后，她又横眉冷对着郭浅浅："你这个人渣，狐狸精，不要脸的，真是个妖孽。"她说完，不等郭浅浅回答就捂住脸无助地哭着跑了出去，留下她一脸愕然的男朋友，稍显尴尬地交握着手指站在那里。

他抿了抿薄薄的嘴唇，不知道应该说什么才好，脸颊上的红晕跟喝过粉红色的香槟酒水一样，带着无限的羞怯。

郭浅浅用手指提起唇，做出一个微笑，放下来后，她抬手拿起纸巾擦拭一脸的咖啡渍。

"我没事儿！"她向他摆了摆手，他却还在原地踌躇。

郭浅浅斜眼看见咖啡厅玻璃门外泼自己咖啡的女子，她早已经等得不太耐烦，她怎么可能让男朋友单独跟狐狸精在一起？

"我真的没事儿，你快去吧！"郭浅浅再一次郑重地点了点头。

"哦！"男生唯唯诺诺地答应着，他也知道自己这个女朋友可不是个有耐心的主。

"对不起！"他侧身赶紧屁颠屁颠地追随着而去。

看着他的背影，郭浅浅摇摇头，叹口气。大约几十秒钟之后她才发现自己确实应该感叹，不只是感叹这个男生如果娶了这个女人，今后日子难挨，还有就是她忘记叫他们埋单。最后她也只能在心里多骂了几句你才是人渣、妖孽，你们全家都是人渣中的VIP、变态中的妖孽！泼了自己一脸咖啡也就算了，拜托下回你们自觉点儿掏腰包把账结了好吗？

郭浅浅知道，即使自己心里有千万团怒火也无济于事，只好默默地从包包里找出钱来垫付。整个咖啡厅的同事们噤若寒蝉的状态还没有完成结束，王准娇嫩的声音就已经如约而至："郭小姐，郭女士，郭姑奶奶，郭阿姨，郭妈……"她的一连串叠声让郭浅浅起了一身鸡皮疙瘩。

"得了，得了，我目前没有生孩子的打算。"郭浅浅用力咽下一口口水，她和唐鸣洪还没结婚呢，怎么就成了妈了呀？

"我说姐姐，你是怎么得罪咱们尊贵的客人了？"王准顿了顿，又补充了一句，"刚才的演绎可真算是高潮迭起啊！"

"你们围观得还算愉快吧？"郭浅浅撩了撩眼皮，看着王准幸灾乐祸的笑脸。

"一般般吧。"王准用手指轻轻扫了扫郭浅浅的肩膀，"我说，这事儿我可要严肃处理，要向老板汇报的，你说扣多少工资吧？"

"可以啊！"郭浅浅有恃无恐。

"顺便把你昨天打碎两个杯子、前天找错了钱也一起汇报了。对了，大前天你摁坏了微波炉的按钮，大大前天你用开水浇死了摆设的绿植，大大大前天……"郭浅浅越说越大声起来。

"浅浅。"王准娇羞地拦住郭浅浅的话头，假笑着，"我怎么可能这么不讲义气呢？你说是不是？"关系到自己的腰包问题，她居然立刻就掉转了话头，亲热地挽住了郭浅浅的胳膊。

就连吧台里的孙艳，在按第十七个单子调兑好奶油卡布基诺后也主动凑了过来："喂！你究竟是怎么得罪这位顾客的啊？我一转身的工夫，她就能闹成这样？"

"我们其实认识。"郭浅浅看了一眼孙艳关怀的眼神，轻轻撩了撩凌乱了的耳发，"但是说来话长。"

"话长就慢慢说呗，又不是打电话，没有流量和话费的。"王准满脸堆着耐人寻味的十三点傻笑。而她旁边的孙艳只是眨了眨眼睛，抱着手臂凑趣："我也挺有兴趣知道的。"

"情敌！"郭浅浅转了转眼珠，想了半天才找出了这个近义词，因为只是那女人把她当成了情敌。郭浅浅跟她男朋友只是纯洁的大学校友关系，唯一的意外，是这个男生曾经莫名其妙地对她来了次表白。

"哇！真的假的？"王准的情绪立刻就high了起来，"是刚才那个男生吗？是吗？"

"呀！我有电话要接，先不说了啊！"郭浅浅忍住把自己手中的抹布塞到王准嘴巴里的冲动，冲孙艳撇撇小嘴，手指点开屏幕，接进来的电话是唐鸣洪的。他正处在一处异常嘈杂的空间里朝着话筒这边大喊："喂喂，郭浅浅，我是唐鸣洪，是唐鸣洪啊！"

"呃，我知道。"郭浅浅把手机又拿开离耳朵远了一点儿，咧了咧嘴巴，"我手机有来电显示！而且您的声音难听得那么与众不同！"

"要不要来看我演出啊？"唐鸣洪直接忽略了她的冷嘲热讽，没等她再说话，就立即加上一句，"有帅哥看，有很多酒喝，还有好吃的点心水果，并且有免费的歌唱，如果你扛得住，兴许还有免费的早餐，来不来？"

郭浅浅刚要张口，他却又不由分说地大喊："算了，算了，这么大的诱惑你怎么可能不来？告诉我你的位置，我去接你。"

郭浅浅说出自己的所在位置就挂了电话，然后把围裙脱下丢到孙艳手里："我早走几分钟。"说完，她把眼神飘移向王准，目光炯炯："没有问题吧？"

"当然。"王准的声音曲折起伏，她假笑着把手掌提起来放在脸颊边，手指矜持地前后摆动。

"拜拜。"在走出咖啡厅前，郭浅浅又抬手看了看手机屏幕里的时间，其实，唐鸣洪拿捏得是刚刚好的。

【二】

从咖啡厅出来，郭浅浅倚着老树干站在繁华的十字路口街旁，看着人来人往、车流不息。她脸上的皮肤在灼人的阳光下显出一潮一潮的浅红，傍晚的光线穿过身旁的梧桐树，落在她微眯的眼睛上，打出模糊且柔软的影子。

唐鸣洪见了她，少了些嬉皮笑脸，多了些谨慎小心，估计是看到了她米白色裙衫上那大片的咖啡渍迹，以及她脸上的些微疲惫。唐鸣洪潇洒地把自己的衬衫脱下来扔给她，自己只剩下件浅灰色的背心。其实真的没有必要这样，造成这一切的又不是他。

郭浅浅坐在唐鸣洪的电动车后座上，小车子"突突突"地前进着，带来些许微风。郭浅浅把脸贴在他的背上，有温度透过棉质的背心传到脸上，她甚至能近距离看见他脖颈上浅浅的绒毛。

"我说唐鸣洪，你也老大不小了，总这么吊儿郎当的，怎么可以？"

"谁说我吊儿郎当的，我对你可是一往情深，认真得很哪！"他调戏地笑了一下，往后侧了侧脸，"小妞，过来，让爷香一口！"

"你老实点儿看着路，我可没买保险啊！"郭浅浅用手指轻轻掐了掐他的手臂，抬头看着阳光在高楼大厦玻璃外墙上折射出的无数光晕。

"疼，疼，疼！"唐鸣洪夸张地吸着气，旋即加快了电动车的马力，风便开始在耳边摩擦着倒退了。他伸长脖子仰着的头在前面说，"郭浅浅，我们都在一起这么久了，都是成年人了，我真的很喜欢你，你能从了我吗？"

"改天再联系，啊！"郭浅浅拍了拍他的背，居然就一下子跳下了座位。

唐鸣洪的电动车向前冲了几米就赶快停了下来，他老实地回过头来对着抱着肩膀、摆出扑克脸的她"嘿嘿"直笑："姐姐，我错了还不行吗？别闹！"

"叫我美女就算了！"在唐鸣洪面前，郭浅浅总是胜利得如此轻易。

"哎，得嘞，大美女！"他跨着车，两腿使劲往后蹬着，匡威鞋的白色鞋帮刷得那么洁净。

五光十色的幽暗殿堂，郭浅浅缩在唐鸣洪宽大的薄外套里，衣服里尽是她熟悉的淡淡的肥皂味道。周遭是夜店应有的人潮涌动，震耳欲聋的音响使所有人的耳膜颤抖着。

唐鸣洪是这里的兼职DJ，昏暗的光线把他的脸打得更加轮廓有致。他打的歌流畅、优美、经典，颇受大家欢迎。更重要的是，郭浅浅觉得自己站在这闹哄哄的人群里，只要闭上眼睛，就总能找到一时的安逸。

今天，她没有闭上眼。

因为就在几天前，喝得有点儿高的唐鸣洪鬼哭狼嚎地对她嚷嚷："郭浅浅，你从来都不看台上的我！你都不知道我有多么帅！"

说这番话时他打了个响亮的酒嗝，浓烈的酒精味夹杂着胃里的气味翻江倒海般涌上来，让郭浅浅忍不住捏住自己的鼻子。

"我说，郭浅浅，你永远都不看台上的我，所以你也不会知道，在台上看着你的我，究竟有多卑微！"唐鸣洪边说着边笑了，还没笑几声，就扶住桌角呕吐起来。

郭浅浅为他拍着后背，她知道，他说的是醉话。这不，酒醒之后，他又生龙活虎地站在了DJ台上。碟片在他骨节分明的手指间翻飞，他戴着耳麦，陶醉在自己缔造的乐曲里。此时的他，早已忘记了酒醉后展现出来的柔弱。

郭浅浅把手揣在外套口袋里，扬着头，她想，看就看吧，可是就算睁开了眼，他们之间也还隔着人山人海，加之自己两百多度的近视加闪光，也仍是看不清唐鸣洪带笑的容颜。所以，理所当然地，她也并没有看到。

当她在熙熙攘攘的人群中被一只手牵引着杀出重围时，台上的唐鸣洪忽然停止住拨动碟片的手指，他的眼眶通红，乐曲在五光十色的流光中凌乱了起来。

唐鸣洪远远地看着人群中那两张一模一样的脸，是自己眼花了吧？他黑色的眸子渐渐垂下，然后毫无预兆地从台子上跌了下来。

当然，这一切，迷糊中的郭浅浅并不能知晓。她只知道眼前的女人使劲地拖着她的手腕，别来无恙的感觉侵袭着自己的全身。她拉着她跑得很急，迈的步子也大，所以郭浅浅跟着有些踉跄，不过她们走得并不远，只是出了酒吧门，转了两个弯。

"好久不见。"林深深终于说话了，还带着一脸的愤慨。因为一路走来，郭浅浅的手指甲在她的手臂上留下无数通红的印子。她觉得疼得有点儿受不了了，所以放开她皱着眉使劲揉搓着。

"你，你！"郭浅浅指着那张和自己一模一样的脸，说不出话来。

"好久不见！"林深深重复道。

"你回来了？"郭浅浅咬了咬唇，连她自己也不知道自己为何会下意识地向后站开一点点，和林深深保持了些距离。

"怎么？你不认识我了吗？"林深深展露出一个笑容，顺手揉了揉郭浅浅因为奔跑而显得有些乱糟糟的头发，粉色的嘴唇轻轻吐出一句话，"我好想你！"

"是吗？真的吗？"郭浅浅保持着疏离的微笑，认真看着对面这张熟悉得不能再熟悉的面孔。时间、空间都没有办法改变她与自己几乎完全相似的容颜。

"你还好吗？"林深深故作热情地弯了弯嘴角，站在原地，看着郭浅浅毛躁地整理着她自己早已经散开的长发。

"我们俩长得真的很像，几乎一模一样。"她忍不住伸出手指托住郭浅浅的下巴，轻轻点了点头。郭浅浅就任由她的纤细手指捏着自己的下巴，抬头看着她在昏暗的路灯下显得格外温柔的轮廓、眼睛、鼻子和唇……她居然也很想伸出手去碰一碰。

"从小不都是这样吗？"郭浅浅若有所思地点点头，并且抢在她开口之前继续说，"你离开的时间好久，以至于我都忘记了曾经有你这个姐姐。"

"呃！"林深深刚张开嘴，还没有吐出一个完整的音节，就又一次被郭浅浅低笑着打断："我似乎，似乎，真的快要不记得你的味道了。"

"嗯。"林深深深吸一口气，张开手臂把郭浅浅拥抱住。她安静地贴着她的耳朵，鼻息间嗅着她发丝的味道，眼睛看着她身后的夜色淡淡地说，"那就好好熟悉熟悉，慢慢想起来吧！"

推开她！

郭浅浅心中突然涌现出这个强烈的念头，但是不知道为什么，推开她这个想法却只停留在脑海里，手脚怎么也行动不起来。然后，她不知道为什么自己的眼睛开始使劲地流泪。

看到郭浅浅哭，林深深也跟着哭了起来，两个人就这么哭着抱在一起，昏黄的路灯打在她们头顶上，墨黑的影子在她们的脚边，仿佛天地间就只剩下她们两个人。

这个世界有什么最珍贵？彼此身体里相同的血液，它在提醒自己，身边的爱是那么浓烈。无论经过多少年，无论相隔万里。

郭浅浅和林深深就这么紧紧抱着，然后放任自己像孩子般大声呜咽着。此时，她们两人都能感觉到，原来这就叫血脉相连。人可以几年、几十年不复相见，但那份情感总会在深埋的心底蠢蠢欲动，痒痒地，温温地，提醒着自己，其实她们始终没有断过。

【三】

生活的前提是不可更改，也不可复制，它全然没有任何的彩排。当然，生活的主角是我们自己，所以我们往往会觉得为什么坎坷总是那么长，烦恼总是那么多，好像从来都不会有亮点在自己身上出现似的。而之所以有这样那样的想法是因为我们没有站在别人的角度去看自己的生活，坎坷是对亮点的渲染，太短了不好，因为奇迹真的很少发生，跟中了头彩一个样子。人生总存在着选择，而我们的选择有时候会显得那么随意。也许是因为我们明白了，选择并不重要，重要的是我们为自己的选择做了些什么？

我们会清醒地知道自己做得不够，远远不够，但是又不得不迷茫，谁知道未来是什么样子呢？谁又知道自己的结局是欢喜还是哀伤？

她们重新回到那间夜店的时候，夜已经相当深了，林深深说要送郭浅浅回去，郭浅浅没有答应。郭浅浅坐上林深深为她打的的士以后，让车在开出一个路口后停下，下车又徒步走了回来。她知道唐鸣洪一定还在那个酒吧等着她，因为他曾经无数次套用过一个俗套的电视剧的台词对她说过："无论什么时候，无论在什么地方，也无论什么原因，如果我不小心把你弄丢了，我会一直在原地等你！"

她回去的时候，唐鸣洪边用纸巾摁着被桌角划破的手臂，边靠着酒吧门口的墙，他看着她慢慢走近，然后笑着说："刚才我居然看到两个你，你说我是不是眼花了？你去哪里了？"

郭浅浅连忙瞪大眼睛，故意道："你不要吓我，怎么可能有两个我？"

他问："那你去哪里了？"

她随便找了个借口："上厕所！"

"上这么久啊？"

"我大姨妈来了！"

唐鸣洪皱了皱眉："一般的回答不应该是拉肚子吗？"

郭浅浅点了点头："大姨妈来的时候，一般会伴随着拉肚子！"

"是这样吗？"他似乎还有些疑惑。

"当然是这样，你不信回去问你妈！"郭浅浅觉得，他应该是不好意思拿这个去问别人的吧，就算是他妈，所以她就笑了笑，"一般女生不好意思说自己大姨妈来了，所以，假称是拉肚子。你是我男朋友，我觉得没什么不好意思跟你说的，所以就实话实说了，你仔细想想，我说得对不对？"

唐鸣洪若有所思地点点头："你说得好像也对！"

"嗯！那是当然！"想不到这样也能行，就这么胡说也能遮瞒过去，不过也好，自己今天也确实有点儿累了，实在没工夫跟他继续纠缠、解释下去。郭浅浅点了点头，没有再说什么。

唐鸣洪要送她回家，她知道以他的性子，自己是肯定拒绝不了的，所以她就又坐上了他的电动车。车子开动，当风扬起头发的时候，小时候和姐姐林深深在一起的那一幕幕就开始无法抑制地在眼前浮现。然后，眼角好像又有泪水滑落下来。

郭浅浅不想在唐鸣洪面前哭，使劲仰头不让泪水流下来。抬头的时候眼睛只能望着天空，天上的那些星星并不明亮，在城市的灯火辉煌之中，暗淡得用肉眼几乎看不见。

到她家小区的时候，她跳下车，却没有往小区里走。不知所以的唐鸣洪就推着车跟在她身后，她一直想给他讲一个故事，大概是想要讲一个男孩躲在女孩家的壁橱里，结果却被她的孪生妹妹给发现的故事。她姐姐先认识他，可是她却赶在她姐姐前面给他写了情书。但是最后，男孩还是跟姐姐在一起了，尽管姐姐那个时候已经有了不止一个男朋友。这么复杂的故事，这么曲折的情节，说出来有人相信吗？

况且，在这整个事件中，好像她们两个人都做错了些什么。

郭浅浅低头认真思索了很多次，最终还是没有开头。

她突然停步，侧脸认真看着唐鸣洪的脸，指着一栋黑漆漆的房子说：“我以前在这个学校里读过书，那个后门在那儿，我们每天从那儿偷跑出来，然后逃向这个城市的四面八方。”郭浅浅终于开始讲起了这个故事，但是却极大地偏离了原有的主线。

而她在说这个故事的时候，唐鸣洪就开始在回忆里搜索不同的脸，他在想过去是哪个少年，在哪一年，她讲的故事发生在这个城市的哪一个房间。

他恍惚间，郭浅浅已经把手指指向另外一个方向，这是一栋被霓虹灯包裹得流光溢彩的高楼大厦：“这里以前全是低矮的棚户区，密密麻麻的，可能只有我认真地数过。”

“一共有一百六十三家，对不对？”唐鸣洪打断她的话，愉快地扳着自己的手指。

"怎么，你也数过吗？"郭浅浅咕哝一声，"你是不是真的什么都清楚呢？"

"清楚什么？"唐鸣洪斜了斜眼。

"没什么？"郭浅浅眯着眼睛，从内心讲，她并不想他真的探究下去。

"哦，好吧！"他没有继续寻根问底，只是又一次抓了一下自己的头。唐鸣洪这个人让郭浅浅觉得最舒服的地方就是，他虽然有可怕的好奇心，但是他并不着急。他会压抑着这股好奇心一点儿一点儿来窥探你的全部，但是唐鸣洪想不到的是，如果不是林深深回国，郭浅浅也许根本就不会透露这些事。尽管它始终犹如一根芒刺在心底越埋越深沉。

十五岁那年的中考，郭浅浅在奋笔疾书完语文作文之后，又加料写了一篇唯美动人的情书。她在下午考试前交给孙艳，让她转交给林深深咬死不肯承认她喜欢但又偷偷带回家的男孩。那天他藏在壁橱里，郭浅浅无意拉开柜门，见到他的瞬间，她莫名地心动意浮。

孙艳是这对双胞胎姐妹的闺密，她游走在黑白两道，好学生和坏学生都是她的朋友。她拿着那封情书，粉色的信封上是娟秀的文字——唐鸣洪亲启。

孙艳揉了揉脑袋自言自语："到底是妹妹让我转交的？还是姐姐呢？"旋即摇了摇头，"算了，不管了，不过说真的，有时候浅浅和深深她们两个，还真的是让人不容易分清楚呢！"

孙艳一把就拆开了这封情书，大胆地浏览一遍，写得还真是不错呢！所以，她决定重新帮她又写了一封，满篇是狗屁不通的文字，最后写上："宝贝儿、心肝儿，我爱你，爱你，爱你，爱死你！"

孙艳喜欢的对象恰恰也是她的同桌唐鸣洪，她觉得他有修长的眼睛，就像是漫画里的人物，当所有男生都如没长开的豆芽菜时，他却身形伟岸。

老实的唐鸣洪当然不会觉察孙艳的暗恋，他不止一次告诉她，他喜欢唇红齿白、温柔贤淑的女孩，那个女孩最好还要有一双恬静的大眼睛。

孙艳听他刚刚说完就急忙拍了胸脯，打着包票："我的眼睛也够大的啊！"

唐鸣洪撇撇嘴，说："可是你傻傻的，眼睛邪邪的。"

那天，唐鸣洪并没有立马接过孙艳双手捧递的情书，而是稍显敬畏地看着那抹粉色："这是谁给我的？"

"嗯……"这下倒问着了孙艳了，她的眼神正飘忽着，居然就那么巧地看见街口树下站着她们姐妹中的一个。

"喏，那个！"她愉快并大胆地把手朝那边抖了抖。

"哦，是她啊！"尽管间隔还很远，但唐鸣洪还是很快就认出了她的模样，"我认识她，只是还不知道她的名字。"他抿嘴笑着把信接了过来。

不过很快，孙艳就十分准确地捕捉到了，唐鸣洪在看完这封信的那一阵惊吓和哆嗦。

他把信纸重新折好放在衬衣的口袋里，抬头颇为感慨地说："原来，的确不能以貌取人，这真是文采辉煌啊！"

故事回忆到这里，唐鸣洪已经笑得直不起腰来。孙艳不在身旁，郭浅浅只能用拳头捶打唐鸣洪来发泄自己心中的怒火。她恨恨地跺脚，咬牙切齿："孙艳这招，可真够狠毒的！"

唐鸣洪躲避着她的小小拳头，含笑认真地看着她。

"我倒现在还保存着这封信，那你呢？有没有一直保留着我的回信呢？"

"嗯，有的。"郭浅浅硬着头皮说了谎，她笑着对唐鸣洪点了点头，心下暗想，如果不出意外的话，他的回信百分之百到了自己姐姐林深深的手中。

唐鸣洪根本不会想到，他认识的女孩，其实有两个分身，她们是孪生的姐妹，长得十分相似。不过感应是有的，所以他到现在也始终没有搞明白，为什么这个女孩前几分钟还跟他说自己喜欢吃草莓味的冰激凌，让他藏在壁橱里等她回房间去取钱，再回来拉开柜门的时候，她就变得喜欢吃香草口味的冷饮了。

【四】

人是不是在发生一些比较重大的事情后，记忆会出现暂时性的断篇？就比如昨天和林深深的重遇，还有唐鸣洪居然从那么高的舞台上掉下来，流了很多血，他居然说自己什么事都没有，还坚持要送郭浅浅回家。

所以直到现在，郭浅浅还回不过神来，也不记得自己最后是怎么进门，然后又是怎么歪七扭八地倒在床上的。她和孙艳合租一间屋子，睡一张床，在孙艳拉开房间门发出第一声呼喊的时候，她也只是翻了翻眼皮。

孙艳拉开窗帘让阳光全部透进来的时候，郭浅浅只是翻了个身。孙艳使劲摇晃郭浅浅身体的时候，她至多也是哼哼了几声。孙艳掀开她被子的时候，郭浅浅蜷缩成一团，躺在床上，继续无动于衷。

孙艳咬牙切齿地对她大喊："有没有搞错？你到底起来不起来？"

"今天周末！起来要干什么呀？"郭浅浅眯着眼睛看着坐在自己床头歇斯底里的孙艳。

"郭浅浅，你还是人不是人？唐鸣洪从那么高的舞台上摔下来，命都没了一半，你却还在这里呼呼大睡！他是你的男朋友，你怎么能这样糟蹋他对你的感情？"

郭浅浅真不知道她哪里来的那么多的义愤填膺。

"他不是说没事吗？有多么严重？"她睁开眼，撩开搭在眼前的刘海，她记得昨天她跟他讲那些事的时候，他好像还活蹦乱跳的。

"他已经进医院了，缝了三针！三针！你知道吗？"孙艳很激动，这是刚刚唐鸣洪电话通知她的，但是他没有告诉郭浅浅。对的，唐鸣洪总是这样的，他说他是男子汉，所以不想在她面前显得太软弱。所以，他重感冒还会陪着她一起看演唱会；明明吃得很饱了却还要陪她再吃一顿；会在打游戏熬了一整夜以后还陪她去买东西；会在腿受伤了后也坚持背着她在学校满操场跑。他一直都是这样，从来不说苦也不嚷累，只要她喜欢，他就会陪着。

"哪怕陪你去吃屎！"甚至他还这样对她说过。

郭浅浅摇头轻笑，这个时候竟然还笑得出来？

就连郭浅浅自己都开始有些讨厌自己的冷血，想着想着，鼻子就开始酸了，似乎眼泪马上就要掉下来。但是她努力忍住，其实她也从来不想在他面前显得很软弱。她从来没有告诉过他，自己有一个亲生姐姐的事，她也从来没有跟他说过家里遭遇的一切。她只告诉他，爸爸妈妈，所有亲人都没有了，她现在只有他！

当然，在孙艳面前她也不能够显现自己的软弱，因为她不想让自己最好的朋友发现原来自己是这么在乎唐鸣洪！谁认真谁就输了，谁更爱对方，谁就会更丢脸，是不是所有人都这么想呢？郭浅浅不知道，但是她是这么想的。更何况，直到现在，她对唐鸣洪也是有疑心的，她怎么会没有疑心呢？自己是顶替林深深去跟唐鸣洪继续在一起的，她怎么会不介意？怎么会不记得呢？

"说得这么大义凛然，你怎么不赶紧去看望看望他？"郭浅浅半坐起来，轻轻抱住自己的膝盖。她说话的声音也很轻，仿佛唐鸣洪受伤的事并不能动摇自己的心思似的。

"他摔下去又不是为了我，凭什么我去？"其实孙艳很想去看唐鸣洪，但是她怎能不知道，唐鸣洪最想见的其实是郭浅浅。自己去插在他们中间算什么事呢？

"那你怎么不早点儿叫醒我？"郭浅浅打了个哈欠，终于有泪水从眼角里流出来，她抬手赶紧擦掉。

"我也是刚知道这件事好不好？是唐鸣洪那个白痴拿着手机在医院里自拍，我翻朋友圈看见了！"孙艳回答得是那么理所当然，"你赶紧去看看他吧！"她略放低声音嘱咐道，轻轻握拳捶了捶郭浅浅的肩膀。

郭浅浅没有说话，她刚刚睡醒，头还有些晕晕的，她再闭上眼睛，让阳光暖暖地照耀在身上。一分多钟后，她再睁开眼，定了定神，穿好衣服，把头发绑在脑后。精神抖擞地出门前，她没忘记留给孙艳一抹意味深长的眼神。

孙艳还喜欢唐鸣洪吗？是的，应该是喜欢的吧，郭浅浅觉得自己似乎能感觉到，但是她又没办法开解她，也没办法挑明，当然更没办法把唐鸣洪让给她。

孙艳是自己的好朋友，真的是很好的朋友，这么多年以来，她对她很好，如果不是唐鸣洪，而是自己的另外一个男朋友的话，她会不会为了友情而把他让给她呢？

也许会吧！也许会的！因为郭浅浅觉得自己真的很亏欠孙艳。在她很多次没钱交房租的时候，在她那么拮据的时候，都是孙艳接济她。其实她知道，孙艳也并没有那么宽裕，可是她始终都帮自己。不是说受人滴水之恩当以涌泉相报吗？做人怎么能不知恩图报呢？

可是，唐鸣洪并不是自己一个人的，她替代了林深深跟他在一起。这些年，他已经代替林深深成为自己的亲人，既然他是亲人，她又怎么能把他让给自己的朋友呢？

怎么可以呢？是的，不可以的！

就这么想着，手指居然握成了拳头。她也不知不觉走到了唐鸣洪家的门口，直到敲开唐鸣洪家门的时候，郭浅浅才惊觉自己有些失礼，她居然什么东西也没有给他带。按理说，上门看望病人，总应该提些水果什么的吧？她却空着两手。真的很不像话吧！虽然，这并不是自己第一次来他家！还好他家人都不在家，用人给她开了门以后就只顾着做事去了，任郭浅浅自便。

郭浅浅上楼，轻车熟路地找到唐鸣洪的卧室。他手臂上缠着绷带，躺在卧室的床上睡得正香。郭浅浅突然想，他也许永远都不会知道，他睡着的时候很可爱，粉红的唇和浓黑的睫毛都微微翘着，上面落满了温暖的日光，安静得像小孩子一样。她尽量把步子放得很轻，走近他的床，俯身看他。唐鸣洪睡得很沉，呼吸均匀，眉头轻轻地皱着。

这样一个男生，对待感情，真是无所不用其极，傻得让人心疼。不知道他究竟是失神跌落舞台，还是想纵身一跃过来看清楚他自己究竟是不是眼花。他一定是有所发觉了吧？她很担心，她甚至想起，在那个过程中自己始终一直都没有回过头。

究竟是唐鸣洪的感情太真？还是她郭浅浅太过患得患失，或者说是太过薄情寡义？

在这个世界上，唯有感情是经不起计算和推敲、讲不得平等与回报的，不然，不是把自己逼疯，就是把对方逼疯，对谁都没有任何好处。

郭浅浅轻手轻脚地在他床边坐下，实在是没有事情做，她发现他床头柜上摆了一盘苹果，就随便拿起来一个，自己给自己削起了苹果。长长的果皮一圈一圈脱离果肉，绕着手指下垂。

完工一个，她又拿起一个。她并不是想吃苹果，而是想给自己找点儿事情做，削完第三个的时候，唐鸣洪还没有醒。

越来越浓郁的苹果清香，居然让郭浅浅忽然觉得有些窒息。她刚起身想要离开，却听见正在做梦的唐鸣洪在小声说着什么。房间里虽然这么安静，她却听得不是那么清楚。

"你在说什么？"郭浅浅不觉俯下身子，把耳朵靠了过去。

病床上的唐鸣洪居然一下子就睁开了眼睛，灿烂一笑，在郭浅浅反应过来，撤回身子之前，迅速地在她的脸颊上"吧唧"一口。唐鸣洪原本以为她会因为他这猝不及防的深情一吻而惊慌失措，脸红心跳，但他万万没想到郭浅浅眉头一皱，嘴巴一张，哭了，眼泪"吧嗒吧嗒"地滚落在地上。

泪眼迷蒙中，郭浅浅仿佛又看到若干年前的孙艳，那天孙艳站在校门口的广场上，当着自己的面，用美工刀在内手腕上刻下了三个字。当锋利的刀尖在皮肤上划下最后一笔的一刹那，孙艳竟然轻轻地笑了，然后笑声逐渐扩大，化成眼角的泪滴："浅浅，有了你，他永远不会喜欢我！"

"孙艳，你怎么这么傻？"郭浅浅声音里有了哭腔，她怎么会不知道她说的是谁。

"你放心，即使是这样，你也是我最好的朋友，也正是因为这样，我才觉得必须要宣泄一下才好！"孙艳看着她只是笑，脸上的泪水还没有干。

郭浅浅到现在还依稀记得，那天自己脑袋空白地走近她，轻轻拉起她的手，当自己看到她手腕上的字时，眼眸里有微微的波动，瞬间即逝，她只懂对她说："快去医务室吧！"

"不用了，一点儿小伤，根本没有这个必要！"孙艳甩开了她的手，还是笑。

郭浅浅看着她的脸，表情前所未有地严肃，声音多了些祈求："走吧，跟我去医务室吧！"

"我说了，不用！"她认真地看着自己的手腕，眼泪砸在了伤口上，混合着鲜血散开在阳光下。

唐鸣洪根本就不会知道，那三个字是他的名字。他的名字被孙艳永远铭记，伤口好了也成为淡淡的痕迹，一辈子都无法抹去，亦无法忘记。

努力止住哭泣，郭浅浅抬手在唐鸣洪额头上轻轻戳了一下，依然紧紧咬着牙关："你能不能告诉我，你为什么要这么招人……"

"是招人喜欢吧？"不明就里的唐鸣洪笑着搭了话。

"是招人讨厌！"郭浅浅吸了吸鼻子，用手腕抹干净脸上的泪水。

有一种记忆，就好像是被冰封的故事，直到清理之前才不得不去看清楚它的模样。这一颗颗好似肿瘤的东西，在结成冰块后，我们舍不得丢弃便只好储存起来，也说不清楚为何要保留，只是当时无法处理而已。

终于要拿出来清理一下了，那些事情距离现在已经有八年了，估计我们都无法知晓，这些冰块里的东西到底是活了八年，还是死了八年。等它融化晒干之后才发现，这些故事居然没有丝毫的腐坏、变味，生命力还是那么顽强，就像是一条被封冻住的活鱼，当冰水化去之后，只需要将它放入水中，它便能活生生地游走。

"林深深，我很想看看唐鸣洪的那封回信。我没有怪你的意思，我也是刚刚才知道，他给我回过一封信，那还是在你们在一起之前。我知道你有可能已经弄丢了，我也知道你有可能是忘记了把它交给我。可是，你能不能回想一下信的内容，免得我今后在唐鸣洪的面前不好交代。"郭浅浅的用词非常巧妙，说得很是缓和。

林深深听完，整个人瘫软地窝在静吧的卡座沙发里。

"什么信？我从来都没有见过啊！"终于回到故乡，眼前是熟悉的红黄蓝绿的鸡尾酒，身边坐着的是她最朝思暮想的亲人。

"唐鸣洪说他寄到了学校，但收发室的老大爷并没有给过我。"郭浅浅急忙接口，她用手指触了触酒杯的杯侧。杯子如预想中的冰凉，她赶紧找了张餐巾纸垫着。

"是吗？"林深深扬了扬眉，"那老大爷老眼昏花的，说不定弄丢了呢？"

郭浅浅就讪讪地说："也说不定，他把我认成了你。"

"我没有。"林深深冷冷地抱住胳膊，始终都不肯承认，"我真的没有。"

"那，这封信去哪里了呢？"郭浅浅咬了咬唇。

"你问我吗？"林深深正色道，"我怎么会知道？"

"哦，好吧。"也许是说了太多话，所以口干舌燥，郭浅浅抬手端起桌上的莫尼托几口饮尽，还使劲咀嚼着酒水里的薄荷叶子。她总觉得姐姐有些言不由衷。

林深深喝了很多酒，已经有些微醺了，她发现自己还是不敢面对曾经做过的错事。是妹妹先向唐鸣洪表白的，结果被她抢了先，她这样做是不对的！她甚至悔恨自己当时为什么要这么做。可是，后悔有用吗？她摔了杯子，她实在无法使自己冷静下来，她还是原来的自己，被现实打回原形。

亲情牵绊，命运使然，一切因缘际会都不会因为你的无视而消失，它只会永远在那里。要么自己骗自己一辈子，要么面对。往回走，再难也要走。

回来收拾情感，回来赎罪，回来补偿，回来修正自己曾经的懦弱、退却和自私。但是就算修补得再好也会有痕迹，这算不算是人生的一种无奈？算不算上帝耍人的一种固定模式？

虽然一时之间她还不知道自己应该对这件事做出回应，但林深深清楚自己不得不管。

"我真的没有想到，你现在居然和唐鸣洪在一起，要知道……"

林深深欲言又止，而郭浅浅毫不迟疑地重重点头："我知道，他曾经是你的男朋友！"

看着妹妹眼睛中那种说不清的决然和凄然，林深深突然后悔开了这个话题，赶紧连忙摇头否认："我已经跟他说分手了。"

郭浅浅吸了口气，平平地继续道："你走之后，我去找唐鸣洪，我冒充你说我那天昏了头，我说我后悔了，在他和顾泽诺之间，我决定选择他！"

"你真的很喜欢他？"

"对，即使他一开始喜欢的根本就不是我；即使他是先跟你交往的；即使我那个时候只是你的替代品；即使你走了以后，我才觉得我必须要找回他！因为这个世界上只有他还能让我觉得自己还跟你有一些牵连。所以，到现在，到今天，我居然不知道，我到底喜欢不喜欢唐鸣洪？他到底喜欢的是我，还是你？林深深，你说，我是不是很可笑？"虽然她回来了，但是郭浅浅坚持不叫她姐姐，而叫她的名字。

自己怨恨姐姐吗？

怨是有一点儿的，恨，没有吧。

自己想念姐姐吗？

应该是想念的吧？要不，怎么会总是在梦里见到她呢？

眼角又一次泛潮，林深深实在不知道该说些什么。而郭浅浅又说话了，她说："就当我是喜欢唐鸣洪的吧。反正我已经习惯跟他在一起，他对我很好，我这辈子也不算所托非人，但是，其实我现在在意的并不是那封信，而是唐鸣洪到底喜欢的是我，还是你？我一直怕，我怕他把我当成了你？可我就是不敢跟他坦白一切！"

"爱情，是不容有半点儿欺骗的。"林深深知道自己不应该这么讲，但是纸包不住火，有些事情应该预先避免，越拖就越是祸。她觉得妹妹的这段情感是有危机的，当然很可能一辈子不会爆发，那是侥幸。而爆发以后，谁知道唐鸣洪会有什么反应？只有天知道。

"我没有欺骗，我想如果我不喜欢他，我也不会去找他，"郭浅浅挺身抬头，咬牙不肯承认，"你不过跟他谈过一两个月的恋爱，他连你名字都不知道，而我，跟他已经有七八年了。"

"你真的能这么想就好。"林深深伸出手去握住她的手，"我记得唐鸣洪跟我说过，他相信一见钟情的感觉，在第一眼认定，这个人就对了，从此矢志不渝！"

她说完就看见妹妹的表情稍滞，然后像触电一样把她的手指从自己手心里缩了回去，目光闪烁，阴晴不定。

快刀乱麻，打蛇七寸，妹妹神情的呆滞，让林深深终于肯定，自己的确说中了重点。

林深深是故意点破的，她们是亲生姐妹，打断骨头也连着筋。她料到唐鸣洪肯定说过这句话给浅浅，所以让妹妹至今心怀芥蒂。

"你还有什么不可以跟我说的呢？你可以骂我、打我、气我，怎么都可以，就是不要隐瞒我，掩饰你心中的苦楚。"林深深盯着妹妹一字一句说。

郭浅浅低头沉默，她不知道自己可以说些什么，但意外地在苦涩之中，感觉到了亲情的温存。八年来的第一次，她觉得她们两姐妹又回到家里发生那场火灾之前，无话不说、亲密无间的样子。

"林深深，你帮我一个忙，你帮我去试试唐鸣洪，如果，他心中所想的确实是你，那么，我就干脆放掉他，我不想做你的影子。"说到这里，郭浅浅顿了顿，红了脸，"你不要生气，我说不想做你的影子，并没有其他的意思！"

林深深舒出一口气，笑了，她双手按住妹妹削薄的双肩："你没有说错，你本来就不是我的影子，你就是你，你是郭浅浅，比林深深好一千倍，好一万倍！"

"林深深，其实我知道的，从小我好像各方面都差了你很多！"郭浅浅认真地看着林深深的晶亮眸子。

林深深忘情地搂住妹妹的脖子，把额头贴在她的额头上："不要用自己的短处比较别人的长处，每个人都有擅长和不太擅长的事，你不必为这些太过介怀了！"

郭浅浅有些闪躲她的热情似的，闭着眼睛低声问："林深深，你帮我吗？"

"我帮你，我什么都帮你。"林深深的手依然搂着妹妹的脖子，她仔细看着她的脸庞，"不过，浅浅，你想好了吗？"

"嗯！"郭浅浅连忙肯定地点点头，"我想好了，我要你帮我！"

【五】

究竟该怎么样试唐鸣洪？其实郭浅浅并没有一个具体的想法，反而林深深心里有了一个大概的计划。但是，就这样把妹妹推给他？他能够接受吗？但她必须为了妹妹的未来去试试，也许她的此举可以成全他们的爱情。

但莫名地，她心里又有些不甘，以及些微的疼痛，往事涌现出来，搅动心肠。

从静吧里出来，站在静吧的门口，林深深有些晕眩，外面在下雨，也不知道是什么时候开始下的。

没想到事情进行得这么顺利，她很快就可以实行自己的计划了，她明明应该是开心的，但是为什么心里总是闷闷得难受呢？

她打了一辆车，在这个城市的黑夜里不停地绕着圈。看着外面似熟悉又模糊的建筑晚景，林深深发现，自己的的确确已经不认识这个城市了：从前的那个公园现在变成了广场，池塘变成了花房，那些人的眼光太陌生，那些灯火太过耀眼，这些声音太过喧嚣嘈杂。

自己满怀着惆怅，跌跌撞撞花了八年的时间才从那些阴影里缓过来，但她的生活像是一部电影，突然切入另一个画面，世界又一次失去了它所有的光彩。

直到雨停了，林深深才真正让自己完全安静下来。她蹲在路边打电话，约了一个人在夜半的闹市区相见。之后，她就沿着潮湿的马路，在已经歇业的商业大楼附近来回地走。

也许是因为刚刚下过雨的原因，整条街道往上冒着凉气。郭浅浅眼看着林深深坐的车走远，在潮湿的空气里只剩下一个黑点。她回过头来走自己的路的时候，却远远发现一个熟悉的身影在前面那家酒吧门口千娇百媚地摇晃。那个身影的旁边，跟着一些吹口哨的虎视眈眈的男人。

"王准，你在这里干吗？"郭浅浅三步并作两步地走了过去，扶住她的身体。

飘忽中的王准顺势一头靠到了郭浅浅的身上，发丝凌乱地抬头嬉笑着："浅浅，怎么是你？来，你也喝点儿？"她使劲摇晃着手中的酒瓶子。

"你到底喝了多少？"郭浅浅试了几次，好像都拉不直她的身体。

"没喝多少。"王准边说边打了个酒嗝，眼珠在眼眶中转，"我真的没喝多少。"

郭浅浅稍微整理了一下她身上凌乱的衣饰，环顾四周搜寻那个应该出现在这里的影子："你的男朋友呢？"

"我男朋友是谁？"王准借着酒醉在装傻充愣。

"就是你男朋友啊！"郭浅浅用力捏住她的肩膀，皱了皱眉，"你们是不是吵架了？"

"你说什么啊？你说的是哪个男朋友？"王准斜着眼看着她。

郭浅浅叹了口气："那你是一个人来的喽？"

"废话！我一直都是一个人，不过……"她嘻嘻笑着，"如果你陪我，也可以的，我请！"说着，王准扬了扬自己手中的瓶子，半罐的酒水在玻璃瓶子中叮当作响。

"算了，走，咱们回去吧。"郭浅浅就一把夺过她手中的酒瓶，搁到了路边。

王准抗议道："我的酒。"然后抬手，又忽然弯腰笑了，她不再管她的酒瓶了，因为她看到自己手指间闪耀的钻石戒指，"浅浅，你看，这个钻石大不大、亮不亮啊？"

"很漂亮。"郭浅浅配合着点点头，她哪里知道，王准在挑这个戒指的时候，史凯突然给她打了个电话，他告诉她，他剪了新的发型，买了件新的白色T恤，还刮干净了胡子……

然后王准只是对他说，好了，行了，不要说了。她很冷漠地打断他絮絮叨叨的话，问他到底还有没有事，要不她等一下再给他回过去。而电话那边的史凯已经带上了哭腔，他哽咽着问她，他们可不可以不分手，王准可不可以不离开他。

而当他们通话的时候，站在王准旁边的却是即将要为这枚戒指付账的方石，他问她："怎么了？有什么事吗？"

王准转头对他嫣然一笑，摇头，然后神情泰然地挂掉史凯的电话，轻描淡写地耸了耸肩："只是一个老朋友而已。"

方石轻轻笑笑，把他的手自然地放到王准纤细的腰肢上。她如葱管一样的指头点着柜台透明的玻璃对售货员说："就要那个最大的。"

王准要了颗两克拉半的钻石，它此时正在她的手上光芒四射。

郭浅浅淡淡地瞄了一眼，她发现这枚戒指并不怎么适合王准，就连王准自己也发现了，它有点儿太大了！可是它有两克拉半呢！这是南非的美钻，意大利的手工，这个世界上独一无二的宝石，王准也不允许自己错过！

合不合适又有什么需要在意的？王准没有给史凯回电话，她从来不后悔自己的选择，因为她不再想念了。

他剪了什么样的发型，他穿着崭新的白色T恤帅不帅，他终于记得刮干净胡须……但和她有什么关系呢？她已不再想念了。

一个半小时之后，顾泽诺按照约定在闹市区与林深深相见。尽管他心中十分烦躁，但看着林深深我见犹怜的脸，他还是努力控制住了不爽的情绪。

"你来了？"林深深的手掌拍了拍自己坐的公共木椅，"过来坐坐！"

"神经。"顾泽诺嘴上虽然这么说，却不情愿地挪到了她的身旁。他从裤子口袋里掏出纸巾，把那要坐的木椅上上下下、左左右右地擦拭了好几遍才坐下。

林深深撇了撇嘴巴，冷笑道："还真是委屈你了，顾大少爷！"

顾泽诺听着她的话还挥了挥手，就像是要赶走眼前的苍蝇："说吧，这么晚了，你不回家，发什么疯？什么事？"

"什么事也没有，我只是觉得在夜晚时分出来见面，会比较浪漫。"林深深对着他目光缱绻，双手合成拳。

"你有病！"顾泽诺跷起二郎腿，故意把脸别向其他的方向。

"你有药啊？"林深深淡笑着从浅色系的手提包里掏出一个红润润的苹果，用胳膊撞了旁边正东张西望的他，递了过去。

"切。"他回头看了一眼她手中的苹果，就再没有动作。

林深深故意嘟起自己的嘴巴，睁着大大的眼睛可怜兮兮地说："你不是最喜欢吃苹果吗？"

"你难道是想谋杀亲夫吗？"冷不丁地，顾泽诺丢出这么一句话，倒让林深深错愕了，她不解地问他，"你在说什么呀？"

顾泽诺冷笑了几声，才又小题大做地开了口："苹果为什么没有削皮？你知道没有削皮的苹果上有什么吗？农药！"

"哦，原来是为这个！"林深深在包包里掏了掏，把自己的手绢拉了出来，"买的时候，我就已经用温水洗过了，而且，还用湿纸巾擦了很多遍，真的，你看！"她边说着，边连忙用自己的棉质手绢不厌其烦地继续擦拭，"很干净的，真的。"

他看也不看她手中已经被擦拭得鲜亮的苹果，摆了摆手："你以为这样就可以了吗？农药是脂溶性的，根本就无法彻底清洗掉。"

"那好，那我把皮削掉好了。"林深深歉意地点点头，伸手在包包里摸索着小水果刀。

顾泽诺感叹着："你带的东西倒是挺齐备的。"

"那还不是因为你，总闹出这么多幺蛾子。"她说着旋即就笑了，赶在他变脸之前找补了回来，"是你的要求高，事事都那么高端！"

"你快点儿！"顾泽诺露出雪白的牙齿，不断催促着林深深，"快点儿，快点儿！"

他左手从外衣口袋里掏出香烟，右手拿着烟盒，低头用嘴叼出一根，再打着火机点燃。

很快，尼古丁就从修长玉洁的烟管里被他吸进肺部，然后从他的鼻子和嘴巴里吐出来，完全扩散在他们两人所在的空间。

林深深不声不响地削着苹果，手上稳稳当当的，并不因为顾泽诺的着急而有所错漏。他吐出的浓烈烟气被她吸进，浑身说不出来地难受。她强忍住头疼，强忍住刺痒，只勉强咳嗽了几下。顾泽诺在旁边抽得更快了，一支一支接着，没有片刻的停歇。

林深深偷空斜眼瞄了瞄地上那些被他丢弃的烟蒂，怪不得，他弃烟的频率如此之快，原来，往往一支还没有抽完就被扔到了地上。抽到后来，几乎是刚点燃的烟就不要了。他并没有弄熄它，任由烟支躺在地上燃烧，继续余烟袅袅。

"可以了。"林深深终于把苹果削好了递给他，她削得很用心，她膝盖上掉落的苹果皮是那么薄，所以，那果子基本上还保持了未削皮的形状和大小。

顾泽诺并没有伸手去接，而是戏谑地看着她："为什么苹果削了皮？你不知道我不喜欢吃削了皮的苹果吗？"

"你不是说皮上有农药吗？"林深深仔细地端详着他那张出尔反尔的无耻面孔。

"洗干净点儿不就可以了？你知道苹果皮上有多少营养吗？"顾泽诺挥了挥手，开始不厌其烦地给她进行营养学知识的普及，"苹果皮中含有丰富的抗氧化成分及生物活性物质，吃苹果皮对健康有益。苹果皮中含有很多生物活性物质，例如酚类物质、黄酮类物质，以及二十八烷醇等，这些活性物质可以抑制引起血压升高的血管紧张素转化酶，有助于预防慢性疾病，如心血管疾病、冠心病，降低其发病率。"

"嗯。"林深深低声沉吟，一副受教了的样子，"你说得很对。"她一只手把削好的苹果捏好，另外一只手很快从包包里又掏出一个苹果，一个没有削皮的苹果。她并起双手，一起递到顾泽诺的眼前。

"你什么意思？"顾泽诺玩味地朝她呼出一口气，嘴巴里满是难闻的烟味。

林深深下意识地低了低头，清理干净膝盖上的果皮，然后把刚才擦苹果的手绢平铺在并拢的大腿上，把两个苹果又搁在上面。做完这些之后，林深深抬头看他，唇上依然带着温和的笑容，点兵点将："削皮的和没有削皮的苹果都有，你究竟吃哪一个？"

顾泽诺盯着她，在她恬静的面容上审视了好久，才深吸一口气，点点头，笑了："对，我确实很喜欢吃苹果。"他顿了顿，慢慢凑近她，在双方鼻尖快要碰到的时候停下，"可是你碰过了，我就觉得恶心，怎么也吃不下，看到都想吐了！"

林深深用力一耳光扇到了他好看的脸上，发出"啪"的一声脆响。在顾泽诺震怒之前，她保持着迷人的微笑，亲热地叫唤他："老公，削皮和没有削皮的苹果都有，你到底想吃哪一个？"

林深深端坐在凳子上静静等待着，哪怕下一秒，他会扑过来把自己撕得粉碎。

对于这种状况，林深深也许早就应该习惯。

他们不是一直都是这个样子吗？

面对彼此，他和她就好像世界上最高明的心理医生，轻易就能洞悉对方的病态。即使最甜蜜的时候也是，一个话不投机，他们就会立刻像两条疯狗一样撕扯起来，谁也不肯相让。他们太了解对方的每一个软肋和死穴，彼此总能在最短的时间里做到最大限度的两败俱伤。

【六】

当新一天的晨光渐渐透进房间的时候，两个平躺在床上的女孩睁开眼睛。也许是酒精消退的缘故，王准觉得自己越来越清醒了，她动了动右手的胳膊，碰了碰郭浅浅的左手手臂，小声地问："浅浅，你睡着了吗？"

郭浅浅直直地看着头顶雪色的天花板，冷静地回答她："我睡不着。"

她记得，自己小时候也是这么跟姐姐一起睡在一张床上，她明明有自己的房间自己的床，却总是跑过来和姐姐挤在一起，和姐姐挨在一起似乎就会睡得很舒服。郭浅浅不知道是什么原因，她也曾问过自己，却没有答案。最后还是姐姐给了答案，姐姐解释说，她们从胚胎起就这样一直挨在一起，在妈妈的肚子里，一起没日没夜地睡了足足九个月。

郭浅浅紧紧抱住姐姐："那我们要永远在一起！"

"怎么永远在一起？"林深深失笑，"你长大了不嫁人吗？"

妹妹便睁大眼睛，很认真地说："我们嫁给一个男人好不好？"

"不好！"姐姐回答得斩钉截铁。

"为什么不好？"

"因为我会吃醋，因为就算是孪生姐妹，我也不愿意和你共同拥有一个男人！绝对不可以！"

"那我就一辈子不嫁人！"

"少说傻话了，嫁人是每个女人必须走的一条路，不管将来找个好男人还是坏男人。而生育宝宝则是一个女人一辈子最大的福气。我也好想像妈妈这样，怀一对双胞胎啊！"

旁边的王准突然歉意地问："是我吵到了你吗？"

"没有，没有。"郭浅浅擦干眼角的湿润，在枕头上摇头解释，"其实，是我自己的原因。"

"哦。"王准答应着，翻身靠近她，试探地说，"那我跟你说说话？"

"好！"郭浅浅点点头，她口干得很，不想说话，所以她对王准说，"你说吧，我听着。"

"我有房子了。"王准轻轻从嘴里吐出这么几个字，声音很低，语气中没有一丝一毫炫耀的意味。郭浅浅可以感觉到，王准并不想自己有所回应，她只需要自己慢慢聆听就好了。

王准现在最想做的，也许就是倾诉。

郭浅浅猜得果然不错，紧接着，王准就开始慢悠悠地讲述起来。

"今天在售楼中心的时候，一直都是我在办各种手续、填写各种表格以及沟通所有的细节。可是，在填写产权人的时候，方石就立马过来写上了他的名字。"说到这里，王准咻咻地笑了两声。

郭浅浅没有转过头去看王准的脸，因为，从笑声上她已经判定，这个笑容肯定不是那么让人欢欣愉悦的。

郭浅浅只是把手掌摊开，伸过去轻轻握住了她清冷的手指。

"当时，我什么都没有说。我发现售楼小姐在对我笑，可是我觉得那笑容特别特别尴尬。是的，产权人的名字就写他的好了，这房子本来就是他买的！"王准在枕头上用力吸进一口气又吐了出来。

"不过，我还是很高兴的，我怎么会不高兴呢？我才二十四岁，就有了一线城市市区内的一套价格不菲的住房！很多年前我就在跟史凯说，我好想好想有一套自己的房子啊。现在我的梦想很快就要实现了，而且方石还答应我，要给我买辆车。我们有了自己的房子，我们很快还会有车。"王准说着，手指收紧了一下。她在回想，很多年前那是多少年前呢？是自己刚刚大四的时候，她二十一岁，那时候她的男朋友还不叫方石，而叫史凯。

二十一岁的王准老是喜欢跟在史凯的后面，她还喜欢拉着史凯到处玩。在一所不入流的大学里面，他们其实也根本没有什么好干的。

王准经常去史凯唱歌的酒吧里等他下班，她看着他把头发用发蜡抓得七零八落的，然后坐在幽暗的灯光下弹着吉他唱着歌。他需要唱很多首歌，直到唱得脸上有了晶莹的汗。

酒吧里面有很多女孩子对着台上的史凯尖叫，这时候，王准会在吧台上点一杯苏打水，用吸管吱吱地吸到嘴巴里，当然，这饮料钱会记在史凯的账上。

很晚的时候，他们才回到一起租住的小房子里面。史凯习惯性地把酒吧老板给他的劳务费全部拿给王准，其实并没有很多，每首歌才20块钱，史凯每天至多也就唱个十来首。

王准把钱收好，然后温柔地给史凯按摩肩膀，用嘴巴轻轻咬他的耳珠，然后呵气如兰地对他说："史凯，我们结婚吧！"

史凯肯定会立刻回过头来，扳着她的脑袋用力亲一口，然后咧嘴笑着说："你真的很没有创意！"

"哼，我最没创意的，就是看上你。"王准一拳捶在他坚实的肩膀上，她确实不需要什么创意，她会拿着史凯给她的钱到街上花掉，想要什么就买什么。

只有这个时候，王准才会觉得自己并不比学校里那些下了课有汽车来接的女生们差。她跟她们一样，怀揣着钞票，要风得风，要雨得雨。

那个时候的王准有史凯就够了，她可以榨光他身上所有的钱，这样他就不能跟其他女孩子瞎腻味去了。

他们一起睡得总是很晚，然后每天起床就像是一场灾难。王准会用力捶旁边睡得跟猪一样的史凯，然后放声干号："浑蛋，你又偷偷把我的闹钟按掉了对不对？"

"好像是吧。"史凯抬起手臂揉了揉眼睛，然后对着她睁大眼睛，一脸的无辜。

王准一点儿也不为之动容，歇斯底里地大吼："起床啊！都迟到了！"

他们就一起手忙脚乱地穿衣服，有时候为了赶时间，王准就胡乱套一件史凯的大T恤。她在卫生间的时候，史凯就会在门外抓狂："王准，你掉进去了吗？你到底要不要出来？我都要尿到裤子里了。"

又折腾好半天，他们两个人才能真正意义上出门。史凯拉着王准一路狂奔到学校，在第一阶梯教室门口的银杏树下大口大口喘息，调匀了呼吸之后才敢溜进教室。这时距离下课也没有几分钟了。

晚上回家的时候，史凯总是那么往床上一倒，赖皮地拉着王准的手，像小孩子一样瞎嚷嚷："亲爱的，我饿了，饿了，饿了，快做饭吃吧！"

王准就站在床边把手摊开："给钱。"

史凯半坐在床上可怜兮兮地看着她说："可是，我没有钱。"

"没钱还想吃饭？"王准对他翻了个白眼，独自去看电视。

"妈妈的，真是个狠毒的女人！见钱眼开的娼妇！"史凯会狠狠地骂她，而王准会马上又跑回到床前揉他棱角分明的脸："亲爱的，我们结婚吧！"

史凯不说话，也不理她，王准就过去把她电脑旁花哨的劣质音箱开到震天响，然后看着史凯捂着耳朵眼珠子乱转，最后坏坏地笑起来。

王准把洗澡水放得满满的，等她找完浴巾回来，装睡的史凯已经像鱼一样滑进了浴缸的底部。他赤条条的身子和结实肌肉的线条，在波光粼粼的水中一览无遗。王准跟着跳了进去，在浴缸里和他打架。然后，水面会为他们轻轻荡漾，洗澡水会不时溢出来一点儿，弄湿整个卫生间。

毕业后这几年每一次的同学聚会都是王准自己去的，她的那些校友，都是男朋友开车送来的。王准第一次发现，原来那些比自己大二十多岁的老男人，也可以被她的同学骄傲地称为男友。

尽管史凯绝对是这些校友的男朋友中最年轻、最帅气的，可王准一次都不让他陪着。

因为她羞于跟她们提及她和史凯还住在一间租来的不足十平方米的小房子里，她的男朋友至今也没有找到一份很好的工作，只会在酒吧里弹吉他唱歌。

　　"当然。"王准点点头，"我觉得我唯一可以拿出来充场面的，是我们真的很相爱，很相爱。"她的眼皮都有些重了。

　　"再后来，我就认识了方石，我用史凯每天晚上唱歌唱到声带嘶哑的钱，把自己打扮得漂漂亮亮，然后认识了方石。"王准的眼角有泪水溢了出来，很快滑到了耳边。

　　"方石很普通，他二十七岁，比史凯大五岁，但比起校友们的那些老男人，却年轻了太多太多。"王准真的不知道，自己是应该笑还是哭，她越说越缓慢，"方石开车送我回去拿东西的时候，史凯破天荒扇了我一个耳光，真的很疼。"

　　"因为打到了你的心上吧！"郭浅浅忍不住插了句感叹。

　　王准就骄傲地说："我故意让他看到的，我总是这么恶行昭彰，我真的是个见钱眼开的娼妇，我在有了更好的靠山之后，就要跟他分手！"她想起自己收拾好东西下楼的时候，史凯靠在房门上看着自己，他特忧郁地对王准说："你要觉得想我了，或者过得不好，就赶快回来！"

　　她终于忍不住跑过去，然后捧着史凯的脸亲一口，又亲一口，再亲一口。

　　最后她还是飞快地提起行李下了楼，途中没有再回过头。

　　也许是说得太多，也许是说得很累了，王准渐渐睡着了，她在郭浅浅的床上做了一个梦。

　　她梦到自己和史凯一起，买了一间好大好大的房子，她在里面，在他的身旁高兴地跳啊，笑啊。史凯赤裸着上身给她弹吉他、唱歌。

他的手指认真地拨弄着吉他弦，而王准的小手不老实地轻轻滑过他结实的六块腹肌。

王准在梦里笑醒，睁开眼睛的时候，郭浅浅用手掌撑着脸在旁边噘嘴看她，然后自然地弯了弯唇对她说："给你放好了洗澡水，你泡个澡，我们一起去上班吧！"说完，郭浅浅又向她挤了挤眼睛，"不过，不要把洗澡水荡漾出来啊！"

王准不好意思地坐在床上笑笑，嘴巴里很是谦和地说"谢谢"，在郭浅浅转身后，用手用力敲了敲自己的额头，她在回想刚才的那个梦。

是不是真的，日有所思，夜有所梦。

【七】

不管发生什么事，夫妻没有隔夜的仇恨，当然，也许这种厮杀根本就不算一种累积仇恨的过程。反正当着别人，他们都会默契得跟什么都没有发生过一样。

虽然有人说，女人吵架就像是放一串鞭炮，放完了发泄完了就完了，而男人更多的是隐忍，累积积分，积累到一定额度，给你兑换一个小三。更何况，顾泽诺确实非常招人。所以，林深深觉得要把他盯紧了，最起码在交接前是不能出什么幺蛾子的。

国外的花店不开了，她回国以后就干脆来顾泽诺的公司上班。

上班的第一天，她起来的时候，顾泽诺翻身睡得跟猪一样。谁叫人家是老板，自己是打工的！所以，林深深准时到了公司报道，上班。在人事行政部里办完手续，自己已经进入工作状态很久以后，顾泽诺才姗姗来迟。

他在路过林深深座位的时候，左手哈根达斯，右手……还是哈根达斯，表情欠揍，目不斜视，若有所思。随即，他就像倒带一般退了回来，双手维持天平状微微侧头，声音不大不小，但异常轻佻："是我给你的工资很少不够买衣服？还是你穿了你外婆的衣服？"

虽然怒火中烧，但林深深故意傻不愣登地龟速抬头："顾总，您是在考虑要给全体员工涨工资？"他难道就不知道，批评一位时尚女士的着装品位，犹如在光天化日之下剥光她的衣服般令人发指？

他目光扫过林深深漆黑的眸子，耸耸眉："我当然很想，不过，这个要董事会做出决议。只是，现下我希望的是你能在自己可以承受的经济范围之内，把自己打扮得洋气一点儿。"说完，他就潇洒地托着两碗哈根达斯走进了他的总经理办公室。

"没眼光！"林深深噼里啪啦地使劲敲着电脑键盘，"难道都要像你一样，穿着一身珠光宝气的世界名牌到处晃荡？"她想了想，还是怎么都不能解气，起身去把空调调到了最低，对着他办公室的门小声吼着，"和你的哈根达斯一起结冰吧你！"

没过多久，她又假装什么都没有发生过，面无表情地拿合同进去找他签字。她还是忍不住开口问他："真的很像外婆吗？你知道，我很久没上班，很久没有穿职业装了。"

"怎么？你外婆来了？"顾泽诺晃动着手中银质的钢笔根本就没有抬头。

"你才外婆来了呢！你全家外婆都来了！"办公室只有他们两个人，所以林深深不需要掩饰自己内心的激动。

"你要是见到我全家的外婆那才叫恐怖呢！"顾泽诺好整以暇，似乎转脸就忘记了刚刚的事，可怜的她到现在还在耿耿于怀。

"对了。"在转身出门前林深深突然想起，"婆婆刚刚通知我，她亲爱的牌友马阿姨，强烈要求与你共进午餐。如果你不去的话，她就会冲到你的办公室跟你喝整个下午的茶。"

马阿姨身高150、吨位160的体态闪电般在顾泽诺脑海浮现，他滴着冷汗欲哭无泪："你就不能找个正当的、合适的，又能促进友谊的方式拒绝吗？"

"我今天穿得如此寒酸丢脸，怎么能去见婆婆和马阿姨？"林深深眨了眨眼，一脸的委屈，"马阿姨是行走在潮流巅峰的时尚女王，我若是就这样去了，后果如何，你懂的！"

顾泽诺努力按捺住了整个马蜂窝的表情，强作镇定："你穿什么并不重要，重要的是，你代表的是我。"

"哦？"林深深拖长了声音，转身定位，双手抱着自己的胳膊，"我怎么不代表你去死？"

顾泽诺沉默地低下头，苦口婆心："我理解你的不情愿，不过，你真忍心看着我被这群以马阿姨为首的恐龙挨个践踏吗？"

林深深露出鄙视的眼神："你能不能别总说得跟自己被轮奸了一样惨？你严重夸大和扭曲事实！"

"好吧。"顾泽诺抬起头，眼内居然泛起雾气，"我知道，很多时候我无理取闹、自私自利还盲目自大，跟我生活在一起，你免不了吃亏和受委屈。"

林深深心虚地捏紧自己的手指："好吧，你的虚情假意，有时候还真的是蛮引人入胜的！"

就在她的内心天人交战的时候，顾泽诺沉不住气露出了本来的面目："你还在考虑什么？你只有两个选择！"

"竟有两个选择之多？"林深深讽刺地眯起了眼睛，脸上堆满承恩的假笑。

顾泽诺冷笑道："一个是选择去，那么，我就承认我会欠你一个人情，我可以答应你一个条件或者帮你做一件事！另一个选择是我们都不去，我肯定会拉着你一起，在这个办公室里跟马阿姨喝完整个下午的茶，并且，日后你还有穿不尽的小鞋！"他完全露出那副死猪不怕开水烫的死样子了。

"你这是在威胁，赤裸裸的威胁！人面兽心、狼心狗肺、猪狗不如、人神共愤！"难道他觉得给自己穿的小鞋还少吗？虽然他在公事上还没有为难过她，难道他要逆天？

"好了，时间快到了，你可以去了。"他向她摆了摆手，道了一声"珍重"，然后把头埋进桌上的文件资料堆里不再看她。

林深深整个中午，独自面对马阿姨一脸失望、无望、绝望的寡妇表情。在接受完她长达两个多小时的时尚品评以及冷嘲热讽之后，林深深就像是被抽了骨架一样，仅凭着意志，拖着疲惫不堪的身子回到了办公桌前。

"让你做我的助理真的是委屈你了。"

正当她黯然神伤之时，手机微信收到顾泽诺的消息。头像里的他笑得花枝招展、人模人样，不明就里的人，估计真会以为他是什么大好青年。

"没关系的。"林深深很快坚强地回复给他一个笑脸。

"我这样安排，除了你能力确实比较低下只能做这类事之外，也可以给我妈造成一个我想天天跟你在一起的假象，假装恩爱嘛！"顾泽诺任何时刻都不忘记对她进行挖苦和打趣。

"当然。"林深深觉得自己闭上眼睛都可以想象到他那张忘恩负义、厚颜无耻的脸，"真相是，我见到你恶心的样子就忍不住呕吐，这样可以很好地保持身材的曼妙曲线。"

"确实挺曼妙的。"顾泽诺连忙点头同意，"你肯定是基因突变了，否则，怎么长得跟人似的？"

林深深就吸了吸气，咬牙笑了笑："我也是见了你才相信的，屁股和脑袋居然可以移植，不得不感叹你过人的基因力量！"

【八】

世界上所有男人都是骗子。不管是漂亮还是不漂亮的女人都会被骗。所不同的是，幸运的女人找到了一个大骗子，骗了她一辈子。不幸的女人找到了一个小骗子，只能骗她一阵子。

林深深到公司上班还不足一个月便很快就发现，原来，顾泽诺的花花公子形象其实早已经深入人心。他漫天飞的绯闻不仅一天传三遍，还时常花样不断翻新着。此时，他刚刚从自己的独立办公室里走出来，倚在门上对林深深笑着说："我有很多绯闻，刚出去和同事甲喝咖啡，转身便和路人乙漫步在微蓝大道上。还有人亲口指证，我和美女丙曾经热吻于呼啸而过的敞篷跑车里。"

林深深抬起头来看了他一眼，沉默不语。

他抬了抬手，衬衣的袖口是卷到胳膊肘上的："别紧张，慢慢来，还有几分钟才到开会。"

"嗯。"她答应一声，赶紧低头继续忙碌，仔细把他吩咐要准备的材料分类打印，分装成册。

这个该死的臭顾泽诺倒是挺会装模作样的，好像忘记了是谁刚刚暴跳如雷地冲着自己和李曼大叫："你们如果不在三十分钟内通知到所有人，然后把会议材料准备好的话，这个月的奖金就别想要了！"

林深深恨不得把自己手中的文件夹整个丢到他那张颠倒众生的脸

上。他简直就不把她们当人看，当着整个办公室的同事一点儿面子都不给。

"深深，你负责打印，我去打电话通知人，请记得文件一定要分类，每份数据之间要有详细的区分。"反倒是李曼面容平静，坦然接受。她很快就行动起来，按着他的交代和要求，开始通知需要参与会议的各个职能部门。她是顾泽诺回国以后招的新助理，工作能力一点儿也不输远在美国的乔安娜。

林深深站在那里吸了吸气，然后才打开邮箱整理应该汇总的资料。她手上忙着点击下载、保存和传输，嘴上却忍不住问："你做他助理已经有些时候了，他总是这样吗？暴躁起来的时候，比鸣人九尾化了还要恐怖得不留余地？"

"嗯，差不多吧。"李曼勉强笑笑，她的手指在内部联络表上慢慢滑过，查找需要的分机号，她歪着头夹住电话的听筒，"顾总工作的时候就是这么拼命和六亲不认。顾太太，您不是也觉得嫁给像他这样上进的男人是终身有靠吗？"

"放屁。"林深深只是轻轻做着口型，并没有发出实质的声音。她和李曼同为顾泽诺的助理，座位背对而坐，所以不怕李曼看到。

李曼很快就已经拨通了一个分机号码，语调干练："王总监，你好，顾总刚刚通知需要在3点半开一个产品会议，就这两天的议案讨论。会议资料已经发到了你的邮箱，请您按时参加。"她挂掉电话，前脚掌用力地上一荡，办公椅往后滑动到林深深身边："其实，你管他态度是怎样？也不需在意他的为人，男人嘛，需要的是实力。"

"嗯，是呢。"林深深敲着键盘头也不回，"所以，女人嘛，需要的是身份，正式的顾太太身份。不要说他的态度和为人，究竟他有多少女人我都可以不用在意。"

李曼点点头肯定道："顾太太果然是明白人。"

林深深对她报以微笑，心里默默在想，其实做人难得明白。也许必然是这样，当你看透一些东西之后，别人反而就有些看不透你了，要成熟的不仅是年龄还有心理。

会议室里与会的人很齐全，所有人都正襟危坐。作为总经理助理的李曼却没有进来而是在门外守候。

"好了，可以开始了。"顾泽诺扬首示意林深深，让她把会议资料发放到每个人手上。负责会议室的会议助理，把茶水和文具摆放得很整齐。

会议助理除了负责添茶倒水、清洁、摆放投影仪、开灯关灯、调节空调的琐事，还相应准备其他器材。所以，也就是说，林深深这个临时添加的总经理特别助理，是什么都不需要做的。

半个小时内，各部门做着总结和汇报，林深深发现，即使是顾泽诺也对这样枯燥的会议进程无可奈何。

"OK！很好，非常好，特别好！"他不止一次对各部门负责人表示嘉奖，不放过笼络下属的机会。

顾泽诺不经意地揉了揉太阳穴，以驱使自己的些微疲态。

"这一季度的工作我非常满意，特别是企划部和销售部做得相当好。"他翻开文件夹淡淡一笑，"接下来，我们讨论一下这几个计划和提案。"

林深深清了清嗓子，配合地按预备好的资料陈述："有顾客提出，我们公司的化妆品包装不太合理，用到一定量后就挤不出来了。低端品牌的塑料软管包装尤其严重，比如管状装的眼霜、隔离霜、精华素、洗面奶等，用到最后，管口和管壁总会堆积很多挤不出来。再有，就连高端品牌所常用的泵式按压瓶包装也出现了相同的问题，泵式按压瓶瓶底还剩一层精华素，却总是按不出来。"

"小顾太太。"出声的是企划部总监严丽，林深深讶然抬头看见的是她稍显歉意的微笑。她还是给足了自己面子的，起码等她完整说完这整段话，才开口打断。

"顾总，好像董事长大顾太太今天并不在场。"严丽摘下了她的金丝边眼镜，她根本就没有打开需要讨论的文件资料，但是以她为公司工作和服务了几十年的资历，就连顾泽诺也不能忽略她的话。

"其实，"顾泽诺叹了口气，不得已搓了搓手指解释道，"我妈妈今天安排了例行的身体检查，所以没有办法出席今天的会议。"

"哦，那就怪不得了，这个会议安排得这么紧张了。"公关部经理讨好地打了个哈哈，自以为是地想要缓和会议室里凝重的气氛。

严丽欲语还休地笑着，看起来，即使得到了顾泽诺的解释，她还并没有配合他讨论提案的打算。

"所以，你们公关部是不是应该检讨一下自己应对紧急事件的工作能力？就连临时加个会议也会觉得紧张，而无所适从吗？"林深深见缝插针的话，配上顾泽诺慑人的眼神应该给了公关部经理相当大的惊吓。连严丽也收敛了些倚老卖老的迫人气势。她不得已随意翻看了一下会议的文件资料，语气里建议的成分多了很多："今天的议题好像很重要，我想，我们是不是最好等顾董、顾太太在的情况下，再讨论？"

"严阿姨……"顾泽诺叹了口气，林深深就在会议桌下轻轻抓了抓他的手，打断并且接上他的话，语调很官方也很正式："严总监，据我所知，公司在去年刚刚完成了一批新的人事任命，顾先生正式出任总经理，象征着企业内部的薪火交替。"

"小顾太太初来乍到，也许还不太了解。一直以来，公司的大小事务是必须通过董事长大顾太太的首肯和过目的。"严丽多少露出了些嘲讽的意味，想是这个少奶奶根本就还没有摸清楚实际情况，不知道自己站错了队。

"但是我母亲也说过，很多事情我可以放手去做，自主决策的。"顾泽诺挺直腰板，目光冷冷地扫过在座的所有人，他很清楚，他们之中不乏严丽一般的母亲的死忠，他们看不起乳臭未干的自己。

严丽的确是非常老道，在她看来，顾泽诺的年轻气盛不好与之正面应对，所以她很快转了话锋，身份调整成亲密的长辈，而不再是上司与下属的对立关系："泽诺想是很久没见我那孩子了吧？"

"嗯，是呢？严阿姨好久都没有带沈晓北到家里来玩了。"顾泽诺闻言有稍许滞怠，很快恢复自信的微笑，语气也不像刚才那样正式和强硬。

"他？"严丽失笑，"他是没笼头的马！何曾愿意跟着我这个过时的妈妈哟！年轻人嘛，总是想自己出去闯啊，荡啊，对什么新鲜事物都跃跃欲试。最近，他还搬出去单独住呢！当然，我也不拦他，不尝试怎么会成长？不过话又说回来，所有子女在父母眼中都是老也长不大的，所以，我会着力监管和扶持，以免他闯了什么大祸，出了什么大格，最后都没办法收拾！"

"所有的家长都是如此想的吧！"顾泽诺轻轻叹了口气，就算明明知道严丽话中有话，说自己是小孩子还需要人看管，他一时之间也不好跟她过多计较。

"但是我看大顾太太年龄也越来越大了，我们做子女的，真的非常不希望再给她老人家太多压力，以及造成她健康上的损失。顾先生还常常跟我叨念，大顾太太为这个公司和这个家付出了太多太多，也是时候让她享享清福，休息一下了。当然，这只是我们小儿女最想尽的一点儿孝义之心。"反倒是林深深放柔了声音，满面关怀地接了话茬，"不过，这本是家事，实在不应该在公司会议上说的，泽诺，你不会怪我的吧？"

"深深，你确实不应该，你看这会上不乏长辈们，仔细叫他们笑话我们。"顾泽诺看着严丽一脸做作的感动表情，他唇角的笑容渐渐放大，实在想不到，竟是这样的虚情假意才可以让他们无法尖锐，"不好意思，我想，我们可以继续开会了吧？"

会议室的日光灯照在桌面上，折出淡淡的青光，林深深想，估计所有人都只会把注意力放在自己手中的笔记本或者干脆是自己的手指上，而不会注意会议桌上有那么好看的原木花纹。她轻轻松了口气，因为此次会议的导向终于开始慢慢朝着顾泽诺既定的方向进行。但偏偏在这个时候，紧闭的会议室门外却突然传来李曼刻意提高的声音。说话之间，会议室的门一下子打开了。

"顾董，您怎么这个时候回来了？让我来帮您开门吧！"林深深很清晰地捕捉到董事长顾陈淑蓉女士瞥向李曼的似笑非笑的凌厉目光。李曼心下一颤，低了头，有些战战兢兢地老实站在顾陈淑蓉的身边。

顾陈淑蓉像是什么都没有发生过似的，在面对会议室众人的时候，脸上堆满温和的笑容。当然，顾陈淑蓉也并不理会儿子顾泽诺诧异的目光，她笑脸盈盈，步履稳定地一步步走进会议室，在会议桌的末尾坐下。

所有人都有些不安了起来，严丽干脆直接站了起来，热情地欢迎道："顾太太，您怎么坐后面啊？您坐我这里吧！"

"开会开会！"顾太太挥挥手示意她坐下，依然保持微笑，好让大家都不要太不自在了。不过，大家都还是一副正襟危坐的样子。她想了想，无奈开了口，"我现在已经老了，今天在体检中心的大厅里，有一个男人向我走来。他主动介绍自己，他对我说，他认识我并且永远记得我。那个时候，我还很年轻，人人都说我很美。现在，他之所以走过来，是为了来告诉我，他觉得现在的我比年轻的时候更美、更有魅力。那时我是年轻的女人，与今天此时的面貌相比，他更爱我现在保养适宜却又饱经世事的面容。"

所有人都不知道该怎么去接这位董事长仿佛很有深意的话，但隐约明白她的意思。而陈淑蓉说完这些话，很快若无其事地打开林深深递过来的会议文件。她用手指托住下巴，期待地看着顾泽诺，等待儿子继续开始他们刚才屡屡被打断的公司会议。

"好吧。"顾泽诺呼出些气息，神色平静，"我们继续吧！"

"刚才我们提到，顾客反映我们旗下品牌包装的问题，大家是什么意见呢？"林深深很快接了口，继续刚才被严丽打断的提案。

"其实包装浪费化妆品的情况只是这个行业的潜规则，大家都这么做，都这么占顾客的便宜。所以，我认为我们根本就不需要有任何的改变。"严丽一脸正色拿出她一直都舍不得提出的意见，因为她的靠山顾董事长正式回归。

接下来的情况立刻就呈现出了一面倒的状态，由顾泽诺提出的貌似冒险的想法都被一一否定。

目前公司运营的化妆品主要系列是欧美的，所以在拓展品牌系列的提案当中，顾泽诺希望开发代理韩系化妆品弥补低端市场不足的提议被否定。因为在董事长权衡之下，选择不要冒险大量进军低端市场，而是代理日系品牌加强目前的中高端市场。

行业潜规则一时之间当然没有办法被摒弃，其实顾泽诺还准备了另外一套方案，以环保节约为原则，把目前精致的产品包装调整成简单的。一方面能够有效杜绝化妆产品本身被浪费，一方面也能降低成本给公司和顾客都带来实惠。但是董事长始终坚持高端商品就是要包装精美的原则，保持原方案不做变化。

开完会之后，顾泽诺独自待在自己的独立办公间里，用手指轻轻合上自己准备了很久却几乎被全盘否定的方案文件。谁对谁错？他也许真的说不清楚，当然谁都不能说得清楚，矛盾是一定有的，代沟是一定存在的。顾泽诺不得不感慨。因为从记事起，妈妈和爸爸就没有和平相处过，那时家里的生意并没有像现在这样大，爸爸所有时间都花在工作上。妈妈许是寂寞，整天和一些已婚妇女泡在一起，打麻将，看戏，喝茶，聊天……回来的时候往往已经是半夜。爸爸跟她吵，她也不甘示弱，只要两人同时在，家里便会没有一刻的安宁。

他记得很清楚，有一次跟妈妈一起去吃饭，在市内一家豪华的酒店，一群寂寞少妇们盛装出席。忽然又闯进来一名年轻男子，他很会变魔术，一伸手就从脖子后面取出一朵玫瑰花来取悦妈妈。妈妈嬉笑着，将手递给他任由他握着。坐在桌前的人们当然看不见别的，可是顾泽诺的袖扣掉了，他钻到桌下去找的时候，恰好就看见了那罪恶的十指相扣着。还小的他愣了一愣，心却蓦然地下沉。

临走时，那变魔术的男人给妈妈留了张名片。顾泽诺看在眼里，一上车他就哈欠连天装作瞌睡，撒娇地匍匐在妈妈腿上假装睡觉。却趁妈妈不注意，他一只手伸进她的包包里，摸到那张名片捏成一团，下车时扔到了垃圾桶里。

那个时候他才九岁，早就已经懂得什么是好、什么是坏。

爸爸终于在那年累病了，撒手人寰。他立了遗嘱，等儿子成年结婚两年之后，就可以按自己的意愿行使公司的股权。那时候顾泽诺还小，所以妈妈就接过整个生意的担子。她干练泼辣，把公司做得蒸蒸日上，以至于有了今天的大格局。

虽然撞见过那个小插曲，但顾泽诺认为妈妈只是一时寂寞，或者是年轻貌美的她玩个小游戏，但是顾泽诺万万没想到的是，他无意间发现妈妈藏得最隐秘的一些物件中的唯一的照片，不是爸爸，也不是自己，而是一个陌生的男人。这让顾泽诺无法接受，他无法接受一个女人最爱的不是自己的丈夫，也不是自己的亲生儿子。

　　他预料过现在的状况：他根本没有实际的权力，妈妈一直在垂帘听政。所以，他结婚，两年后要绝对行使爸爸的股权，真正主宰公司和自己的命运。

第
三
章

总有那么几秒，你愿意拿一年去换取；

总有那么几滴泪，你愿意拿满手的承诺去代替；

总有那么几段场景，你愿意拿全部的力量去铭记；

总有那么几句话，你愿意拿入睡前最静逸的时光去铭记。

【一】

从公司里出来，顾泽诺一个人信步在街上走着，没开车，也没有找人跟随。今天的会议他输得很惨。也许真的是倒霉到家，顷刻间天空被乌云笼罩，大雨倾盆而下。

他站在一栋房子的屋檐下，看着雨水像断线的珠子一般滴落下来。他赶紧掏出裤子口袋里的手机，却发现这里根本没有信号。

"我靠，这个破地方！"顾泽诺把手机左右晃动，依然是无服务的状态。他用力呼出一口气，暗怪自己怎么会不知不觉走到这样一个鸟不拉屎的地方。

另一个屋檐下跟了他一路的林深深很清晰地听到了他的抱怨。她心下暗笑，撑着伞走了出去，所以顾泽诺就在快要绝望的时候看到了她。她穿着白色的裙子，手里是一把素色的大伞，美得如同一个梦境。他就呆呆愣愣地看着她，有些不相信自己的眼睛，两个人就间隔着雨帘相互对望着，许久之后，林深深才走近他。

顾泽诺待她走近了才开口问："你怎么会来？"

"觉得你有麻烦啊。"林深深笑着对他说，"我们真是心有灵犀，不是吗？"

"我说什么好呢？"他说着迈步走过去，走进林深深雨伞下的小小空间，呼吸她发丝间太熟悉的味道。

"你可以说谢谢。"她对他轻松地眨了眨眼，"这种基本的礼貌用语，我想，你应该还是很会运用的吧？"

"要不是这个破地方，要不是这个破天气，你认为我有可能需要你的帮助吗？"顾泽诺的头已经顶到了伞面，"好了，不过确实谢谢你，那我们还不快走？"

"人好像就是习惯这样，习惯了顺应一些过于强势的东西，从而自怨自艾，而并不去审视自己，看不看能不能有所改变！"林深深边说着边把伞柄递到他的手中，"就比如说，如果你用的是小灵通，你会抱怨这个破电话；如果你用的是联通，你会抱怨这个破信号。不过，你用的是全球通，是中国移动，所以，你就抱怨这个地方。"

撑着伞的顾泽诺斜眼看着林深深，终是忍不住问她："为什么？"

她耸肩轻轻笑笑："我说得不对吗？这不是人之常情吗？"

他皱了皱眉："我不是问的这个，我的意思是，你何必拐弯抹角地来安慰我？"

"有吗？其实帮你也就是帮我自己。"林深深点点头不再看他，"其实，很多事情都是没有原因的，它只是发生了而已。"

"只是发生了而已？"顾泽诺低头重复道，抬头的时候，已经恢复了以往的自信和桀骜，"你真的想帮我，那就把你的伞给我，然后离我远一点儿。"

"我是不是还应该撒一个谎？跟婆婆说你携我一起去跟客户吃饭，但是，我不小心淋湿了衣服，所以先回家，你会晚点儿回来？"林深深说着，不待顾泽诺再说些什么，径直走进漫天的雨水当中。雨水淋在她身上，衣服紧紧贴在皮肤上，冰凉，爽快，但很难受。

而同样的雨水正从郭浅浅打工的咖啡厅屋檐上滴落下来，她把目光完全放在玻璃窗外面，不为观察什么，只为烦恼，烦恼那些原本不应该出现的纷乱。

原本她应该和唐鸣洪那么快乐地在一起，原本她早就应该可以忘记有林深深这么个人。可是她回来了，她回来了自己就不得不正视，重新正视唐鸣洪到底最先喜欢的是自己，还是林深深。

她很苦恼，苦恼自己究竟为什么要如此纠结，自己完全可以不用考虑这个问题。但是介意就如同心底的一颗小小沙粒，永远存留在那里，痒痒的，无以言语地难受。

瑕疵，是个多么狠毒的字眼，在完美的爱恋里是那么致命，相反快刀斩乱麻的痛苦也是一种痛快。其实倒真不如像王准那样跟她在一起好多年的男朋友说分手就分手，只因为找到一个更有钱的男人。

为了做得决绝，王准不再来咖啡厅打工了，她跟郭浅浅道别的那天喝了很多店里的啤酒。她悄悄告诉郭浅浅，她其实很爱她的前男友，可谁叫他没有本事？人往高处走，水往低处流，贫贱夫妻百事哀，这些都是亘古不变的真理。

因为天气的原因，咖啡馆今天的生意不是特别好，就算少了一个王准，工作也不是特别忙。所以郭浅浅在这里一愣神就愣到了下班的时候，她在出门的时候，正好看见一个男孩在门口欲进又不敢进的样子。她依稀记得他应该就是王准的前男友，他来这里接过她下班，所以她记得。

郭浅浅刚想跟他打招呼，顺便告诉他王准已经辞职了，并且还把他送给她的一些东西放在了咖啡厅。王准跟郭浅浅交代，如果她的前男友史凯来了，就把东西都还给他。结果，还没等她开口，史凯就似乎已经做了不再进咖啡厅的决定。他朝着东边开始迈步走，而那方向明明是与她回家的相反方向，可是郭浅浅却不知道为什么，居然会跟着他的背影走。

他在前面走，郭浅浅一路尾随，他们在街上一前一后走了很久。郭浅浅好像并不觉得累，他们同时驻足的原因是人民广场上不知道为什么张灯结彩，火树银花的灯光在雨水的冲刷下显得更加瑰丽。

郭浅浅想了想，从包包里摸出王准给的纸条，上面写着他的电话，她记得王准交代过："我不会让史凯再找到我的，我也不会接他电话，所以，他很有可能会到咖啡厅来找我。但是如果他很久都没有来，又或者你没有碰到他，就麻烦你给他打个电话，让他来取一趟。"

拨通电话以后，郭浅浅远远看见他把手机贴到耳朵上。她抢在他前面开口，她说："你好，我是郭浅浅。王准在咖啡厅的同事。"

他显然愣了一下，然后很警觉："是你，你有什么贵干？"

郭浅浅就撑着伞，居然偏离正题地轻轻道："人民广场的灯光装饰很漂亮，我心情原本不好，看了却突然觉得变好了，我一心情好就会想起我喜欢的人，你是不是同样如此呢？"

听她这么说，很快，他就开始四处观望，他说："你在哪里？其实我也心情不好，我也在人民广场。"

他很快就发现了她，当他们目光交接的时候，郭浅浅便点点头回答他："我知道，我知道你也在，我看见你没有打伞，整个人淋得像个落汤鸡。"

"你是在安慰我吗？"他远远看着她，她说熟悉算不上熟悉，说朋友算不上朋友的，只是自己最喜欢的人的同事。他不知道自己应该说什么，但他能够感觉到她的问候是善意的，有些微的温暖。他忍不住哭了，是的，他仰头对着天空哭泣，还好，他庆幸此时天空正下着雨，所以郭浅浅不能看到自己的泪痕。

他们静静相对站了很久，终于，在郭浅浅率先绽放开的友好笑容里，他走近她。她什么话也没有再说，带着他去商场从头到脚买了一身干的衣衫鞋裤，然后一起在游戏厅里打游戏，最后一起吃火锅。

他从来没有看见哪个女孩像郭浅浅这么能吃辣，郭浅浅也从来没见过这么能吃的人，他居然是一个大胃王，可以一口气连吃三盘肥牛！她告诉他不开心的时候吃点儿辣的东西可以点亮心情；他也嘱咐她，你别总是喝那么多碳酸饮料会对身体不好。两个落寞的人就在这热烈的火锅中相互安慰，因为他们都能够体会到，爱情真是件折磨人的东西。

你爱我但不一定我会爱你，因为每个人的心里都会有各自所爱。如果你是我心里的最爱，我就爱你。如果你不是我心中的最爱，我肯定不爱你。所以就算你怎样爱我，我也不一定会选择你；即使选择你，我也不是最爱你。

为爱牺牲不会持久，因为人会累，心会碎。

但是无论如何，人活一生总得做次飞蛾，为爱扑火，然后浴火重生，让自己变得异常坚强。也许必须受过伤害才会更加勇敢，因为只有经历过的人才知道，最痛也不过如此。

郭浅浅觉得自己快要被这样的情绪逼得有些疯狂了。所以在吃完火锅以后，她给林深深打了一个电话，开门见山地问她："什么时候试探唐鸣洪？"

林深深便反问她："你想好了？你觉得怎样试探他比较好？"

郭浅浅试探性地说："我们俩同时出现？"

林深深笑了："让他选我还是选你？你要给他选择题？"

"那不然呢？"

"交换身份！"

"交换身份？"

林深深点点头："是的，具体细节，再给我一周的时间，我会告诉你应该怎么做！"

可是，妹妹有些按捺不住了："你现在就告诉我好不好？"

"好了，就这样，再给我一周的时间。"她没等她再说什么，很快挂了电话。

【二】

这场雨淅淅沥沥地下了整晚，直到天微微亮起的时候才雨过天晴。当阳光完全透过纱帘照进房间的时候，林深深就已经醒过来了，但是旁边的顾泽诺还在呼呼睡着。

昨夜，她没有和他发生什么，她只是千辛万苦地去酒店，然后把死沉死沉的顾泽诺给运了回来。

当然，以他们恩爱夫妻的名义，像现在这样胡乱并排地躺在床上，也相当的理所应当和顺理成章。

几个小时之前，那位不良职业的女性给林深深打电话的时候，本该爱丽丝梦游仙境的她其实正在辗转难眠，但她还是装模作样地用迷糊的声音接通了这个来电。

"喂，机主他喝得很醉，简直就是不省人事，你可以来一趟吗？你能快点儿来吗？"妖娆的女声在电话那边冲林深深一句句确认着。

林深深认真听着，不经意间捏紧了手机哼哼道："可是，为什么会打电话给我？"

那女人回答得很快："因为你是这位先生手机通讯录上第一个名字啊。"

"有没有搞错？我姓林也能是第一个名字吗？"林深深用手晃动了一下手机，有些难以置信。

　　那边就很快说："一共就两个名字，两个号码，要不，我打另外一个去试试？"听她这么说完，林深深干脆就从床上坐了起来，压低声音，语调里充满了随意和无奈："你可以让他曝尸荒野吗？可以任由这位先生自生自灭吗？你就不能撒手不管吗？"

　　"我当然也非常想啊！可是，我们在酒店的房间，有房顶也有地毯，并不是什么荒郊野外，而且他还没有付钱，他浑身上下就没有一分钱。"那个女人好整以暇。

　　"不应该啊，他的钱包呢？"

　　"他的钱包，我没有看到，可不关我的事啊！"女人连忙矢口否认，状态严肃，"您放心，我是很有职业道德的，他的钱包我没有拿，也没有看见，真的不关我的事。"

　　"成。"林深深很快爬下了床，"顺便问一句，你应该是只收现金的吧？你到底值多少钱呢？或者说，你跟顾先生谈好的价钱是多少呢？你很有职业道德，应该不会虚报自己的市值吧？"

　　"我不会多要你的，市场价，您就赶紧过来吧！"那女人当然一下子就听出了林深深言语间的讽刺意味，很识趣地装作没有觉察，也很快挂断了电话。

　　从昨晚到现在，直到这会儿了，顾泽诺却还在睡着。林深深都已经完全清醒了，他却还在睡着，这也太宾至如归了吧？

　　他狭长的眼睛很安恬地闭着，高高的鼻尖泛出油亮的光泽，或许是因为喝了太多酒，摄入了太多的水分，也可能是酒醉后的他神经太过放松导致全身肌体松弛，顾泽诺的脸居然比平时看上去胖了整整一圈。

他明明穿着明黄色的三角内裤和雪白的棉质船袜，可是当正午的阳光热辣辣地晒在他身上的时候，却造成了一种他根本就不着寸缕的幻觉，情形十分香艳。

林深深就这么看着玉体横陈的顾泽诺，突然想起了那首歌，不自觉地唱了出来："我想念你的笑，想念你的外套，想念你白色袜子和你身上……"调子起高了没有唱上去，没关系，可以停下来，再重复，"和你身上的……"

"和你身上的……味道！"她终于把声音成功飙了上去，于是顾泽诺被惊醒了。他睁开眼愣了几十秒过后，居然第一时间一把拉过薄被把自己包裹得严严实实，他神色警惕地朝她开了口："我？我没什么吧？"

电视里，小说上，每每遇到这种情节的时候，男主角不是应该问女方"你没什么吧"？

林深深黑着脸不理他，于是顾泽诺又小心翼翼地问她："我怎么会穿成这个样子？"

林深深想，这一点，她还是有必要向顾泽诺澄清的："昨晚，我听到旁边窸窸窣窣的动静，我以为有老鼠或者发春的猫咪，却没有想到原来是某人燥热难耐，跳了支脱衣舞！"

"啊？昨天，是你把我弄回来的吧？我难道失身了？"顾泽诺紧紧护住自己胸前的被子，就像是下一秒会被谁疯狂扯掉一样。

林深深只是轻描淡写地挥了挥手指："失身算什么？我早就已经见怪不怪了，男人嘛，这样的事情非常稀松平常！"

"有道理！有道理！"顾泽诺大笑着，愉快地拍手叫好，一脸的得意，"我先去洗个澡，亲爱的老婆，我们一起起床，等下去吃饭吧！"

淋浴房的水声充斥在耳边，林深深半坐在床头，认真地发着呆。她在想，其实自己早已经设想过顾泽诺出去花天酒地的状况，但是当自己昨天真正赶到现场，看见酒店房间里一片狼藉的时候，才发现心痛的杀伤力居然还可以强大到如此地步。林深深想起昨天数钞票给那妖艳女子的时候，自己没有多话，也没有多问。她有点儿怕，她居然会不想知道更多更详细的细节，因为她终于懂得，原来，感同身受才是一种受虐的极致。

很多时候，郭浅浅总是觉得自己和唐鸣洪的感情力不从心的成分要占得更多一些。给他发了短信接不到回复就会烦恼，会不知所措，忍也忍不住，所以便会给他打电话。听到他熟悉的声音之后却总又不知道该说些什么，然后敷衍两句就草草挂断。

唐鸣洪上班的写字楼在城市东边的CBD，挑高的大堂配上灰白的大理石地板，看上去很有一点儿庄严肃穆的感觉。楼里的十多部电梯每时每刻都在上上下下，吞吐着在这社会上摸爬打滚、认真或者糊涂生活的人群。

郭浅浅发了短信，仅仅只等了几分钟，他就来到了楼顶。他走得有些快，微微地喘气。他双目里有掩饰不住的欢欣："你怎么来了？怎么说来就来了？"现在正是上班的时间，唐鸣洪穿着藏青色的西服，配雪白的衬衫和深蓝色的领带。

很少见他穿得这么正式得体，郭浅浅认为，西装革履的唐鸣洪居然不出意外地好看。一刹那之间，她的心跳好像加快了。她看到他好像出了汗，不过刚刚初夏，他却胡乱地拉开领口，露出里面潮红的脖颈，红着脸流着汗嚷嚷："天气可真热啊！"

郭浅浅未语就先笑了，他说："浅浅，你千万别笑，你一笑就特别迷人，你应该知道你特别迷人。所以，你的笑对我是致命的吸引，我就会想亲你。可惜，现在在我们公司的楼上，光天化日之下。"

"那好。"她答应着板了脸，也皱了眉。

唐鸣洪就又开口，他说："这样也不行，你不笑，我就以为你在生我的气，我不想你生气，所以，你还是笑吧！"

郭浅浅用手指戳了戳他的额头，表情那么凶狠："你的意思是，我只能对你皮笑肉不笑？"然后，她抬手看了看时间，"你工作忙不忙？我们还有几分钟？"

他不好意思地抓了抓头："接到你短信的时候，我正在开会，马上就溜了出来。不过我跟同事嘱咐好了，有人问我就说我去上个厕所。"

"上个厕所？"这也许是最常用的开小差的借口吧！郭浅浅点点头，"那现在，你也该回去了。"

"你有什么事？"唐鸣洪拉住她的手腕。

"什么事也没有，就是路过，上来看看你。"因为帮王准办完了她交代的事，她把东西通通都还给了她的前男友。郭浅浅打电话给她汇报的时候，王准顺便约了她一起吃饭。因为吃饭的位置离唐鸣洪上班的地方很近，所以她故意比约定时间提前了很久。

"哦。"他又笑了笑，说，"其实，我还有一点儿时间，我还跟同事说了，我需要抽一支烟的！"

楼顶的天台很高，人站在上面似乎能感觉到房子被风吹得轻微晃动。郭浅浅认真端详着他的脸想，他们的感情是不是也是这样？摇啊晃啊，这么许多年。

"这座办公大楼会不会倒塌呢？"郭浅浅问他，她现在好关心这个问题啊。

"怎么可能说塌就塌呢？"唐鸣洪突然上前抱住她，"浅浅，我亲亲你好吗？"

郭浅浅呆了一下，然后说："不好。"她说这两个字的时候，很温柔，一点儿都不果断，充满着欲拒还迎的意味。

他就俯下身来，她稍稍躲开，他等待了一下，然后亲了她的额头，他呼气在她的脸上，问她："浅浅，我们真的在恋爱吗？为什么相处总是这么别扭？"

"别扭？"郭浅浅不经意抬头，嘴角立马就触及他的脸，她下意识地赶紧侧脸回闪，心慌意乱。

"你是不是身体上有什么问题？其实大可以说出来，我们可以一起解决的。"唐鸣洪顿了顿，"恋爱，相处，总不免两情缱绻，我们却……"

"我知道。"她用手指摁住他的嘴阻止他继续说下去，点了点头，"我懂的，你不必说了，我想，我确实有些问题需要解决。""矜持、纯情"等词汇毕竟不能掩饰这么几年的行止有度和始终保持的距离。

唐鸣洪还想说什么，她却没有拿走摁住他嘴唇的手指："你相信我，再给我一点点的时间，我会很快的，真的会很快的。"说着，郭浅浅踮起脚尖，主动亲吻了他的额头，然后回身跑了。

郭浅浅坐在餐厅里，用手机跟林深深发微信。她其实特别能理解唐鸣洪，饮食男女，谁又能没有欲求？

林深深听说这事，倒是很是惊讶："你们从来都没有那个？"

"哪个？"郭浅浅握着手机红了脸。

"做爱做的事儿啊。"林深深一副过来人的样子很轻松地就打出这么几个字。

郭浅浅抬头看了看四周，发现并没有人有兴趣关注她，便回道："流氓啊你，你以为都跟你和顾泽诺似的？没有，真的没有，看你那样子，好像离开了男人就活不了似的。"

"我呸，这么多年都没有上过床，还叫谈恋爱？"林深深倒是从来没想过，自己跟妹妹聊天也可以聊得如此剽悍，"我看，不是你有问题，肯定是唐鸣洪有病，阳痿、不举、性无能！"

郭浅浅只能盯着屏幕咋舌，感叹道："看来，唐鸣洪确实段位不够，需要向顾泽诺姐夫请教取经，如何才能勇猛强悍、威风凛凛、所向无敌！"

"我恨得牙根痒痒，要撕你的肉来吃！"林深深在看完之后怪叫了一声"死丫头"，但其实她是很开心的。虽然她还没有开口叫过她姐姐，却已经认了顾泽诺这个姐夫。而此时郭浅浅笑着道歉："抱歉啊，抱歉，我身上本来就没有多少肉，林深深，你好歹给我留点儿。"

末了，她忍不住又发了一条微信过去："能问一下交换身份的事吗？"

林深深很快提醒她："一周的时间还没有到呢！"

"只有三天了！"

"那就再等三天！"虽然微信听不出林深深的语气，但是郭浅浅能感觉她的坚持，再追问下去也不会得到什么回复。

【三】

郭浅浅手指把弄着手机，也不发微信了，只是发愣。连王准坐下来，把新买的MIUMIU包包随便扔到椅子上，她都还没有反应过来。

"你还没有点餐吧？你想吃点儿什么？"等她自顾自拿起了菜单，一副主人家的样子开口说话的时候，郭浅浅这才茫然地抬头，"哦"了一声，赶紧坐直了身体。

她收起手机："我随便，什么都可以！"

王准端起桌上的柠檬水喝了一口，她从菜单上抬起头问郭浅浅："要不要喝点儿酒？"

郭浅浅看着自己杯底的柠檬摇了摇头："我不怎么会喝。"

"那就学一学。"王准合上菜单要了瓶红酒，侧脸对服务员点了很多她想吃的菜。

"哦。"郭浅浅答应着，只好客随主便地点了点头。

"浅浅，我约你吃饭是不是很唐突？"在餐点流水般出现在餐桌上时，王准似乎并没有多少食欲，只是拿着筷子在各个盘子里不断扒拉着。

"没有啊。"郭浅浅摇了摇头，"你怎么这样说？"

"其实我们并不是太熟，关系也没有多么好，我有时候还看你挺不顺眼。因为你和孙艳她们是个小团体，我知道，你们都看不起我，讨厌我，排挤我。现在的我不用上班，时间多了，我居然发现自己找不到任何朋友相伴。"她随便夹了点儿菜塞到嘴巴里，胡乱咀嚼着，"所以，我就想到了你，也许，我还可以跟你见个面，说一些话。"

郭浅浅真的不知道该怎么安慰她，转而忍不住问她："你不想问问他的境况吗？"她口中的"他"是她的前男友史凯，郭浅浅觉得她应该会想要知道史凯拿走东西以后的样子吧。如果，真如她所说的，她还爱他的话。

"他？"王准的语气里明显含着嘲笑，"左不过黯然神伤地咕叽我几句，然后一切照常，网络游戏打得昏天黑地，早九晚五给人家打

　　　　　　第三章

工，一个月那么点儿死工资，不会饿死也照样发不了财！"

郭浅浅边听边低了头，手指在桌子下面使劲揉搓着桌布的一角。

王准对她的前男友真是了如指掌，拿捏得精准。是不是因为爱，所以懂得；因为懂得，所以收放自如。而自己呢，到底是不懂唐鸣洪的，光一直傻傻地猜度了。

"你在想什么呢？"王准见她不说话，用筷子敲了敲杯子，"等你什么时候想通了？要换一个男人，我给你介绍。"

"没什么，不用了。"郭浅浅耸耸肩岔开了话题，"王准，你今天看起来很漂亮。"她把手十指交叉，放在面前的餐桌上。

"我以前很丑？"王准反问她。

"当然不是，只是今天，特别漂亮。"

"那不过是人靠衣装而已。"王准说着，拉过旁边椅子上的包包，从里面摸索出香烟点燃了。她边吸，边飘飘然地斜着眼对她说，"我现在很幸福，特别幸福！"

"不会是'宠幸'的'幸'吧？"郭浅浅发现自己很喜欢她吸烟的样子，很妩媚，也很妖娆。当然，也许是因为洁白的烟管搭配悉心涂抹的赭红色指甲油，非常养眼。

她拿烟的手指在半空中转了个圈，伸过来点了点，将烟灰抖落在有暗纹的淡紫色桌布上："你知道什么叫'宠幸'啊？乱说话。"

郭浅浅轻笑："谁不知道'宠幸'啊？不就是皇上和妃子在床上做做运动。"

王准也笑了，拿烟的手指撑住脑袋的一侧，总以为世界上只有自己明白风月男女，却原来谁都知道是怎么回事啊！

香烟的味道开始在周围弥漫。

"小姐，本餐厅是无烟餐厅，请你……"服务员立在她们的桌边，小心翼翼地赔着笑。

"行了行了，知道了。"王准挥了挥手，把烟摁灭在白色的餐盘上，然后把盘子端起来吩咐服务员赶紧撤走。她侧脸，看见有个西装革履的男人朝他们这桌走过来，在他距离她们三步左右的位置，王准赶紧站起来迎了一下。

她自然而然地过去挽住他的胳膊："你来晚了。"

"不好意思，我只是去买礼物，挑选得太久了而已。"那男人一只手探在她的腰上，一只手从包包里摸出一个黑色丝绒的盒子。

"呀！"王准已经迫不及待地接了过来，打开盒子。三颗淡紫色的碧玺，成色大小几乎一致，依次排列错落，被无数碎钻众星拱月般镶嵌在梅花形的铂金坠子上。碧玺闪烁着细碎的光芒，非常夺目。欣喜之下，她娇羞地用手捏成小拳头捶在了方石的肩膀上："你怎么总是为我破费？"

"你喜欢就好。"他在她耳边轻轻哈了哈气，转头看着郭浅浅点点头，"不好意思，我们在你面前失礼了。"

"哦，没有，没有。"她忙不迭地摇头，也站了起来。

"这是我朋友浅浅，这是我老公方石。"王准介绍着，方石就绅士地伸出手跟郭浅浅握了一下，很快分开。然后他把项链从王准手中的盒子里拿出来，温柔地说："我给你戴上？"

"嗯。"她抬头看着郭浅浅，眼睛笑得弯弯的。方石撩起她的头发，把项链扣在她白皙的颈脖上，王准轻抚着，然后起身去了洗手间。

方石看着王准的背影对郭浅浅说："她并不是想上厕所，只是想在洗手间的大镜子里，看看她戴上那条项链到底好看不好看！"

郭浅浅礼貌地向他笑笑："大概是吧！"

落座后，方石很自然地问："那条项链好看吗？"

"当然。"郭浅浅礼貌地点点头,"非常漂亮。"

"如果郭小姐喜欢,我也可以送一条给你的。"他说着,前倾了一下身子,手掌已经毫不客气地朝她放在桌面上的手指覆盖而来。

"不用了。"郭浅浅条件反射地站了起来,惊讶地看着他不以为然的表情,撤回的手掌背到自己的身后。

"郭小姐,你这是干什么啊?"方石故作疑惑,他的声音很大,让周围就餐的人都能够听得很清楚。他刚才还不老实的手,已经不慌不忙地托起红酒杯,他将红酒放到嘴边品了一口,"是凳子坐得不太舒服吗?我让服务生给你换一张。"

郭浅浅没有说话,只是冷冷地看着方石那张恬不知耻的脸。他见她这样,反而更来了兴致,他得意地举起杯子对她遥遥致意,下流的目光肆意地上下横扫着郭浅浅的身材和曲线。

"不好意思。"正当两人相持不下的时候,有一个低沉好听的陌生声音介入,"她只是碰到了熟人,所以,起身打个招呼。"走上前来的男生有着挺拔的身形,他趁郭浅浅回头错愕看他的时候,赶紧向她眨了眨眼。他在她面前遮挡住方石的视线,打了个手势。

"是的,"郭浅浅赶紧配合他道,"好久不见。"

"那我们走吧,不要打扰了这位先生吃饭。"男生在她眼前摊开手又补充了一句,"人跟牲畜怎么可以同桌呢?"

"我似乎听不懂你在说什么。"方石坐在那里没有动,他心中虽怒,却忍住并没有发作。

郭浅浅马上配合地抓起桌子上的餐巾,轻轻擦了擦嘴角:"不好意思,方先生,我有点儿不胜酒力,正好我朋友来接我了,所以就先走了,麻烦你帮我跟王准说一下。"

"郭小姐随意。"方石不再看她,用手指弹着玻璃杯的杯壁。而此时王准正好从洗手间走了出来，回到座位时，她看到郭浅浅和那个陌生男生结伴消失在餐厅的门口。

"浅浅怎么走了？"连声招呼都不跟自己打一声，她疑惑地看着方石。

"哼！"他用力抓起桌上郭浅浅用过的那张餐巾，使劲丢到地上，直到此时，他心中的怒火才能稍稍借故发作，"你交的都是什么朋友？"

"怎么了？"她坐到他旁边，把手搭在他的手背上。

"你看看你身边都是些什么人！"方石一把甩开她的手指，在王准的面上，毫不留情地指指点点，唾沫横飞，"那个郭浅浅，她居然问我能不能也买一条项链给她。真是好笑，她勾引我，她把我当成什么人？简直就是个贱货！"

当然，站在餐厅门口的郭浅浅根本就没有听到方石的怨愤，她只是想起自己还没有来得及向这个男生道谢。因为，她刚想开口，却被他抢了先机，他迈前一步然后自然地回转身来，把俊美的脸蛋正对着她的眼。

男生笑迎着郭浅浅目瞪口呆的样子说："我想认识你。"

"为什么？"这真的让她很惊讶，因为来得太突然所以无所适从。而郭浅浅不知道的是，刚刚在餐厅里，他老早就注意到了她，至少看了她有半个小时以上了。她的一举一动、一颦一笑，自己一时一刻都没有放掉，所以在方石骚扰她的时候，他可以第一时间站出去为她解围。

"喜欢。"他收敛住笑，很认真地说，"我喜欢你。"

男生的脸近在咫尺，他的眼神很专情，如同自己看唐鸣洪一样。

他拉起她的手就走，郭浅浅想要挣扎却无能为力，他几乎是卷着她上的车。他们上了一辆出租车，就连郭浅浅自己都不明白自己为什么要跟着他走，这太不可理喻了。

"你不会是在搞什么行为艺术吧？"天已经完全黑了下来，夜色笼罩，车窗外的空气很是凉爽，郭浅浅回过神来，看着他在昏黄灯光下的温柔轮廓。

他递给她一支烟，然后在她手心里写下他的名字，他叫"沈晓北"。

除了唐鸣洪，她第一次离一个男人这样近，而沈晓北正侧重介绍他名字中的"晓"字："你记住啊，不是'大小'的'小'，是'破晓'的'晓'！"

郭浅浅接过了烟，如果没有记错的话，这是她这辈子第一次吸烟。她是被王准吸烟时妩媚妖娆的样子蛊惑了吗？如果不是，那又是为了什么呢？

"你吸烟的样子可真是好看。"此时此刻，沈晓北在她旁边愉快地笑笑。

"可是这样的艳遇我很不适应。"郭浅浅只管把烟捏在指头间对他说，"我早就有男朋友了，你这叫劫持。"

"那你就报警吧！"沈晓北叹了口气，"我不管，我就是喜欢你，你很与众不同，你知道吗？你一进来我就觉得似曾相识，我喜欢看你笑的样子。第一次见面，我就觉得已经跟你认识了很多很多年。"说着，他抬手拍了拍司机的座椅，"师傅，这车就这么一直开着，绕着北京城瞎转好了，等快没油了，我们就下车。"

"你有病。"郭浅浅白了他一眼，眼睛看向窗外，她在想，自己是不是潜意识里就是一个胆大包天的女人？为什么被他拉上车的时候，居然有淡淡的喜悦？也许是因为他太帅了吧，他跟唐鸣洪是完全不同的类型，尽管他们都是干干净净的样子。

沈晓北是个单眼皮的运动男生，他有着麦色的皮肤和结实的体魄。

"你有药啊？"他说着，往后仰倒，双手托着后脑勺，身子靠上椅背然后挨近了郭浅浅，呼吸着她身体的芳香。

车果然绕了很久，直到天亮，他们才分了手。他还坚持要送她到家门口，尽管后来郭浅浅无数次质疑自己究竟是不是一个好女孩，怎么可以和沈晓北靠在一起待了整整一夜。沈晓北跟自己说过什么，郭浅浅实在是不能记得了，她深刻地觉得他的声音确实很好听，她不得不承认，他是一个很有吸引力的男生。而她这样是不是也算是三心二意了呢？

天快亮的时候，他们早就已经下了车，在清晨的街道上拉着手散漫地走着，他就给她唱起无数首的经典情歌。

"我唱歌好听吗？"沈晓北在结束了不知道第几首后问她。

"哦。"郭浅浅跟随他停下而停下，看着他喃喃地说，"不错啊，很好听的。"

"那你说我能红吗？"他故意逗她，"能大红大紫吗？"

郭浅浅就点点头，顺着他的话说："肯定会红的，比林书豪还要红！我看人很准的！"她甚至还打了包票，反正吹牛并不犯法也不要半毛钱。

"可林书豪是打篮球的，你看男人也很准吗？"沈晓北努力憋住了笑。

"那你也去打篮球好了，不过，你个子好像有些不够，你有没有180啊？"郭浅浅建议着，她努力踮着脚，想要用手指够到他的头顶。

"我188好吗？身高在你心中难道没有任何概念吗？"沈晓北弯

了弯腰，让她成功摸到自己额顶的浓密发茬。

"是吗？你比唐鸣洪高了有七厘米呢？"郭浅浅不敢相信地张大了嘴巴，手指比较着，还是有些不敢相信，"真的有吗？"

"唐鸣洪是谁？是你的男朋友吧？"沈晓北扶着她的肩膀问。

"是啊，唐鸣洪是我的男朋友，我们在一起很多很多年了。"提到唐鸣洪，郭浅浅这才警觉起来，想起她是有男朋友的，所以她往后退了一步，跟他保持了应有的距离。

沈晓北就突然问："我可以拥抱你吗？"

郭浅浅犹豫了一下，而她刚一犹豫，他就过来了，轻轻地拥抱了她一下。真的是轻轻地，他的手臂圈着她的身体，她感觉得到他那种云淡风轻的情绪。他们拥抱了一下，既纯洁又暧昧，点到为止。这也是郭浅浅第一次跟除了唐鸣洪外的男生拥抱。

沈晓北留下了郭浅浅的手机号，他对她说："郭浅浅，什么时候你男朋友甩了你，你就来找我，我肯定会收下你的。"

郭浅浅就歪着头奇怪地看着他："为什么是他甩了我，而不能是我踹了他呢？"

"因为你狠不了心，好死不如赖活着，如果可以赖活，你肯定不会选择痛快好死的！"沈晓北神态专注地分析道。

于是，她就噘着嘴笑了，扬了扬眉："我怎么不能狠心，我偏偏就要恶毒起来，如果他甩了我，我就拉他同归于尽，而你就更没有戏唱，只能等到下辈子了。"

"下辈子我也等。"沈晓北说，"只要你肯来。"

"再见。"晨光在有些厚实的云层里呼之欲出，郭浅浅朝前走，背对着对他挥挥手，"如果我真的被人抛弃，我一定会来找你的。"无奈她怎么也想不明白，沈晓北为什么对自己一见钟情，还如此不依不饶。

上楼回到家，孙艳开了一夜的灯，她睡眼惺忪地看着郭浅浅。郭浅浅伸了伸懒腰，整个人扶在孙艳的肩膀上撒娇："我好累啊，好困啊，就只想睡觉。"

孙艳面无表情地推开她，神色相当凝重："郭浅浅，你不要给我胡来！"

"我没有，我什么时候胡来了？"她摊开自己的手，显示自己的清白。

"你昨天晚上去哪里了？你看看你的样子，一脸的春心荡漾。"孙艳翻了翻眼皮，只给了她四分之三的眼白，"你眼中的那光彩，是从来没有过的，包括面对唐鸣洪的时候。"

郭浅浅就不置可否地瞟了她一眼，然后倒到自己房间的床上，用被子蒙住脑袋，冲门外的孙艳大声地喊："我困了，真的困了，我要睡了！"

【四】

今天是周末，她一觉睡到了下午，醒来的时候终于接到唐鸣洪的第十二个电话。他约郭浅浅出来吃饭。昨天晚上的沈晓北早已经成为过去，如果不想、不理会，久了，就会慢慢忘记。很多时候，人就是这样，这样轻易地放下一些东西。

如果，自己曾经没有去找唐鸣洪的话，是不是，无论林深深也好，还是自己也好，也就这么慢慢消失在他的生命里，不复再见呢？

郭浅浅就这么胡思乱想地站在商业大厦楼下等着唐鸣洪，眼睛突然瞟到商店橱窗前的两个年纪相仿的女孩子。她们很亲密地拉着手朝玻璃橱窗里的一条裙子指指点点，她们看起来应该是同班同学，穿着同样的校服，背着同一个品牌的书包，甚至连发型也都一样，看上去还真像是孪生姐妹。

那条裙子很昂贵，以学生的能力是无论如何也买不下来的。但她们可以一起凑钱买下来，然后按照一三五、二四六或者单双号的方式轮流来穿。

郭浅浅注视着她们，忽然有一点儿羡慕，当然不仅仅是羡慕，更有一丝酸涩。以前自己和姐姐林深深也是如此手拉着手，穿一样的衣服，哪怕什么都不做，只是散散步心情都是那么愉悦。

她们可以谈天说地，还可以聊一聊彼此喜欢的男孩，唐鸣洪就是她们的一个有趣话题。

唐鸣洪气喘吁吁跑过来的时候，第一句话就是："浅浅，我昨天梦见你跟一个男人在一起！"

"胡说八道！"郭浅浅转身带头往前走，顺着马路牙子安稳地走着，心脏却怦怦乱跳，这个臭小子，难道是有第六感吗？郭浅浅当然不会跟唐鸣洪提起沈晓北，那只不过是一段小小的插曲，不过是每个人都可能会犯的错误，仅仅只算是心理出轨的范畴。

"人家说，梦都是反的。"他跟在她身后脚步甚是轻快，"不过，如果你真的找了别的男人，真的不再喜欢我的话，请一定要提前告诉我！请第一个告诉我！"

"然后呢？"郭浅浅停下脚步，抱住自己的肩膀好笑地看着他，"然后你就潇洒地放手？让妹妹我大胆地往前走？"

"妻子如衣服，兄弟如手足。"唐鸣洪用力挠了挠后脑勺，"不过谁穿我衣服，我就砍谁手足！"

郭浅浅撇了撇嘴："看上你都算是我花了眼！"

"虽然我也会为朋友两肋插刀，"他立刻就点头应和道，"不过，为了老婆，我还是可以狠狠插朋友两刀的。"

"兔子都还不吃窝边草呢！我要找一定会找远一点儿！"听了唐鸣洪的话，郭浅浅摇了摇头。

"那我就更加无所顾忌，天涯海角地去追杀他！"他说得咬牙切齿，不过话题一转，眼睛里满是通红的暧昧，"我也会让你死的，只是死法不太一样！"

她嘴硬道："有什么招数，你尽管使出来吧！我来者不拒！"

"这可是你说的，你可不要后悔！"他慢慢逼近，凑近郭浅浅晶莹的小耳，轻轻吻了上去，"我会让你被我亲死。"

唐鸣洪好像已经越来越忍不住了，他甚至不能跟郭浅浅保持礼貌的距离了。也许真的是因为他说的，情到深处，所以情不自禁吧？

坐到餐厅里的时候，他们还手拉着手，丝毫不顾忌周围的眼光。在这种情况下，郭浅浅当然不会跟他提起沈晓北，因为她跟他一点儿可能都没有，一点点的可能都不会有的。尽管这几天，沈晓北天天都给郭浅浅发短信，不过是简单地问早安、午安、晚安、吃饱了吗、累不累、困不困。

即使是这样，郭浅浅也从没有给他回过短信，自己已经拥有了唐鸣洪这么多年，跟其他男人调情干什么？唐鸣洪就是她的全部，可惜郭浅浅依然不能十分肯定，自己是不是他的全部。

正在她胡思乱想的时候，他们点的餐点已经上齐，但见服务员殷勤地又端了盘精致的奶油蛋糕上来，上面用巧克力写着"你是我的唯一"。

敢情唐鸣洪真的有第六感吗？

郭浅浅强忍住已经冲击脑顶的欢喜，轻声细语道："你什么时候也学会了这样的浪漫？"

"哦。"反倒是唐鸣洪不好了意思起来，红着脸不知道该说什么。

"唯一。"郭浅浅笑着咬了咬嘴唇问他，"唯一是不是就是全部的意思？"

"你说是就是吧。"唐鸣洪撇撇嘴巴欲言又止，"不过……这蛋糕。"

"这蛋糕我很喜欢，我很开心。"她打断他，在桌下捏了捏自己的手指，"谢谢你，唐鸣洪！"

"其实……"他还想说什么，却又一次被打断，服务员已经重新走了过来："不好意思，这盘蛋糕是隔壁桌子的，我上错了位置。"

"其实，我也是想告诉你这件事的。"看着郭浅浅忽然暗淡下去的眼神，唐鸣洪连忙解释，"如果你喜欢，吃了饭我就去买，买比这个大的！"

"不用了。"郭浅浅用力捏住手中的刀叉，把盘中的蛋包饭割得七零八落的。

他眼看着她盘中糊成一团的番茄酱："哦，我记得了，你喜欢水果的，不喜欢巧克力的。"

"我说不用了。"郭浅浅再抬头的时候，就看见唐鸣洪尴尬地闭紧嘴巴。

她也发觉自己声调太高，以及无理取闹。她努力按捺住情绪，压低声音："吃饭，吃饭吧，好吗？"

原来，自己就是给他上错的一盘菜，也许自己真的是估错了在唐鸣洪内心的位置。郭浅浅无奈地想着，心底痒得让她想要发疯地呐喊。但是，她不可以这样，残余的理智让她正在努力按捺住这种发狂的情绪。她不想说话，也不能哭。其实，郭浅浅不是不知道，这一切并不是唐鸣洪的错，她也非常清楚，自己的这种态度是那么令人讨厌。她真的不想，不过，难受和委屈的感觉无休止地涌上来，令她无法平静。人天生就不是完美的，人天生就会有这样那样的情绪，明明知道错误却怎么也无法控制。

【五】

下午经过一个临时工地回家的时候，林深深差点儿被一块水泥板击中。那一瞬间她居然想到的是顾泽诺，也许这就是她对他爱的证明。

她越想越痛苦，是不是跟郭浅浅交换生活就会有一种完整的解脱？连林深深自己都不相信自己竟然会想出这么大胆而匪夷所思的主意。她想当然地以为，也许交换，她们都会得到一个比较好的结局。不管唐鸣洪是喜欢自己还是喜欢郭浅浅，这都不再重要，重要的是把自己最爱的人交托给自己最亲最爱的人，他们会有好的结果，林深深始终相信。

要做就一定做全套，所以她需要一周的时间准备。她预料到郭浅浅一定会答应的，因为她的理由很充分，尽管郭浅浅也有少许质疑："这样真的能够试探出唐鸣洪心中是你还是我吗？"

林深深的语气很凝重："结果只可能有两种，他发现我是你，和，他不能发现我是你。如果他发现我和你的不同，发现我不是你，那么，我觉得他是爱你的；而如果他一点儿反应都没有，如常和我接触，什么都没有发现，那只证明他心中没有你。他居然不能分辨出你我，那么他对你的爱，可想而知有多少了，我劝你尽快跟他分手！"

郭浅浅皱着眉："这真的是个好主意？"

林深深点点头："你只能这么做，如果现在就和盘托出的话，这也许会成为你一辈子的把柄。如果我们现在同时出现在他面前，那么犯错的肯定是你，你欺骗了他！还欺骗了这么多年！那你要面对的就不是他心中到底有没有你，而是他到底要不要原谅你！"

其实林深深心里早有计较，那就是竭尽全力让唐鸣洪不发现。那么妹妹就会对他死心，也许妹妹就会发现，其实顾泽诺也是个不错的选择！

往坏一点儿的地方想，郭浅浅没了唐鸣洪，恰好就可以把顾泽诺当成救生圈。她以前跟唐鸣洪在一起的时候，郭浅浅不是想爱就爱了吗？而往好一点儿想，这次妹妹可以有更好的理由，那就是，自己终将那么彻底地离开唐鸣洪。

林深深轻轻呼出口气，继续在超市买东西，她的购物车里堆满了东西，除了自己熟悉的日用品之外，其余东西都是照着郭浅浅给的单子买的。大购物不是因为自己和妹妹家里的物件已经全部告罄，而是她需要为自己和郭浅浅同时做出准备。

从洗发水到沐浴露，从牙膏到漱口水，就连卫生巾也都要一模一样，不能有任何的纰漏。她还随身带着个小笔记本，那上面记录着自己喜欢和不喜欢的一切。所以，当她的手指触摸到某个品牌的棉花糖时，自然而然地怔忡了一下。她想起他无数次抢过自己的棉花糖，嘲笑自己不止喜欢棉花糖还喜欢薰衣草味道的奶茶，这喜好那么低龄幼稚。他边说着边把那袋糖果一颗颗扔进嘴巴里，咀嚼着本该属于她的甜蜜，然后再带着这股甜蜜去使劲亲她的嘴巴。将来他会不会也这样对待郭浅浅呢？应该会的吧？每次她吃棉花糖的时候，他都会这样的。所以，她最后还是把棉花糖放回了超市货架的原位，没有带走。

Long long ago，结局圆满或者不圆满的童话故事，总是有这样的开头，久得无迹可寻。

郭浅浅和唐鸣洪并排站在KTV门口的时候，她突然在想，他们终于被这个Long long ago的幸福咒语眷顾到了。在结构精巧的小包间里，他们各怀心事地蹲在沙发上啃着西瓜。

"唐鸣洪，我们去开房吧！"

"啊？"他以为自己听错了，被西瓜狠狠地噎了一下。而此时郭浅浅的眼神却格外纯真，她手指举过头顶，指着天花板："楼上有家酒店，我们去开房吧！"她居然毫不脸红地就这样说出来，跟说"你再吃一块西瓜"一样稀松平常。

唐鸣洪连手心里都沁出了汗，他看了看手机屏幕上的时间，很快被郭浅浅拉着去了楼上。郭浅浅的手心里也同样沁满了汗水，她的勇敢和她的紧张完全表现在了脸上，但她依然努力坚持。密闭的电梯里面，灯光明亮，于是她就把手指撑开，手掌平铺在电梯壁上感受冰凉。

唐鸣洪一定不会明白，她为什么突然就肯了，就答应了，还主动要求。所以，他最后一次向她确认："浅浅，你现在后悔还来得及！"

"你去开还是我去？还是我去吧。"郭浅浅深吸了一口气，转身就要迈步去服务台，但雪白的手腕却被他很快拉住："郭浅浅，你真的想好了吗？"

"到底是你没有想好？还是我？"她漆黑的眼睛盯着他。

"我只是不想你后悔。"他认真地看着她此时红彤彤的脸。

"是你后悔了吗？"郭浅浅低声笑了。

然后唐鸣洪就很肯定地握着她的手，叹气道："你不后悔，我就永远也不会后悔！"

　　进房间后，郭浅浅任由唐鸣洪把她抱到雪白的大床上，她知道总会有这么一天，或者说一定有这么一天的。她需要像一颗种子一样，发芽，然后成长！好吧，用现实点儿的话来说，她需要完成女孩儿向女人的转变。

　　从遇到唐鸣洪的第一天起，郭浅浅就已经决定，陪自己经历也许算是人生最重要的过程的人一定是他。不管他是不是完全爱自己，但至少他给了自己能给的全部。

　　她平躺着，抬头仰望着俯视着自己脸的唐鸣洪，清晰地听到他和自己的心跳，她能感觉到他温热的呼吸呼到她脸上，余光还能看到自己的胸廓不断上下地起伏。

　　"我要开始了？"他提醒她，"需要把灯关掉吗？"

　　"嗯。"郭浅浅点点头，在四周暗黑下来的同时把眼睛紧紧闭上。

　　"别紧张啊，我会很温柔的。"他的手指其实早就已经不老实地在她如缎的皮肤上游走，他的肌肤也随之越来越炙热。

　　"说得跟你好像很懂似的，你还不是第一次。"郭浅浅故意装作很见过世面的样子，在只能看到他的模糊影像的幽暗里，用自己的曲线刺激着他最原始的冲动。

　　"哼！"唐鸣洪淡淡呼出气，笑着回击她，"我才不是咧，我可是很有经验的！"

　　"看不出来，你还是这方面的高手？"郭浅浅刚想用手去狠狠掐他，当手指触摸到他结实的手臂时，就已经完全僵硬在了这貌似激情似火的气氛中。

　　"你……你说什么？"她可以清楚地感觉到他整个人开始在自己身上停滞不动，甚至身体有些微微的颤抖。虽然看不清他现在的表情，但痛苦的情绪已经控制了两个近在咫尺的人。最后，他们两个人忽然沉默。

"你刚刚说什么？是什么意思？"还能是什么意思？郭浅浅真的不知道自己为什么还要明知故问，她还不能动弹地躺在他的怀抱里。

唐鸣洪没有回答她，只是抬手用手指触碰床头柜的感应灯，灯光亮起。他很快爬起来，赤裸着上身，下床一跃就顺势靠在床边，坐在地上厚实的羊毛地毯上。而郭浅浅拥住床上的薄被，整个人靠在了床头。

隔了好久，还是郭浅浅最先打断了沉默，一出声，音调就相当高："你倒是说话啊？你刚刚说了什么？你究竟是什么意思？"

还能是什么意思？自己和他从初中认识，从高中开始交往，那时候他们可都是没有任何性经历的学生，而现在唐鸣洪告诉自己他不是处男，并且还经验丰富。也就是说，在她和他交往的这么长的岁月里，他已经有了不止一次的出轨。

也许是自己生病的时候，也许是自己工作的时候，也许是自己在对他的爱有所质疑而不断折磨自己的时候……也许是好多年前，也许就在前天、昨天，不能确定的任何时间。郭浅浅一直爱的唐鸣洪，正在别人床上，赤裸裸地和别的女人纠缠在一起，以他干净而性感的年轻身体，和对方一起，黏腻的、滚烫的、赤裸裸的，彼此融化胶着在一起流汗、呐喊、呻吟。

唐鸣洪终于不可能是自己的全部，但缺失的仅仅只是看不到的肉体出轨吗？

刚才还义无反顾的郭浅浅突然很恨自己，她手指捏紧床单。是的，她恨自己，恨自己居然会萌生跟他缱绻的念头，恨自己刚才无耻地对他媚笑，跟他十指紧扣，还要相拥在一起。

他站起来想要说些什么，欲言又止之后，慢慢靠近她。

"你不要过来，我现在看见你就恶心想吐！"郭浅浅冷笑地看着他紧闭的性感的唇，"你怎么不说话了？有本事你说话呀！"

唐鸣洪低头，又抬起头，他看着她的样子终于发怒了，他大声朝她吼："郭浅浅，你自己就很干净吗？我知道你跟那个男人过了一夜，我在你家楼下一直等到天明。我看到他送你回来，看到你们依依惜别，还他妈的拥抱！"

郭浅浅靠在床头没有说话，她静静听着他把最后那两个字从牙缝里迸出来。他站起来，整理好自己凌乱的衣衫，拉开门在自己背后用力"砰"的一声重重关上。

【六】

家里没有其他人，只有孙艳自己。孙艳没有男朋友，却有暗恋的人，但是她不敢明说，也不敢大胆表现出来。百无聊赖的她此时正对着笔记本电脑里的网络教学抄笔记，抄到一半，她果断地把目光落到最右边的书籍里。她散漫的情绪很快就变得异常专注起来，当然，手里的东西也换成最新的漫画。

郭浅浅曾经许诺过，如果孙艳能够通过这次的大学自考，那么她可以给她买她最想要的那个昂贵的限量版皮包，还要请她吃一顿大餐。唐鸣洪也同时同刻说过，如果自己能够这样毫无诚意地通过自考，他就会冲出去自杀。

虽然那个皮包自己真的很想要，但是面对电脑屏幕里佶屈聱牙的老学究，孙艳决定还是放弃了。自己是这么善良，怎么能忍心通过自考而让自己的好姐妹郭浅浅荷包大大损失，并且还残害唐鸣洪的性命？

还是安心地看漫画吧，她真的很甘愿就这么平庸着。

她爱得太辛苦，只能在愚人节的时候，把唐鸣洪送给郭浅浅的玩偶藏在自己的被窝里，然后第二天再偷偷还给她。可是愚人节还有十个多月呢！真他奶奶漫长，同样漫长的还有唐鸣洪的不为所动。

"我为什么会喜欢他？喜欢自己最好的朋友的男朋友？"

回答她的，是大门被打开的声音，郭浅浅终于和唐鸣洪约会回来了。不过，她好像并不是那么开心。她能够清晰地听见她在客厅里大声小声地叹息，孙艳忍住没有出去，站起来在房间里转来转去，索性把电脑也关了。

她拿起手机，屏住呼吸等待，她不出意外地接到唐鸣洪的短信。看看时间，已经是晚上11点多了，而此时的郭浅浅已经在客厅里把电视打开，无聊地看着电视里无聊的节目，手里的遥控器还不停地换着台。想必是她不知道为了什么而伤春悲秋了吧。

孙艳换上了一身轻便的衣服，背上双肩包还戴了顶帽子，经过客厅时，郭浅浅强打起精神回过头来问她："这么晚了，你去哪里？"

"朋友家。"孙艳定了定神，尽量自然地回答，"是一个女性朋友，她想找我聊聊天！"

郭浅浅狐疑地看了她一眼，接着便大惊小怪地开口："少来，你以为我是傻子吗？你有几个女性朋友我还会不知道？想骗我？你还早着呢！"

孙艳沉默了一会儿，从口袋里掏出各种五颜六色的糖果，全部塞到郭浅浅手里："真的是女性朋友，你就相信我吧！"她越是这样，郭浅浅就越是知道她有鬼，剥开糖纸把糖果丢进嘴巴里，大气地摆了摆手，"快去吧！快去吧！你就别啰唆了！"

"好嘞！"孙艳欢快地从沙发里跳了起来，走到门口的时候，郭浅浅才意味深长地又望了她一眼，"肯定是去找男人吧！"

在她想要急忙开口解释的时候，郭浅浅打断她继续说："别解释了，咱们是好朋友，这个还有什么不好说的！不过，如果真的很喜欢的话，一定记得找个时间带给我看看，让我帮你参谋参谋啊！"

孙艳不知道自己可以说什么，就这么低着头拉开了门，在她就要关门的时候，郭浅浅最后一次叫住她，少了些玩笑的意味，更多了些凝重的认真："孙艳，请你一定要幸福！"起码比自己。于是，她就点点头，然后关上门走了。

孙艳带着不知是愧疚还是得意的情绪往楼下飞快跑着，是啊是啊，自己真的很想见到唐鸣洪，就算是无耻可耻，她也都心甘情愿地认了。

她一路曲曲折折地从小区的众多栋高楼里拐到大路上，在确定四周没有人时，她才敢拨通唐鸣洪的电话号码。她还要故意装作很不耐烦："我已经出来了，你呢？究竟在哪里呢？"

"对面微蓝小区，第七栋楼7单元7楼。"唐鸣洪边说边重重跺了一下脚，重新点亮楼道里的声控灯光。他喜欢选择电梯高层的楼道，因为有了电梯，所以没人会走楼梯，这里就成了这个城市为数不多的安静地方。

"哎！"孙艳大声叹口气，紧接着马上抱怨，"有没有搞错，为什么每次你们吵架受折磨的总是我？还有，你为什么总是选择七这个数字？不是7号楼就是7座，不是17阶就是7层，你究竟能不能找个环境幽静的地方请我喝杯水？也算是感谢我的多番帮助嘛！"

"如果被浅浅看到怎么办？就算被熟人看到告诉她，也需要费一番解释嘛。你又不是不知道她一直都很多心的。"唐鸣洪蹲下来，坐在楼梯最高的一阶楼梯上，"我记得我好像告诉过你，7可是我最喜欢的数字，是幸运的数字！"

"是，是，是！"孙艳算是败给他了，这么迷信，"为什么你在我面前总是这么磨磨叨叨，做事躲躲闪闪，患得患失？"

"你说得很对。"唐鸣洪不自觉抓了抓自己的后脑勺，轻轻叹气，"在郭浅浅的事上，就连我自己也不知道，自己为什么会这样磨叨。"

"我说你究竟是怎么得罪那个姑奶奶了？这么晚还找我出来打探军情，搞得我被她一阵误会，真是服了你们了！"孙艳吐了吐舌头，每个暗恋中的女人无论多么强悍，都不会把赤裸裸的嫉妒完全表现出来。

"最多，找个时间，请你吃顿好的，不过……"

"要挑远一点儿的地方嘛！"孙艳很快打断他，想起自己还要爬七层的楼梯，然后郁闷地半仰望着深夜的天空，"如果让郭浅浅知道我一直提供她的小道消息给你，我相信，我也会死得很惨很惨的，这一点我非常明白！"

第四章

不要散布你的困惑和苦厄，更不要炫耀你的幸福和喜乐，

那只会使它们变得廉价。

做个有骨气的人，戴一副适宜的表情，纵有千言万语，

如人饮水，冷暖自知，只与自己说。

【一】

　　事情总需要面对，在一起这么久了，郭浅浅和唐鸣洪的默契是绝对不在他们共同的朋友面前吵架，特别是在孙艳面前。所以，她在无数次傲娇地挂掉他的电话以后，终于同意跟他出来面谈。

　　当然不能去咖啡厅了，她怕他花钱，也不要去电影院，那里面黑漆漆的太不安全。最后，郭浅浅在见到唐鸣洪以后，居然想也没想就在旁边打了辆出租车。他紧跟着她上车，只是她一早占据了前面的位置，所以他们只能分别坐在车子的前座和后座。上车后，她不说话，他也就不说话，一直这样保持沉默。车平稳地开上高架桥的时候，车厢里的沉默已经快要把郭浅浅压得快要窒息。她终于冷冷地向他开口："唐鸣洪，关于你，我还没有想好该不该继续跟你在一起；而关于我，你要是不相信我，那就分手吧！"

　　他看着她的后脑勺，连眉毛都好像根根分明地竖起来，却什么也都没有说。

　　郭浅浅就只能冲司机说："麻烦停车。"而他和她对着干，强硬地说："不准停车！"

　　她压低嗓门威胁道："不停我就跳车了。"

　　连郭浅浅都觉得自己真的很酷，车子终于在一条路的分岔口停下来。看着唐鸣洪摸出一大沓钞票给司机的时候，郭浅浅心疼极了。如果她再不果断地决定停下来，他们还不知道要坐着这辆出租车围着这么大的一座城市绕多少个圈子。自己刚才一定是晕菜了，不然，为何这样跟钱过不去？他的钱也就是自己的钱啊！

还有他们的感情，其实也是像刚才的车子那样兜兜转转。她越想就越心烦，还要加上心疼，越是心烦心疼脚底就跑得越快。但他一直像吊死鬼一样紧紧跟在自己身后，还保持着若有若无的距离。

走过一个公交汽车站，她又飞快地折身回来，郭浅浅想随便找辆公交车上去，完全摆脱他的跟踪。可是，她刚刚打好这个主意，往前冲锋的时候，唐鸣洪就已经三步并作两步地赶了过来，从后面一把抓住她，郭浅浅就像是小鸡一样被他拎了回来。

郭浅浅一面挣扎一面大叫："死唐鸣洪，你给我放手，你放开我！"但他的手紧得就像是螃蟹的钳子，她用尽力气也没有办法挣脱。所以，她用手握成拳去捶打他，引得公交车站牌下的所有人都围过来看他们，郭浅浅羞得眼泪都快要掉下来了。

这是他们一起自己找的，郭浅浅心中暗暗想着，她张开嘴在唐鸣洪肩膀上用力咬下了一口，然后，随着她的停顿，他们一起冷静下来。直到郭浅浅扶住他肩膀的时候，她的眼泪还在往下掉。

他们终于讲和了，讲和之后，唐鸣洪给了她一条短信："浅浅我们就当什么事情都没有发生过好不好把一切擦干净一起忘掉。"

他总是不打标点，懒得让人心烦，她心里突然有一种木木的感觉。郭浅浅按下几个字母之后却又把手机放回去，她不知道说什么，也不想向他完全低头。

楼下又响起了吉他的声音和男生的歌声，已经持续很久了。不过，这次的歌声却好像突然熟悉了起来似的。孙艳这个时候已经打扮得异常精致，她在客厅里转来转去，踮着脚尖在窗口张望了一下，麻利地把自己的胸衣扔了下去。那件胸衣是她最贵的一件，有精致的手工浅紫色的蕾丝边，花了孙艳大半个月的薪水。

"铮"的一声，吉他和歌唱的声音同时停歇了下来，熟悉的男声从楼下传了上来："孙艳，是你吗？你马上下来一趟。"

孙艳是带着阴谋得逞的样子，从窗口回过头来的："嘻，成功了。"

"怎么回事？"郭浅浅看着她愉快的样子，一头雾水。

孙艳就眉飞色舞地告诉她："楼下搬来了一个大帅哥，你不知道吗？我也是刚刚发现，都已经好几个月了，真是可惜。"

"不是帅哥吗？你还会可惜？"郭浅浅抱住自己的肩膀，好笑地看着她。

"当然可惜喽，几个月了，才让我刚刚发现，少了那么多和帅哥相处的时间。"孙艳双手合十，眼睛里闪耀着色色的光芒。她最后一次整理自己的装扮，拍拍她的肩膀，"喂！你不是说要帮我参谋参谋吗？还不快跟着走！"

她兴奋地带头，穿着8厘米的高跟鞋屁颠屁颠地往楼下跑去，那帅哥的家门打开着，他就站在门口对孙艳说："你怎么总是三天两头掉东西下来呢？"

"是啊，是啊，不好意思啊！"孙艳躬身客气地说着，她那么厚的脸皮上竟然也会有呼之欲出的粉红色，也对啊，毕竟她还是个女孩子，还没有怎么好好谈过恋爱！

"喂！最近这几天怎么没有回我的短信？我说过，我们似曾相识，你原来真的不记得了啊！"他的下一句是对孙艳身后跟着的郭浅浅说的，还好她刚刚走完了所有的楼梯，要不她一定会在沈晓北貌美如花的笑容下摔倒的。

"怎么？怎么是你？"她很快平稳住心绪却还有些张口结舌。

"我在楼道口碰到过你好多次，不过你根本就从未正眼看过我！"沈晓北身上穿着薄薄的衬衫，最上面的三颗纽扣都解开了，露出白皙温润的锁骨。

"还给你，下次一定小心一点儿吧！"明显地，后面这句话是对孙艳说的。

"一定一定。"孙艳笑着点点头，她找了一个早就想好的理由，"刚刚洗好的，晒的时候不小心掉了下来，没有打扰到你唱歌和练吉他吧？"

"是吗？"沈晓北把那件胸衣举高了一点儿，"那可是真的巧啊，不知道今天刮什么风，怎么一吹就干了呢？"

"我怎么知道是什么风？你还是去问老天爷吧！"孙艳一把把胸衣从他修长的手指间扯了回来，他怎么说话这么一针见血，这么毫不客气？

"没想到你们认识啊，那我就先回去了。"孙艳阴阳怪气的，但还是始终努力保持着唇边的微笑，捍卫着作为女生最后的矜持和骄傲。尽管心底有嫉妒和失落，但肯定不可以表现出来。

"等等。"郭浅浅连忙拉住她最好朋友的有些冰凉的手，"我们一起回去，这个人，我也不是特别熟悉，长得也一般般吧！"她白了沈晓北一眼，然后很快跟着孙艳离开了。她走得异常坚决，甚至连一个回头都没有。

"我是怎么得罪你了？"还没回到房间，沈晓北的短信就已经发了过来，郭浅浅还是照常一样，没有回复，放回手机。

"是不是我对你的朋友，刚刚不是那么客气。"

他原来还是知道一些人情世故的啊！郭浅浅感叹着继续不回。

沈晓北就继续解释："我只是不想让她胡思乱想，不想让她有所期待，这样做难道也会有错误？就算是有错，那我明天请你看电影当作补偿和赔罪。"

郭浅浅就把手机完全关掉，她也不想他胡思乱想，不想他有所期待。而且她早就已经准备了一场电影，当然，并不是要跟沈晓北去看。

这是一家很老的电影院，就连空气里也满是腐朽的味道，每个观影厅最多也不过一百个座位，观影的顾客恰如预料中的寥寥无几。

林深深走进这家电影院的放映厅时，3D版《泰坦尼克号》已经播出了一半，此刻正好演到Jack给Rose画画的经典情节。所以，她能够很清晰地听到后面几排座位上情侣们小声地说着些什么，偶尔还会发出一些心照不宣的窃笑。

这是林深深小时候经常和妹妹郭浅浅来的影院，若干年前，影院刚开业不久的时候，连空气都是清新的。她们两姐妹第一次看的电影也是《泰坦尼克号》，遇到接吻的画面，她们赶紧用手捂住眼睛，两个人红着脸，嘻嘻哈哈地笑成一团。

郭浅浅为什么会选择这家电影院？她不知道这是妹妹的习惯使然，自从林深深出国了之后，妹妹都是一个人到这个电影院看电影的，她总是买两张票和一大桶爆米花，她坐一个座位，让左边的座位空着。

郭浅浅到这里来看电影从来都是不挑的，碰到哪部就看哪部，爱情片或者喜剧片，战争片或者科幻片，就连女孩子最讨厌的纪录片都不放过。看到有意思的地方时，她总是忍不住说："姐姐，这个情节真的不错，你觉得呢？"转过头去，她才发现旁边的位置是空的，曾经坐在那里的林深深，此时就如同一个幻象，时而出现，时而隐去。

郭浅浅从来都不跟唐鸣洪一起看电影的，今天，终于是破天荒第一次。

在说好来看电影之前，唐鸣洪一直很兴奋，郭浅浅并不想他如此热血沸腾，所以故意和他一起走了很多弯路，磨蹭地做了很多看起来似乎并不必要的事。她想要用些时间让他能够真正冷静下来，清醒一些的头脑，是不是更能够通过她设定的考验和试探？

这期间，唐鸣洪跟着郭浅浅走了有大半条街，她先去洗衣店，送去了大堆的衣物，然后两手空空地进了超市。她买了一包卫生巾、一瓶矿泉水和一条木糖醇口香糖，全都塞进了包包里后。她继续两手空空地走，就算是平稳的路，她也崴了两次脚，不过没有受伤。双肩包右边的带子滑下过肩膀一次，被她胡乱地拽了回去。

他们一起走到电影院门口，郭浅浅略微迟疑了一下，带头进去了，唐鸣洪老实跟在她后面，殷勤地买了票、爆米花和饮料。

"怎么去了这么久？"幽暗的光线下，唐鸣洪侧着脸看了她一眼。

"厕所里一直都有人，排了好久。"林深深这样回答他，其实刚刚在厕所里和郭浅浅交换衣服的时候，她就想好了这个答案。他并没有任何反应地任由自己在旁边坐下，郭浅浅邀请林深深来做的交换就这么成功地拉开序幕。

【二】

在电影院里面作为第一次互换角色，林深深真不知道自己是在看戏还是在演戏，反正不管看戏还是演戏，在结束一切之后，她还得回到公司加班加点地做完顾泽诺布置的工作。

此时整个楼层突然显得很安静，从巨大的落地玻璃窗望出去，星星点点的灯火弥漫了整个城市。林深深核对完最后一组业务数据，然后把邮件发送到顾泽诺的邮箱，抄送到李曼的邮箱以及密送自己一份，才关掉电脑。

她不得不低声感叹："要不是帮郭浅浅去看电影，也不会这么晚才能完成所有的工作吧？"在忙完一切之后，林深深突然想起刚才郭浅浅那满脸的失望和落寞。

在屏幕完全黑掉之前，她整个人窝在椅子里很久，才缓慢站起来。走到前台的时候，她不得不关掉还亮着的灯，拉下总闸，整个空间就突然漆黑下来，伸手不见五指。

她急匆匆地赶回公司，她的鞋跟快速敲击着办公室光滑的大理石地面，发出清脆的回响。她走得有些急了，在快接近电梯间的时候不小心崴了一下脚。

顾不得疼痛，她把整个身体的重量伏在墙壁上。直到摁亮下楼的电梯按钮，林深深才长长地吁出了一口气，"哎哟"一声低下身子，去揉已经开始发红的脚踝。

"如果害怕的话，就不要加班到这么晚。"身后突然有个声音响起来，林深深吓了一跳。她转过头去，一眼就看见顾泽诺松开了纽扣的浅粉色衬衫。

林深深很奇怪地问他："你怎么会在这里？"

"我回来拿点儿东西。"他耸耸肩膀，有些疑惑，"不过，你确定，我有布置那么多工作给你吗？"

"当然没有。"林深深笑了，此时，脚踝处的疼痛好像在她身上蔓延开来，麻木了周身所有神经，"我只是想在公司多待一会儿，我厌恶回家，很烦看到你。"

说话之间，电梯终于停到了这个楼层，两个人前后脚地进去，一个站在最左，一个站在最右，尽量隔出最远的距离。

大楼外的一场夜雨，有些突如其来，明明刚刚还风和日丽的。风吹了起来，浮起她的裙角，林深深钻进顾泽诺的汽车，车厢里有好闻的柠檬味道。

"怎么最近只要跟你在一起都会下雨，也许连天都知道，跟你在一起就应该下点儿雨，来稀释一点儿你恶心的气味。"她很愉快地看着他说完这句话，然后就很不爽地看到他根本不说话，用沉默来回应自己的刻薄。

最后，她只好一声不响地靠在座椅靠背上，闭着眼。

她不用看，顾泽诺开车的每一个动作，会分毫不差地在她脑海里浮现。

"起风了，下雨了，快去收衣服啦！"孙艳人来疯地大吼着，光着脚盘腿坐在家里客厅的沙发上。她怀里捧着剖开的半边西瓜，边看郭浅浅和唐鸣洪吵架，边手举钢勺左右开弓，吃得天昏地暗的。

"你要不要进来？你再不进来我要关门了哦！"郭浅浅进来之后就坐在客厅里，冲门口的楼道里喊着，"唐鸣洪，你马上给我进来，别在外面丢人现眼好不好？"她吼得连对楼的声控灯都亮了。

"我真的不知道到底是哪里惹你生气了。"唐鸣洪终于磨磨蹭蹭地出现在房间门口。

"谁说我生气了？"郭浅浅摇头不肯承认。

唐鸣洪无力般地扶住房间的门框："还说没有生气？看完电影之

后就是这个样子，你还说你没有生气！"

"我没有啊！"她继续装死鸭子，继续嘴硬。

"还说没有？"唐鸣洪继续坚持，继续肯定自己的判断。

"就是没有！"

"我说你有！"

"我没有！"

"你有！"

"没有！"

"好吧！你不生气了就好！"唐鸣洪终于放弃了这场永远也不会有结果的拉锯战，他低头搓了搓手指，然后咧开嘴巴，哪壶不开提哪壶地讨好地问："连那件事你也不再生气了吗？"

旁边的孙艳恨不得把西瓜整个扣他脸上，她以前以为唐鸣洪只是1和3中间的数，没想到，他居然还是1和3的组合。她连忙打断他们："是不是我在旁边，你们不太方便呀！"

"你刚刚不是说下雨了要去收衣服吗？"郭浅浅回头向她眨了眨眼，又转回来直视他："我真的不知道可以对这件事做什么样的评论，只能逼迫自己不去想。"

唐鸣洪高举自己的手指："我发誓我已经跟她断了，没有往来了，一切都会成为过去。"

"好了好了，都赌咒发誓了，有些人就大人不计小人过吧。"孙艳笑嘻嘻打了个圆场，摇了摇郭浅浅的手臂。

"你说得很轻松，你根本就不知道……"她侧脸看了一眼唐鸣洪满脸的愧疚，终于咽了这口气，对孙艳嗔怪道："你还不快去收衣服？"

"其实我也只是随便说说好啦，我根本就还没有洗衣服。"孙艳并没有任何动作，她坐下继续挖了两大勺西瓜瓤，嘴里嚼着东西，所以说话自然有些含糊，她认真地看着客厅里的桌角，"而且，你又不是不知道，楼下那个帅哥根本就对我没有兴趣。那么，我也就不必再用晒衣服这个借口把东西扔下去喽，我再也不会跟他有任何的瓜葛了。"

【三】

夜雨依然。在顾泽诺和林深深回到他们市中心的公寓后，他绅士地让林深深先去厕所换衣服，他抬头笑着，已经不止一次发出了这样的感叹："这里确实比不上家里的别墅，只有一个卫生间，总是那么不方便。"

"其实，这里相当不错，总比在家里每时每刻都必须在你妈妈面前故作恩爱要来得好。"林深深当然没有豪放到让他观看自己换衣服的地步，她把门在他面前轻轻掩上。他没有说话，很快回到房间找出他该换洗的衣服。或多或少地，他们两个人都淋湿了少许，穿着湿了的衣服，对身体总不会有好处。

林深深换好衣服以后，从卫生间里走出来。他左边就是他们的卧室，卧室的门现在半开着，顾泽诺半裸着上身，只穿了一条家常的灰色棉质长裤站在衣橱前。他正在打电话，这么晚了，他还在打扰谁？或者说谁还敢骚扰他？

她听见他说："赵医生，上次你不是说我妈妈要去体检吗？怎么突然会回来呢？"

不知道那个赵医生在给他做什么样的解释，顾泽诺就一直静静地听着。他的身材修长，看似瘦削，背影却是一个标准的倒三角形，宽大结实的肩膀把他的腰部衬托得近乎纤细。林深深不期然间想起自己从前与他的亲昵，想起和妹妹郭浅浅在一起的时候，聊的那些大胆露骨的男色话题，她的心跳就一下子加快了。此时，顾泽诺抬眼从门缝里看到了林深深，连忙结束正在进行的通话："好了好了，你不用解释那么多，总之呢，请你继续密切注意我妈妈的身体状况，一有什么消息，就第一时间通知我！"

"真是个大孝子啊！"看着他挂掉电话回转身来，林深深来不及避让，只得装作若无其事的状态，还移开视线，好像要重新用心打量这间房一样。

顾泽诺很快放下手机，打开衣橱拿出一件与裤子搭配的 T 恤，但并不着急套上。他低头，用自己骨节分明的手指轻轻抚过胸肌的结实曲线，不要脸地笑："怎么？你一直都是这样偷看我的吗？"

"怎么？你很怕我看吗？"林深深学着他刚才的语气，把目光摆正，既然要看就看个肆无忌惮。

"那我就一定得对你坦白一件事，刚刚你在车上闭上眼睛的时候，我一直都在偷瞄你的身材。"他的声音微微低沉下来，并且还有详细的描述，"如果没记错的话，你刚才胸口的衣服被雨水打湿了一些，紧贴在皮肤上，几乎是轮廓尽显。"

林深深的脸一下子就涨得通红，为了掩饰自己的不知所措，她随手从床上把枕头拿起来抱在自己胸前："我？你还有什么没有看到过？还能吸引你的注意吗？"

"那我呢？你也还有什么没看到过？"他边说边把手臂张开，"你说啊？究竟哪里还没有看见过？我现在就给你看！"

"真不要脸！"林深深丢开手中的枕头站起来，他就更走近一步，两个人居然一下子近在咫尺。他的身体就那么触手可及，连他身上熟悉的气息都好像已经沁进了自己内心似的。

"我不要脸，你又不是第一次知道。"顾泽诺抬手抚摸她的头发，"你生气的样子，还真的是很好看，很好看。"他的手顺从了自己的生理感应，从她的耳边抵达下颚，停留在脖颈上，顾泽诺的手掌散发出灼人的热力。

　　林深深忐忑不安地抬起头，却一下子被他眼中闪动的陌生情愫给死死慑住。柔和的灯光从头顶照射下来，淡淡的光线停留在顾泽诺细致健康的皮肤上，仿佛有无数细小的电流伴随着空气里的尘埃在舞动。

　　她努力张张嘴巴，竟然不知道说些什么，而就在这个时刻，他们居然就那么把眼神凝结在了一起。

　　眼前的他，手缓慢而有力地在林深深的锁骨上收拢，然后很自然地滑落到她的腰后，他一把拥住她，抱紧她，紧接着，闭上眼吻上她柔软的唇。

　　就在他的舌头突破自己如贝的牙时，林深深失陷般闭上了眼睛。他的吻一直在加深，他的手指也慢慢移向她隐秘的敏感地带。

　　顾泽诺终于完全失去了理智，他的嘴含着灼热，绵密地开始向下，越来越热烈。他带着许久都未有的缠绵与激情，时而吮吸，时而啃噬，轻轻重重，疾疾徐徐。

　　林深深就只剩下攀附在他肩膀上的力量，完全沦陷在他的热情里。唯一能做的，只是意识迷糊地回应。此时此刻，她早已经忘记了他们的那些矛盾和协议，心里眼里只有眼前这个用无限热情爱抚自己的、自己深爱的男人。

　　当然，顾泽诺并没有辜负林深深的全情投入，他很快将她刚刚穿好的衣服撩了起来，整个手掌都完全触摸着她的曲线，没有任何间隔地抚摸着。他指腹上的薄茧摩擦过她细致的肌肤，怀中女子因紧张和羞涩而全身不由自主地紧绷。这样的生涩让顾泽诺更生出隐秘的兴奋，仿佛有团火焰在他心底无限燃烧。他们完整地灵欲结合在一起，然后释放出所有激情，一起爆炸。

【四】

早上6点半的时候，顾泽诺的邮箱里跳出一个提示窗口，提示他新一天的天气预报：多云，早晚最高23℃，最低17℃，东北风偏2级，空气指数良好。

他揉了揉太阳穴，驱散一些酸痛和眼涨，继续仔细检查林深深发给自己的每一期的工作邮件，以便能够很好地确定，自己是不是真的给她布置的工作多了，让她老是加班到很晚。

此时的林深深正侧躺在软绵绵的床上睡觉，嘴唇微微开启，就像是邀请一个突如其来的亲吻。顾泽诺站在那里舔了舔嘴，而她像是感应到了什么似的，在枕头上埋低了脑袋。

阳光照在她光洁的额头上，泛着柔和的微光，让她整个人看起来很像一只可口的水蜜桃。

其实，在他摁开电脑主机的时候，林深深就已经完全醒了。到现在，她已经闭着眼睛装睡了那么久的时间。装睡的感觉其实是很痛苦的，但林深深强忍着，并且不断掐自己，她怕自己躺在床上过久了，她要让疼痛提醒自己，千万不要再度昏睡过去。

客厅里传过来林深深手机的铃声，她却依然没有动，心中怒骂着，不知道是谁这么没有眼色，这么没有道德，一大早在这么尴尬的时候就给自己来这么一个电话。现在的她，不知道该继续装睡，还是故作被手机铃声给惊醒。

顾泽诺的手指飞快地敲打着键盘问："怎么？你真的还要这样不

舒服下去吗？"其实他早就发现了她在装睡，他知道，自己一起身的时候，林深深就已经半是迷糊地醒了。既然她不愿意睁眼，那就让任由她继续装睡吧。不过，这也过了太长的时间了，她颤抖的睫毛早已经不止一次出卖了她。

"原来你早就知道了。"林深深睁开眼，她花了一点儿时间适应室内明亮的光线，迷惑了一小会儿之后，正要起身，她才发现自己原来还是赤裸的。

"让我来。"顾泽诺轻轻按住她，然后有些不好意思地开口，"昨天晚上……"

"现在不是早上了吗？还提昨天晚上干什么？"她很果断地打断他，"你方便出去一下吗？让我可以起来把衣服穿上！"

"我现在就出去。"他点点头站起来，并且把电脑关机。在他手指握住门把手的时候，林深深的声音又响起："既然出去了，如果没别的事就不要再进来了，快到上班的时间了，我想请一天的假。"

"好的，我知道了。"顾泽诺回手，在门边的大衣橱里随便选了件衬衫和一套西服。他一出卧室，林深深就用最快的速度穿上了睡衣。然后她听到客厅大门关门的响声，原来他也是这么迫不及待在客厅里穿好衣服，出了门。

林深深穿着睡衣，从床上滑下来，然后一直坐在地板上。她什么都没有干，也什么都不想去做，就只是在回想自己和顾泽诺从认识的第一天开始发生的所有值得注意的细节，一直想，一直想，认真地想。

她向他请了假，所以可以独自待在家里，从上午到中午，从中午到现在，气温从高到低。她感觉鼻子有些堵，估计有些伤风了吧。

为了避免重复昨天晚上那样的意外，她是不是应该快点儿和妹妹郭浅浅交换身份呢？她怕自己忍耐不住会对他欲罢不能。她现在越来越不信任自己了，简直一点儿把持力都没有。

郭浅浅今天正好也请了一天假，她一个人在商场里闲逛。她走到手机专柜的时候，看到王准正在看一款手机，而她旁边站的人却不是方石。

这个男人比方石要老很多，而且看起来似乎比方石更加有经济实力。他穿着咖啡色的西服，对王准笑得那么缠绵。

郭浅浅已经成年了，她很容易从一个笑容和眼神里看出两个人的暧昧来。她估计，这个老男人跟王准的关系应该不那么一般。王准本是一个有劈腿前科的人。

郭浅浅没有跟她打招呼，很快走开。但是她心里很不好受，不知道这个不好受是因为王准，还是因为别人，或者是兔死狐悲的心态。她一下子就没有了逛街的心情，她一个人坐上公交车的时候，认真地想，是不是唐鸣洪也曾经这样跟另外一个陌生的女子亲昵地逛街。

手机提示音响起，一条短信很快进来，又是沈晓北的。他在短信里说："你在干什么？我在学校里打篮球，你要不要来观看？"

看到他的短信，郭浅浅依然没有回复，但她想起他近日来的那么多条短信，内容无所不包，几乎涵盖了他以及他身边发生的一切。他居然还是大三学生！

当她所坐的这辆公交车那么巧地停在沈晓北大学门口时，郭浅浅就不知不觉地下了车。她第一次来这所大学，她走进校门的时候居然有小小的窃喜和害怕。喜的是，原来不是大学生也是可以随便进到这个校园参观。大学校园的风景就像公园一样，并且还不需要买票；她怕的是，她这个没有机会上大学的人对大学有种说不清、道不明的敬畏感。

她拉住一个路过的学生询问："今天下午是不是有一场篮球赛？"

那位同学奇怪地转头看着她，显然没有弄清楚她的意思："对不起，我不知道！"

郭浅浅走了几步之后又拉住一个学生问："今天下午是不是有一场篮球赛？"

这位同学倒是理解了她的意思，友善地告诉她："每天都有很多篮球赛的，你是不是要找学生篮球场在哪里？"

"是啊是啊。"郭浅浅忙不迭地点头，"请问学生篮球场在哪里？请问，你认不认识沈晓北？他也是这里的学生，他是你的同学！"

"篮球场从这里直走，左拐就能看到了。"这位同学点点头，给她指清楚方向，"不过，沈晓北我就不知道了。我们学校有太多人了，有很多学院和系别，我真的不认识一个叫沈晓北的人。估计，就连叫这个名字的人都有好多好多个。"

"哦，谢谢你。"郭浅浅向这位好心的同学点头笑笑，大学果然不愧是大学，不像是初中小学那样，一个班级就那么几十个人，一个年级的人她几乎通通都认识。没办法，谁叫自己没有机会上大学呢？不过，如果通过了自考，应该就有机会了吧！

问完路，道过谢之后，郭浅浅还没有走出两步，居然就被一个染了红色头发的女孩拦住了去路。红发女孩问她："你要找沈晓北，那个'晓'字，是不是'日晓'的'晓'而不是'大小'的'小'？"这个女孩涂了黑色的指甲油，还化了很浓艳的妆，那样子还真是有点儿恐怖。

郭浅浅虽然心底有些恐惧，但还是说："是的，没错！"

这女孩就从包包里翻出一根烟，拿在手上，漫不经心地说："那我带你去找他吧！"

她说话的声音很冷淡，却有一种威慑力，郭浅浅就只能没出息地和她一起去找沈晓北，并且还特老实地把自己的手指放在裤子口袋里。那感觉就像她是刚刚通过高考才上大一的纯情学生，而她前面的那个踩着深紫色高跟鞋的女生，则更像是到大学里找帅哥的社会小妞。

她很疑惑沈晓北什么时候认识这样的女生，想了想，也不觉得有疑惑了。沈晓北泡自己的手段，和那个女子一样前卫、蛊惑。

【五】

她们一前一后地走着，在快要走到篮球场的时候，那女生突然转头看着她，把她从头到尾地打量了一遍。她戴着紫色美瞳的眼睛，看得郭浅浅心里发毛。郭浅浅低头审视了一下自己，她今天的打扮很简单，米色的五分裤子，有机器猫的白色T恤。

红发女孩突然开口问她："你是郭浅浅？"

郭浅浅就重新抬头，对她投以疑惑的目光，她心底暗自在想，沈晓北这个白痴笨蛋，肯定没少在别人面前损自己，她表情很僵硬地点点头。

在得到自己的确切答复之后，她也点点头，然后很轻描淡写地说："我是沈晓北的同学，好朋友兼死党，我叫徐紫函。"

这么娇嫩的名字，居然有这么一个high翻了的外貌。郭浅浅只能对她尴尬地笑笑，友好地说："你好，徐紫函。"

"你惊讶？"她继续问。

"有点儿。"郭浅浅很认真地回答她。

"惊讶什么？"她把烟叼在嘴上用力吸了一口。

"你真的是大学生吗？"郭浅浅不得不老实回答她。

徐紫函沉默了，猛地一口把那支烟抽到底，转头继续朝篮球场走。

她们走入篮球场，一起抬头想要在人群里找到沈晓北的时候，却看见很多人围成了一团。围观的人群随着中心两拨人的打斗时而散开一点儿，所以就让郭浅浅和徐紫函看清楚了。那里有几个打架打到昏天黑地的少年，他们都赤着胳膊，乱成一团。

沈晓北在那群斗殴少年里显得特别凶狠，打人和被打都不吭一声，就像是发了狠一样。徐紫函看到这样的情形，赶紧丢下烟头冲了过去。而郭浅浅驻足不前，她是不敢的。好吧，她承认自己怕死，她只敢朝着已经失去的理智的人群大声喊："我已经报警了，打了110了，你们还不赶快住手！"

没想到她这句话还真有那么一点点管用的样子，所有人都停了手，作鸟兽散。郭浅浅和徐紫函、沈晓北终于可以一起安然离开篮球场。

两个女人陪他去了医务室，在医务室的时候，他们都没有说话。医生把酒精棉签摁在沈晓北身体上的时候，他粗重地吸着气。每当这个时候，徐紫函就会和郭浅浅对视一眼。

窗外的晚霞在她们之间形成了一道奇特明丽的红色线条。而沈晓北一直都注意着郭浅浅，他的目光很浅，所以，她好像能看到他瞳孔里自己的样子。她想她的目光也应该是浅的。

等他的伤口处理完，徐紫函把他们送到了校门口，然后很快折返了回去。沈晓北看到了郭浅浅眼中的疑惑，就马上跟她解释："她是住校的！"

他们一起走在回家的路上，因为他们住在同一个小区同一栋楼里。一路上，沈晓北不断问她："你还记不记得，我给你唱过哪几首情歌？”

她就很冷静地回答他：“不记得了。”

“忘恩负义的女人。”他噘着嘴巴埋怨她。

郭浅浅并不好立刻反驳他，他今天受伤了嘛，她大人有大量，让着他。她低着头看着路上昏黄的路灯灯圈，一团团光晕和他们的影子，重重合合，骤分骤离。

他们的影子，一下子长，一下子短，一下子清晰，一下子模糊，郭浅浅看到沈晓北也低着头和她一起看影子变长变短、变模糊和变清晰。

他突然跳到她的影子上，转头说：“看吧，这两个影子就这样叠在了一起。”

郭浅浅抬起头不屑地说：“幼稚，无聊。”

突然，沈晓北就问她：“你真的喜欢那个唐鸣洪吗？”

郭浅浅把手放在口袋里：“对啊，是的，我以前就很肯定地告诉过你。”她想了想又补充道，“我和你是没有可能的，不过，你倒可以考虑考虑我朋友孙艳，她好像蛮喜欢你的。”

“就是那个常常把内衣内裤丢到我窗子上的女孩吧？”沈晓北的左手突然绕过郭浅浅的右边肩膀，轻轻搭在她肩头上，“可是，我喜欢的是你。”

他的这个动作很奇怪，只要一用力，郭浅浅的脑袋就能搭到他的手腕上。他拍自己脑袋的动作是那么轻，就好像是一个很温柔的安抚。郭浅浅第一次确认他一定有一米八八，因为自己的头顶只能触及他的胸口。

她又有些心猿意马了，她几乎有些投降地对他说：“沈晓北，沈大帅哥，请你放过我吧，我们两个真的是不可能的，算我求你了！放过我吧！"

她的手机开始振动，所以，郭浅浅很快停步，把脚往右边迈出一步不动，让沈晓北走过自己身边。

她轻轻摇了摇手机，在他回头之际解释："好了，就这样吧，我朋友在找我，所以我先不回家了。"

"是男朋友吗？是那个唐鸣洪吗？"沈晓北问她。

"其实……"她本来是想解释的，她说的朋友，其实就是自己的姐姐林深深。她们约好了的，林深深准备好一切之后，会打电话通知自己。但她很快地就打消了这个念头，她认真地点点头，眼睛和表情有多么风骚就扮得多么风骚，"是的，是我男朋友让我去找他，我们要浪漫一下，你自己回家吧！拜拜！"

【六】

一个多小时以后，郭浅浅赶到了林深深短信上的那个地址。在林深深和顾泽诺的公寓卧室里，她任由姐姐摆弄自己的身体，除了敷面膜、修指甲、涂全身乳液之外，她还要详细地记录姐姐的生活习惯，以及在美国发生的一切，还有和顾泽诺从相识到现在的点点滴滴。

当然，他们之间的协议，林深深并没有告诉妹妹。因为，她估计他们怎么也不会聊到这方面，当然也是因为现在的时间离那个期限还早得很。

"真的要选择晚上吗？为什么第一次交换就要挑选这么高难度的时间呢？"郭浅浅忍不住询问她。

"你到底有没有记住我刚刚说的话？"林深深睁大眼睛盯着妹妹，"正因为是晚上，才是最简单的，不用说那么多话，直接睡觉。

尽量减少穿帮的可能！"

"可这是晚上啊！晚上就要睡觉啊！"而睡觉代表什么大家都应该心照不宣吧？所以郭浅浅并没有继续往下讲，她向房间四周张望，看着这陌生的环境，裹住自己的薄薄外套，"我要是被姐夫那个那个了，那不是既对不起你，更对不起我自己？"

林深深用力推了推妹妹的额头："你真的想得太多了，我这几天大姨妈来了，你姐夫是知道的，我也在厕所的纸篓里扔满我今天鲜红的日用。所以，你晚上肯定是安全的，因为你已经穿上了大姨妈这个防弹衣。"

"林深深，你还真是考虑周全。"郭浅浅点点头，旋即又一次好奇地睁大了眼睛，"难道说没大姨妈的日子，姐夫就兽性大发，索求无度，激情澎湃吗？"

"我告诉你，你的要求是要确定唐鸣洪是不是心中有我，而我的要求就是，你不要这么八卦。好了，明天早上记得起床，再交换回来。你去你的咖啡厅上班，我去我的公司。"林深深又重重地敲了一下妹妹的额头，对她做出最后的补充和警告。

如果说女生天生就很敏感，那么林深深的敏感度绝对要比一般女生更加强烈。天生如此，再加上后天缺乏安全感，以及在异国的长时间的经历，让她生出一种警惕的敏感。

此刻，在她家与郭浅浅家中间的位置，她的敏感告诉她，自己被跟踪了。

林深深并不笨，哪里人多她走哪里，然后和自己真正要去的地方南辕北辙。但是，一向镇定的林深深没由来地有些心跳加速。她在怕什么呢？难道是因为跟郭浅浅交换了身份？按理说她应该更加无所畏惧，她现在是郭浅浅的身份，要钱没钱要命一条。何况这大路上这么多人，对方就算要劫色也很难成功吧？

终于，在走出了很长一段之后，林深深才发现是自己敏感过了头，虚惊一场。但她还是给妹妹郭浅浅打了电话，告诉她最好换个地方住。然后她提着为明天上班准备的服装，走进了郭浅浅家附近的超市。她再一次忍不住给妹妹打了一个电话："喂，我好像还忘记了我们应该交换手机号码的！顾泽诺回来了没有？"

"他还没有回来，手机号就不用换了吧，我们一直保持沟通就可以了。林深深，也许只需要换两三个月，也许只需要几天，真的不用了！"郭浅浅在电话那头叹气，然后问她，"你不会是紧张了吧？你是不是紧张了？"

"当然不是。"林深深直起腰板，"我怎么会紧张？我只是最后一次问你，你家在微蓝小区对门，7号楼2单元5层103室对不对？"

"没错，你去吧，孙艳在家里面。她，你是很了解的，不用我跟你介绍了吧？"此时的郭浅浅正在欣赏林深深衣橱里的漂亮衣服，才没有时间跟她继续无聊的通话呢，况且里面还有那么多精致的鞋子。

"好吧，记得不要穿帮，记得交换的事对任何人都不能说，谁都不能说！你知道吗？"林深深最后一次忍不住嘱咐道。

"放心啦！"郭浅浅居然迫不及待地挂掉了电话。

林深深来不及跟她说再见，只得拉开超市的冷冻柜，取出一瓶冷冻的矿泉水，灌进胃里，平复自己的情绪。

用妹妹郭浅浅给的钥匙打开房门的时候，林深深能够清晰地听到客厅里男女的争吵声。她低头确认房间的号码，以为自己走错了房门，但手中的钥匙却打开了这把门锁，所以，不会错的。

"郭浅浅，你回来得正好，孙艳说我的坏话！"迎面走来的男生长相英俊，却并不是唐鸣洪。林深深很快就想起，他就是郭浅浅提到过的沈晓北。

"哦，可是，你怎么知道她说了你坏话呢？她当面说你了吗？"林深深很冷静地问他。

"当然不是，是我上来找你，偷看到了她的电脑，偷看到了孙艳写的日记。"沈晓北点点头解释道。

"浅浅，你回来得正好，你一定要帮我，沈晓北居然偷看我的日记，侵犯我的隐私。"孙艳也连忙冲了过来，找林深深帮她伸张正义。

"不是我偷看，我怎么会知道你写日记骂我呢？"沈晓北如是说道。

其实他原本想说的是，你终于跟你男朋友约会完了吗？我等了你很久。可是他终究没有说出口，只是顺着孙艳的话问郭浅浅。

"我骂你？不是因为你偷看我的日记，你怎么会知道我骂了你呢？"孙艳叉着腰反驳他。

"那就是你承认骂了我嘛！"

"那你就是偷看了我的日记嘛！"

林深深头都被他们两个人吵得大了，举起手："他偷看了你的日记？"她只好插入正在争吵的两个人。

孙艳就点点头。

"她在日记里骂了你？"她再面向沈晓北，他也同样对她点点头。

"OK，她确实在日记里骂你了对不对？"她对沈晓北确认，后者点头，林深深就向他提议道，"那么，你也去写日记骂她好喽，以牙还牙，以彼之道还施彼身。"

"好。"沈晓北点点头，"这个主意很好，我现在就去。"他说着转身就出了门，她回来了，他好像就能够放心了一样。而沈晓北离开以后，就只留下了孙艳还在原地跺脚不爽："什么吗？浅浅，你怎么能帮外人，帮他？你是不是看他长得帅？你重色轻友？"

"孙艳。"林深深赶紧抓住她的手臂安慰道，"我怎么可能帮他呢？你写了日记骂他，他看到了；他再去写日记骂你，你又看不到，眼不见心不烦，管他的，到底还是你占了便宜了！"

"对啊，那我还可以继续写日记骂他！"孙艳兴高采烈地点点头，"浅浅，你真不愧是我的好朋友，聪明，什么时候你变得这么聪明了？"

"是吗？"林深深心中流汗，私下暗想妹妹郭浅浅应该不笨吧！不过，这两个人智商确实不怎么高罢了！她笑着不想继续跟孙艳磨叽下去，"那你快去吧！快去写日记继续骂他吧！记得要骂狠毒一点儿啊！"被他们俩这样一闹林深深才想起，自己最初的打算是先回来就洗澡，然后马上去睡觉，这样就可以十分安全和妥帖。

她原本以为孙艳这一关是比较难过的，毕竟她和她们从小一起长大。不过还好自己回国以后除了和她有一次警局偶遇外，并没有别的交集。她怕孙艳在自己还没准备好的时候就已经把一切都告诉了妹妹浅浅，她也怕过多联系以前的旧友，那些残酷的记忆会把自己包裹得越来越紧，紧到窒息。

进了卫生间洗澡，林深深不得不感叹，这个厕所怎么会比自己家里的玄关还要小，比别墅里的桑拿房还要闷热不堪呢？

【七】

与此同时，郭浅浅正在林深深家里的大浴缸里泡澡，泡着泡着居然就昏睡了过去。然后她摔倒在池底，呛了好多口洗澡水才爬起来。

她也不得不感叹："其实，在自己家的浴缸里溺水，真是说出去大家也不会相信吧？"

泡下来一层皮出来以后，她才发现顾泽诺已经回家了，陪伴他的还有他妈妈，也就是林深深的婆婆。

"老婆，你小心着凉，我不是告诉过你，洗完澡以后一定要多裹几条大毛巾，免得着凉吗？"还没等郭浅浅反应过来，顾泽诺就立马冲了上来，眼神里满是关怀。

她几乎是条件性的反射："你别碰我。"

"你说什么？"顾泽诺和婆婆陈淑蓉已经惊讶得睁大了眼睛。

"我的意思是，在婆婆面前我不好意思。"还好郭浅浅马上就反应了过来，自己现在的身份是姐姐林深深，"老公，我先回房间了。"

"也是，是我在这里打扰你们夫妻俩了。"陈淑蓉慈祥地笑着，她提起身边的几个包装袋，"我马上就走，我知道你们嫌弃我，嫌我打扰你们小夫妻的浪漫。我只是听说深深生病了，顺道过来看看你，而且，我今天买了很多衣服、鞋子和包包，请你也一起看看。"

"妈，我们怎么可能嫌弃您。"顾泽诺率先说话了，并且给了郭浅浅一个眼色。

郭浅浅也就连忙跟上："就是，就是，婆婆，您怎么这样说呢？我们欢迎您还来不及呢！"

"是吗？那我就不走了。"陈淑蓉故意这么说道，然后就看到他们夫妻俩娇羞地看着对方脸红。

在换好姐姐的睡衣以后，郭浅浅再次来到客厅。在看婆婆买的东西时，她无数次发出这样的惊呼："哇！哇！哇！太漂亮了！"

她只能对着这些自己根本就不认识也并不觉得好看的衣服、鞋子还有包包不断假high："真的是美丽极了，设计太棒了，太有品位了。"她几乎用光了自己能够想到的各种词汇，然后最后一次用力拍了拍手掌，"真的是太能衬托您的高贵了！"心下却在暗想，高贵的只是那吃人不吐骨头的价格吧！

"还是深深你有品位啊！"陈淑蓉感叹着，"衣服和鞋子并不合你的尺寸，那我就送你一个包包吧，你可以随便挑一个你喜欢的去。"

"真的吗？"郭浅浅不敢相信地看向陈淑蓉的慈眉善目。

后者点点头，很是肯定："当然。"

"那，我就选这个吧。"她挑了最贵的那一个，其实她并不是因为它的价格最昂贵，只是，郭浅浅实在是害怕自己跟姐姐林深深的品位不能相符。那么，选一个最贵的应该没错吧？起码价格就决定了它的品位。

"嗯，你真有眼光，这个包包真的很衬你，不错！"陈淑蓉的笑容不减，然后她很快站起身，让跟来的司机收拾好一切，"那我就不打扰你们了，我这就走了。"

气氛如鲜花着锦般温馨而热烈，并且合宜。

郭浅浅很满意自己的表现，正得意之时，转身就看见了顾泽诺比翻书还快的脸上不爽的表情："你今天怎么搞的？"

"什么？"她不解看着他。

婆婆前脚刚刚走出门还没有一分钟，几十秒前他不是还好好的吗？郭浅浅不由得手里捏了一把汗，咽下一口口水，脱口而出："我，我究竟做错了什么吗？"

"林深深，你是故意的还是怎么着？你为什么要我妈给你的包？你喜欢，自己花钱去买就是了。"顾泽诺一屁股坐在沙发上，看到她手上的那个手提包就来气。

"婆婆不是很高兴吗？"郭浅浅赔笑道，"她刚才还说这包包真的很配我呢！还夸我很有品位！你在旁边听到的啊！"

"你脑袋进水了吧？妈妈一向是喜怒不行于色的，她送你一个包包，只是想显示她人好，或者，她刚刚心情真的很好。你应该绝对不要收，千恩万谢然后一定拒绝。"他说着摊开手掌，"而且，就算是选，你也应该选一个普通的，她不是最喜欢的，让她不至于太过后悔的，就算后悔，她可以再买到的。你倒好，选了一个限量版的，想买也买不到！"

"啊？"郭浅浅不得不叹息，"我还以为，还以为婆婆是真心送我的呢，她怎么能这样？那我明天就去还给她好了，你说好不好？"

"那就更不行了。"顾泽诺立刻截断她，"你这样去还她，她一定不会要的，再说，你这不是等于当面揭穿她小气吗？"

"那怎么办？"郭浅浅急得满头是汗。

"林深深，我说你今天真的是笨了很多。"顾泽诺感叹道，脑筋飞快转动，灵光一闪，"我想到了。马上会有一个公益活动，我们公司是主办方，妈妈肯定是要参加的。你到时候把这个包包捐出去筹款，好让她可以顺利地再买回来，这样就安全了！"

"哦，好的，我明天就去安排。"其实，是明天自己就会告诉姐姐，让真正的林深深去安排而已。顾泽诺听她这么说，也就再没有其他的异议。不过等他们前后脚进入卧室，在顾泽诺刚刚松开领带的时候，郭浅浅不由得开始紧张，连忙提醒他，"我大姨妈还在哟！"

"我知道啊！"他点点头，但是手丝毫没有停顿，松了领带开始解衬衫的扣子。当他的锁骨和胸肌慢慢出现在郭浅浅眼前的时候，她就更加心慌意乱了，"我还有点儿感冒！"

"是吗？"顾泽诺走近她，抬手把手背覆在她的额头上。因为近距离看着他已经敞开的胸怀，郭浅浅呼吸都急促了。原来姐夫的身材这么好啊!

"好像确实有点儿发热!都冒汗了!"顾泽诺点点头,然后手背离开了她的额头,"那我今天睡书房好了!"

等他从卧室里搬出铺盖和枕头,走出卧室的时候,郭浅浅才真的反应过来,轻轻呼出一口气,答应了一句:"好!"

其实并不是她自己真的感冒,而是刚才紧张得冒了汗,也不是自己不沉着大气,而是顾泽诺的身材真的太好!

"他居然在我面前袒胸露背!"第二天见面,郭浅浅对林深深汇报,而林深深的反应却格外冷静:"谁?"

郭浅浅惊呼:"还能有谁?你的老公!"

林深深连忙点点头:"他身材是很不错哟!"

郭浅浅不得不承认,托着下巴同意道:"我也这么觉得……不过,林深深,你怎么这么轻描淡写的啊?你就不吃醋?你就那么愿意他在别的女人前暴露?"

"那他脱裤子了没有?"她问这个问题的时候居然白了她一眼。

"这个倒没有!"郭浅浅摇了摇头。

"等他脱裤子了,你再这么没见过世面样地惊呼,我还可以理解!"

"好吧!"郭浅浅瞪大眼睛不得不感慨万千,"出过国的就是不一样,就是这么开放!"

林深深无奈笑了:"难道你没去游过泳,没看过跳水比赛?没看过模特走秀?何况现在电视剧里哪个小鲜肉不露个两点、裸个背来讨好观众?算了吧,反正看得到摸不到,摸得到也搞不到!况且你是我自家人,我不吃醋的!"真的吗?自己真的如自己所说的那么洒脱?

一点儿都不吃醋？怎么可能！不舒服是真的有的，但是，他迟早都会是郭浅浅的，这不正是自己想要的，自己希望的吗？所以早一点儿晚一点儿，又有什么区别呢？

"那么好吧，我更没想到的是你婆婆居然那么小气和虚伪，其实我原本以为上流社会的人不该这么狡诈的！"这是郭浅浅的第二个感叹。

林深深却以一种更加不以为然的表情向她解释："其实上流的人更加下流！只有更加狡诈、更加阴狠才更能掩饰他们的虚伪。或者说，也只有这样才会获得更大的成功，所以你千万要记得，一定要给自己留个心眼。"

这算是自己的人生感悟？抑或是为了妹妹以后能更如鱼得水的提醒？不管怎么说，林深深觉得她都应该把一些人生险恶告诉她。是为了她好！

"那么你呢？你扮成我，难道没有什么感受要跟我分享吗？"郭浅浅淡笑地看着林深深，她突然发现自己居然那么想听到她分享一点儿对自己身份以及生活的看法，哪怕是一点点。

"嗯，我觉得我应该帮孙艳一个忙！"

"她干了什么？"

"她没有干什么，只是，我想给她介绍个男朋友！"

"你身边有合适她的男孩吗？"

"没有！"

"那……"

"可是你身边有啊！林深深身边确实没有适合孙艳的男人，但是郭浅浅身边有一个！"

"谁？"

"唐鸣洪！"

"你说什么？"

"不要紧张，其实，是你那个同事，叫什么，王什么准的！"

"王准？孙艳有百合的倾向？我跟她好了这么久我怎么没有发现？"

"是王准甩掉的那个男人，她的前男友，你不是说他还不错吗？"

"他们真的合适吗？"郭浅浅问林深深，不待她回答就立刻自我否定，"不行，不行，拉线这样的事我不会，我不干！"

"反正都交换身份了，"林深深的兴趣倒上来了，她拍了拍胸脯，"我觉得孙艳挺好，她也是我的好朋友，这件事就交给我这个假郭浅浅来完成吧。"

"算了，还是我来吧！"她连忙从林深深手上抢下这个活。

"那我呢？我该做些什么？"足智多谋的林深深居然会反问她。

"你？跟你婆婆去参加公司的慈善拍卖，把那个限量版包包的事情解决，把那个包包捐献出去让你婆婆买回去。"她斜了她一眼，"我都已经替你答应顾泽诺了！并且还信誓旦旦地保证，一定会圆满完成任务的！你不想我在姐夫面前丢脸吧！当然，你肯定不想你自己在他面前丢脸的吧！"

【八】

应该怎样撮合这对璧人呢？

这是郭浅浅眼下要面对的一个问题，她不是没有问过孙艳她会在什么样的情况下喜欢上一个人，并且跟她在一起。但是孙艳的回答就让她更无语问苍天了，她要么说我爱的人会御剑飞行来迎娶我，要么说他是开玛莎拉蒂的王子。开玛莎拉蒂的有可能是人渣，踩剑的肯定是白子画。所以很显然，如果孙艳真要这么想的话，她将一辈子都嫁不出去，郭浅浅很肯定自己这个结论。

想来想去，郭浅浅最后还是接纳了林深深的意见。她打电话把史凯叫来，如果他长得对孙艳眼缘的话，以孙艳目前饥不择食的状态，让她坠入爱河几乎不费吹灰之力。

但是她给史凯打电话的时候，他的手机却一直在通话中。因为此时他正在一遍又一遍地重复拨打王准的手机号码。今天，不知道是天气的原因，还是因为他刚刚喝了杯王准喜欢的那种奶茶，不由自主地想起她。就算手机听筒里永远是那万年不变的女人声音"您拨打的电话已停机，请查证后以后再拨"，他却依然不停地重拨这个号码，因为他非常想对她说"我很想你"。

他想说"我特别特别想念你，你知道吗"。

公交车就要到终点站了，他要下车了，他不记得自己对着手机重复说了多少根本无用的话："王准，你为什么要停机？你为什么要离开我？你不管我了吗？"

是不是因为要进站，所以车子开得那么慢那么慢，史凯想对着手机屏幕号啕大哭。但是，他眼睛干干的，根本就哭不出来。他该下车了，他抬头，终于完全看见了自己存在的这个世界。他下车，从车站径直走到王准曾经工作的咖啡厅门口，让正在给他打电话的郭浅浅得来毫不费工夫地看到他。

他在咖啡厅门外张望着里面，站了很长一段时间，似乎在考虑自己要不要进去。他整个人都趴在玻璃门上，引来咖啡厅里员工及顾客的侧目。郭浅浅走过去拉开门，招呼他进来。他抬抬眼皮一脸歉意的笑，他说："对不起，我腿麻了。"

他话还没有说完就整个人跌倒在地上，他喘口气接着说："真的不好意思，郭浅浅，你能不能拉我一把？"

"孙艳！"郭浅浅连忙回头叫她，她知道自己一个人肯定搬不动史凯整个人的，但还是伸出手拉住他。在得到孙艳的协助后，她们一起把史凯拉到咖啡厅里的沙发上坐下。

"浅浅，我去给他倒杯水？"孙艳转身走的时候，郭浅浅对她点点头。

她在史凯对面坐下，托着腮看着眼前这个男生，等他说话。

他赶紧心不对口地解释："我不是来找王准的。"

"知道。"直到孙艳把水杯放在他面前的桌上，郭浅浅才开口道，"她早就不在这里上班了，你来，肯定是想知道她的行踪，想向我们打听她的事嘛！"

"不是的，不是的，我不是来打听她的行踪的，我也不是来找你们打听什么的。"史凯冲着郭浅浅解释道，"我已经对她完全死心了。"

"真的假的？"郭浅浅抱着肩膀一副不肯相信的样子，"那你来是为了什么？还站在门口那么久？"

"让他喝口水吧！"也许是有些看不过去郭浅浅对这个可怜男人的连番追问，孙艳把水杯往他手指那里推近了一些。

"你真的对王准死心了吗？"郭浅浅根本没有理她的话茬。

初夏的午后是那么暖，令人寂寞慌张，史凯低头，无言以对。

"给我一支烟。"他抬头看了看郭浅浅，伸手摸了摸自己的衬衣口袋，发现烟盒里没烟了。

郭浅浅还来不及告诉他，他们这里没有人会抽烟，孙艳就已经把一支雪白的烟递到史凯的手里了。

她侧脸疑惑地看向孙艳，孙艳立刻红了脸解释道："刚刚跟客人借的。"

史凯就接了过去，他看了她们俩一眼，抽第一口烟就呛了起来。他皱着眉咳嗽完之后，他说："郭浅浅，我正在努力尝试着忘记她，这需要一个过程！"

郭浅浅笑了："我也许明白一点点了，不过你真的决定放下了就好。"她说着忽然就笑了，"我是不是很八卦？很鸡婆？"

史凯就捂住嘴巴也笑了，他点点头，憨态可掬："确实是的。"

"欸？"郭浅浅惊讶得张大了嘴巴，大力拍了拍他的肩膀，"仔细看，你真的挺不错的。"确实，史凯还真是个不错的男孩，心地善良，虽然有点儿婆婆妈妈，但至少他也有自己的闪光点。这些闪光点真的也很美，挺可爱的。

诸如"很美，很可爱，很漂亮"之类的词汇，此时也出现在林深深的嘴里，她正在热情地夸奖自己的婆婆，还搭配了夸张的肢体动作。她两只手臂上下翻飞，手指捏成兰花状："您的善心善德，真的是从外面漂亮到里面，然后再重新漂亮出来。"

"深深，你真是会说话啊！"陈淑蓉不动声色，只是优雅地抬手拍了拍儿媳妇的手背，"你也有功劳的，你居然还把这个限量版包包捐献出来做公益，真是让我老怀安慰啊！"

"婆婆，您千万别这么说，其实这一切都是受您的影响，您一直都是热心公益的。您送给我的这个包包，后来我在试背的时候才发现，原来这样的高贵设计是挑人的，这个包包大概只有婆婆您的气质才能和它相得益彰。"她笑着，脸都被假笑的表情折磨得酸痛了，"而我，是真心配不上啊！"

尽管嘴角酸痛，却依然要坚持到底。所以，到家的时候，林深深已经笑得几乎面瘫了。她立马踢下高跟鞋，脱光衣服，然后拉开卫生间的门，当着正在泡澡的妹妹郭浅浅的面，一个猛子就扎了下去。

郭浅浅很喜欢这个按摩浴缸，而林深深也是这么喜欢，不知道为什么，发现她们又一个相同的爱好以后，郭浅浅觉得心暖暖的。所以她任林深深这么跳进来，和自己赤裸相对。其实，就算是小时候，她们也没有一起洗过澡，就连一起睡也都穿着睡衣。两个长相差不多人，就算是亲姐妹，要赤裸相对，也会有些小小的不自在和尴尬吧！

郭浅浅正这么想的时候，林深深已经从水里冒出头来。她整个人安然地浸泡在热气腾腾的水里："你知道吗？对这里的一切我都舍得，可就是舍不得这按摩浴缸。"这一切包括顾泽诺吗？林深深问自己，心下有些黯然，但是面上不肯表现出来。她转了个身，趁转身的时候，重新固定自己的笑容，再次面对郭浅浅的时候，林深深已经可以闭着眼睛，神情舒坦地微笑了。郭浅浅就静静挨在林深深光洁的胳膊上，脑袋微微倾斜着不动，脚掌抵在浴缸的边缘，脚趾露出水面调皮地乱动着。

林深深突然感觉到，原来有妹妹在身边陪着自己的感觉，是如此惬意和舒心。但是这样惬意和舒心的时间并不长，又注入一些新的热水以后，她们就听到大门被钥匙打开的声音。紧接着，在林深深刚好沉下水面藏好的时候，顾泽诺居然那么快就进了卫生间，他开门就说："我就知道，你每天回来的第一件事就是泡澡。"

"是啊是啊，我一直都有这个习惯。"郭浅浅赶紧笑着应付他，她一边仔细检查水面上的泡沫是不是已经把自己和林深深的躯体完全遮盖住，一边暗自在说"关你屁事"。

"那好，正好今天我也有兴趣，一起吧。"他说着就开始解自己的衣服扣子。

"喂喂喂！"郭浅浅赶紧阻止他，说得那么义正词严，"我知道你有钱，我也知道你身材很好，也知道你很帅，但这并不代表你想跟我一起洗鸳鸯浴就洗鸳鸯浴。我告诉你，我今天没有这样的兴致，而且就算是结了婚，婚姻之内也会有强奸和非礼的判定的。"

"你说得很好！"顾泽诺点点头，停止了手下的动作，也停止了惯常的对林深深的作弄，或者也可以说是调戏，他苦笑着，"你还记得今天是什么日子吧！"他说的是肯定句，因为他觉得林深深一定记得，然后他还说："你洗完澡就跟我去一个地方吧。"

"明明是你老公回来，你为什么要做贼心虚地主动潜水下去？"

等顾泽诺关门出去，林深深才从郭浅浅身后的水域里冒出头来。

"而且，林深深，你们家卫生间是公共厕所吗？怎么前前后后、进进出出的都是人啊？另外，今天到底是什么日子？"

"你不说话没人当你是哑巴。"林深深把郭浅浅的头也轻轻摁进洗澡水里，当然，只是很快的一下，"我是怕你水性不好，所以主动屏住呼吸的，还有，等一下你去还是我去？"

"啊？当然是你去啊？他肯定有很多话要跟你说，跟真正的林深深说。我去，我怕会穿帮的！"郭浅浅惊讶得张大了嘴巴，有小口水流了出来，"我刚才的表现是不是还算不错？"

"是啊，正因为你刚才表现不错，所以，等一下就你去吧！"林深深几乎能够猜到顾泽诺也许会跟自己说些什么，不过她并不想听，所以，就让妹妹来帮她听吧。

"林深深，你究竟有没有听清楚我说的话？"郭浅浅摇了摇姐姐林深深的手臂。

"我当然听清楚了，我的意思还是你去，要假扮林深深的郭浅浅没一点儿考验、没一点儿难度怎么可以呢？我相信你！"林深深一脸镇定地对妹妹点点头。

就算顾泽诺把一切真相都说出来，就算是妹妹知道，她也觉得没有什么了，至少，面前的人是自己的亲妹妹！

"我等一下会收拾好这里的一切，悄悄溜回你家的，你记得明天是你第一天冒充我去公司工作，一定要记得我的叮嘱。"

"知道，知道。"郭浅浅揉了揉自己的耳朵，想要查看一下究竟有没有被她的嘱咐磨出了茧子，"你会在咖啡厅里拿笔记本电脑上网，所有工作的邮件全部转到你的另外一个邮箱，你处理过后再给我发送回来，而且……"

"而且……"林深深凑近她的耳朵，稍稍加重了点儿语气，"一定记得我的话，多做多错，少做少错，不做就不会有错！另外……"她又点了点头，"今天是我们的结婚纪念日！"

【九】

结婚纪念日还要让自己冒充她，这究竟是什么情况？

对于交换身份这件事，郭浅浅一直隐约觉得姐姐似乎打着什么别的主意，或者隐瞒了一些什么东西，这种直觉来自于孪生姐妹的感应。但是她却忍住并不揭穿，这也是一种当姐妹的默契，她不提，她就不用说。但是这些直觉终于在今天变成了一丝不安，而这份不安里面，还含有不满。

今天是林深深的结婚纪念日，自己正扮演着林深深的角色，那么应该展现心情的愉悦吧？可是，除了换一件好看的衣服外，郭浅浅不知道自己还可以做些什么。

汽车在空旷的城市大道上飞驰，她静默地看着路两旁的路灯在眼前稍纵即逝，她看到城市的钢筋森林里，远远近近闪耀着星星点点、明明暗暗的灯光。

开车的顾泽诺不说话，所以，郭浅浅也就乐得沉默。

停稳车以后他才转头对她说到了，然后任由她一个人先下车。她先奔去那两边都映满了冷紫色灯光的长长走道。走道两边的白杨树很挺拔，被微风吹得沙沙作响。

路的尽头是一个大大的人工湖，郭浅浅在湖边用鹅卵石铺就的阶梯上坐下，顾泽诺慢慢从后面走过来，陪她一起坐下。

"林深深，看起来你很开心？"他双手紧紧握在一起。

"我应该不开心，对吗？"郭浅浅眯着眼睛看他，他穿着价值不菲的纯白色五分裤，"穿这么贵的裤子，这么干净的颜色也可以随便就这样坐在地上吗？"

"反正又不要你洗。"他笑了，然后转头，"我突然很想跟你回忆我们的过去。"

"你身家丰厚，英俊潇洒，才华横溢，为公司做过无数出色的案子，也是无数女生的梦中情人。你的过去一直很辉煌，你的未来也是啊！"郭浅浅一口气说完姐姐林深深介绍过的他的种种，她话音未落，顾泽诺竟然笑了，"林深深，你就那么避讳我谈过去吗？"

"我是你老婆，你的过去我参与过，你的未来我必定会继续参与下去，所以我们不必谈过去，只需要谈未来！"郭浅浅替林深深理所当然地点点头。

"可是，我怎么突然觉得你从来就没有把我当成过你的老公呢？"他反问她。

"你说什么？"郭浅浅简直就不敢相信自己的耳朵，"我不把你当老公，我干吗嫁给你？我干吗从国内追你追到遥远的美国？"

"可是你跟在我一起的时候，还有其他的男朋友，你到美国来找我，是因为你家里出了事，你父母死在那场火灾里了。你无依无靠所以跟你的姨妈到了美国，而我，就成了你的救生圈。哦，不！应该说，我应该算是豪华游轮，一艘身家丰厚、英俊潇洒、才华横溢的豪华游轮！"

"你说得没错！我就是这样的女人，但我还是爱你的，你的条件，你的身家，你的一切都构成了你。所以，我爱你的钱，也是爱了你的一部分。"说出这些话的时候，其实郭浅浅有点儿后悔。她郭浅浅，她凭什么代替林深深做出这样的解释和回答？但是她始终觉得，林深深应该是很爱很爱顾泽诺的，起码她为他抛弃了自己，不是吗？她为他抛弃了自己在这个世界上存留的血缘最近的人，为他抛弃了自己的亲妹妹，这难道还不算爱吗？但是这个理由她却说不出口，所以她就胡乱替林深深表白了一下。自己说得好像并不好，但也没办法了，说都说出口了。而此时顾泽诺只是静静地看着她，看不出他现在是想要愤怒还是想要怎么样，那么平静。他看了她足足有两三分钟，然后轻轻呼出了一口气，叹道："林深深，你知道吗？你好像很久没有跟我说过'爱'这个字了！可是现在你已经不爱我了，你要跟我离婚！"

"我要跟你离婚？"郭浅浅睁大了眼睛。

"对啊，林深深，在你跟我闹离婚的这段日子里，我真的觉得好累，我……"

郭浅浅似乎能猜到他想要说些什么，但是她怕他说出来以后，并不是林深深的自己无所应答，所以她连忙打断他："今天是我们的结婚纪念日，我们能不能不谈这些？"

顾泽诺笑了，郭浅浅觉得他的笑容里有一丝软弱。

"非得继续这样扮演恩爱吗？"

"现在不需要装了，那你又为什么把我叫出来呢？"

他笑容中微露的软弱其实让郭浅浅挺难受的，但是她又怎么能把自己的难受表达给自己的姐夫呢？她只能苦笑着摊了摊自己的手，故意说话很冲。其实她内心也为姐姐林深深惋惜，她居然一直都没有意识到他们会是这样的关系。为什么林深深一直不明说，不告诉她？她不知道自己应该对眼下的情况做何反应，她也清晰地意识到，自己做什么反应好像都不可以。而顾泽诺也发现面前的女人神色跟往日有异，她的困惑让他疑惑；她的气愤让他不解；她的忧伤更让他难受。

顾泽诺沉默了，他表面虽然平静无波，内心却更加思潮涌动。

她似乎不想跟自己离婚了？她似乎很难过？但是，是假的吧？她的演技一向都是这么精湛，她不爱自己，她爱的只是钱，她又在打什么鬼主意？她还能打什么鬼主意？他的嘴角露出一抹苦笑，低头，看着自己的手指。也只有自己会犯傻，会记住他们的纪念日。面前的她，明显就没有记住，她一定另有所图吧！一定是的。

打定了主意，顾泽诺侧过脸，看也没有看她，从包包里掏出一个黑丝绒的首饰盒，拿到她的眼前："上次包包的事你处理得很好，红宝石好不好？"他说着就把盒子随随便便丢到她的手心里，"我是不会亏待能做事的人的，不过，你既然拿了奖励，就自己花点儿钱打车回去吧！"

眉角的黑痣是爱哭痣，所以坚强的孙艳便闻着刺鼻的烧猪毛味点掉了它。姻缘天注定，所以孙艳几乎搜遍了能够搜索到的所有求签问卜的网站。

镜子正对着床头会招鬼，孙艳便半夜三更爬起来吭哧吭哧地将镜子搬到了客厅，让它好好面壁思过一番。

此时，林深深才刚刚回到妹妹郭浅浅的住所，因为她是一路从自己家走过来的。

　　"这么晚才回来？郭浅浅，你说你是不是又去出轨了？"孙艳十三点的表情，掩藏在绿色的面膜泥之下。

　　她的话让林深深想起顾泽诺曾经开玩笑的一句，他说："深深，如果是范冰冰的话，你就让我出一次轨吧。"他赶在她变脸之前又加了一句，态度十分诚恳，"如果是李易峰的话，我也会同意你去的。"

　　"是不是有了绝世的容颜，就会有春天？"林深深脱口而出。

　　"是啊是啊是啊，真理啊！"孙艳连忙大声相应，其实，她根本就不理解此刻的她想的是什么，说的是什么意思，只是断章取义地赶紧接口。她用手指撑住自己的眼角，免得说话的时候起了皱纹，"我要貌美如花，我要青春靓丽，我要沉鱼落雁，我也要闭月羞花。"

　　"好，你慢慢要吧。"林深深白了她一眼，很快进了郭浅浅的房间。关门的时候，她还能听到孙艳在自言自语："我本来就是倾国倾城的呀？我还要什么要呀？我要的是男人。"她在说这句话的时候，很有些激动，所以赶紧用手指更加大力地扶住眼角，尖叫着，"冷静冷静，要有皱纹了欸！"

　　房门紧闭，房间里的光线暗下来，林深深扶住门低头轻笑。她记得顾泽诺曾经是这样回答自己的，"我还以为你会说，是不是有了钱，才会有春天"。彼时他认真凝视了她半晌，笑了笑就岔开了话题。他说："春夏秋冬，四季交替，谁也无法阻挡时间的车轮，而我会永远记得你今天吃醋的样子，这么可爱。"

　　她平躺在这张陌生的床铺上想今天是他们的结婚纪念日，她曾经是最美的新娘，而他似乎还记得。

　　"顾泽诺。"林深深躲在郭浅浅的被窝里轻轻开口，"其实，我知道你一直都在用自己的眼光看我。而我，仅仅只是想跟你坐一辆车、听一首歌、喝一杯奶茶，过两个人的生活而已。不过，属于我们的时间，真的已经不多了。"

【十】

不知道是哪个设计师有这样巧妙的心思，把细碎的水晶一颗颗压缩排列在透明的笔管里，配合上莹润的笔握、银质的笔尖，十分优雅。用这支笔畅意抒写的时候，亮晶晶的光芒闪烁在手指间，更能衬出郭浅浅只涂了淡淡指甲油的手指的柔美。李曼帮顾泽诺把这支水晶笔转交给小顾太太的时候，忍不住艳羡了好一会儿。

"确实挺好看的。"就连陈淑蓉走过她们办公隔间的时候，也忍不住开口夸奖。

"婆婆。"

"顾董。"

郭浅浅和李曼一前一后站起来向她问好，前者更是红了红脸解释："泽诺说这支笔给我办公用，算是给我认真工作的奖励。"

"我这个儿子对儿媳妇比对老妈还好。难怪俗话说，有了媳妇忘了娘。"陈淑蓉深深感叹，语气中略略透露出嫉妒的意味。这嫉妒是假的，刺探军情是真的，她一早就收到了开会的邮件，只是邮件的信息很笼统，并没有更详尽的资料。看来，儿子又要耍老花样了，想要先斩后奏，让自己措手不及。

她偏偏不想这样坐以待毙，询问得也不是那么刻意："下午好像要开会是吗？资料你们都准备好了吗？"

"是的，顾董。"李曼垂手很有礼貌地回答道，而她旁边的郭浅浅，已经不明就里地开始殷勤地翻开早准备好的会议资料，甚至忙不迭地向婆婆汇报："我们下午会讨论几项新产品线的拓展，这有些我们提前做的资料，婆婆，您可以先看看。"

"是吗？不用了，我也跟各部门总监一起，等到会上的时候再了解、讨论吧。"陈淑蓉嘴上虽然这么说着，却伸手接了过来，不动声色地望了望密密麻麻的文字，当然也很仔细地注意到那些标黑的会议要旨和主题，并且也把李曼轻拉郭浅浅袖口的小动作完全收进眼里。

"好了。"陈淑蓉很快便浏览完毕，点点头，眼光落在自己保养得很好的手指上，语气轻松，"深深，你陪我去护理指甲好不好？"

"当然没有问题了，婆婆。"郭浅浅可是从来不敢违拗她这个假婆婆的意思的。

"可是，顾董，小顾太太还有些开会的文件没有帮顾总准备好。"李曼跟顾泽诺久了，当然也知道，陈淑蓉的这个邀请估计并不是那么简单。她只得小心翼翼地提醒郭浅浅道："顾总刚才说，吃午饭的时候，还要跟我们进一步讨论讨论。"她只能让顾泽诺当她们的挡箭牌，可是郭浅浅却毫无任何配合的反应。

"你要明白，林深深虽是顾总经理的特别助理，但她是少奶奶。"陈淑蓉边说边扬了扬头正色道，"小顾太太做助理的工作也是为了更好地了解公司的情况，而你……"她用手指头轻轻点了点李曼，语带双关，"才是真正的助理，做好你分内的事儿就可以了。"

"婆婆，其实……"郭浅浅反倒有些着急，她想要帮李曼解释一下，却被陈淑蓉很温柔地打断，"深深，我们走吧，有什么事，大不了我帮你一力承担好了。"

阳光从会议室的落地玻璃窗照射进来，那支水晶笔配合了郭浅浅刚刚护理完贴上了水晶甲壳和碎钻的指甲，更是格外光耀眼眸。

"很漂亮吧？"陈淑蓉似乎很满意自己把儿媳妇打扮得更加精致，她邀功似的当着所有与会者的面，对自己儿子顾泽诺努努嘴，"深深的手指本就纤细雪白，镶上了水晶甲片后就更见华丽秀美了。"

"的确，不过，这水晶指甲好是好，但很容易脱落，做事情也很不方便吧？"

他对李曼使了使眼色，后者赶紧知趣地接口："确实挺好看的，我以前也做过这样的指甲，不过，工作起来可就不是那么方便了。如果我要给顾总打一份文件，不仅手会酸，估计那些好看的水钻也会掉一半，这可都是钱啊！"

李曼的话引得大家一起笑了，顾泽诺赶紧趁热打铁道："照你这么说，这也就只是摆设而已，还是简单地涂指甲油比较好喽？"

"其实，也不是这样的，现在的技术越来越好了，做了光疗之后就很牢固的。"郭浅浅抢在了李曼前头回答他，她边说边用手指在会议桌面上像弹钢琴一般地动弹。一阵珠光闪动，闪得众人眼花缭乱，她才停下来，她还伸出手背给众人看："一点儿都没有事的。"

"对手指甲都要求那么高的都是有消费能力的女孩子，她们根本不用做什么粗活的。"终于，陈淑蓉用沉稳的声调开了口分析，"应付简单的日常生活，水晶指甲完全可以，这也是为什么它在当前社会如此风靡的原因吧。"

"对啊，就连我十几岁的女儿也愿意花很多钱去做水晶指甲，而不在自己家涂指甲油那么过时了。"看见顾董事长都这样说，老奸巨猾的部门总监们也相继发了言。

"听说明星们现在都这样，你们知道的，她们一向是时尚的前驱者，孩子们很容易受她们影响的。"市场部的严丽一向都是陈淑蓉的坚定支持者，她怎么会不添上几句，"现在连吃饭的餐厅也都有美甲这样的服务，在等位的时间，做个指甲就能把女士的心情给抚平了，事情也就好办了，这些商家真是聪明。"

"那说明女人总是比男人浮躁。"估计是陈淑蓉自己有所感悟，所以感叹。

"所以女人的钱最好赚嘛。"公关部经理当然并没有忘记自己公司是做美容化妆品的，赚女人的钱可是强项。

"爱美之心人皆有之，不要以为女人就好骗，我们其实也会精打细算的。"陈淑蓉的目的已经达到，所以她的心情很好，她忍不住跟下属们调侃几句。整个会议室的气氛很热烈起来，比之平时的严肃，大家的神经似乎都放松了好些。

"把我送你的水晶笔还给我。"顾泽诺趁他们正在讨论得开怀的时候，亲密地凑近郭浅浅的耳朵，很小声地对她说。

她便从桌下把那支笔递给了他。几乎是立刻的，郭浅浅就听到那支笔在他的两只手之间被撅成了两段。他的力度之大，可想而知。有些细碎的水晶从笔管里、从顾泽诺的手指间掉到了会议室的地上，折射出零散的晶莹光芒。他表面仍然是一直淡然地微笑着，似乎什么都没有发生过，一点儿痕迹都没让别人察觉到。

郭浅浅心里很堵，她并不是心疼那支笔。它现在已经变成两截，和一些水晶颗粒摊开在她的掌心，水晶在林深深的眼前依然有着细碎而美丽的光芒。

她问姐姐："我真的不知道我错在哪里，我就只是做了一个水晶指甲而已。"

"你当然大错特错了啊！"林深深无奈地叹了口气，她把那支水晶笔的残骸用纸巾包裹起来，扔进了垃圾桶，然后静下心来为妹妹耐心解释，"顾泽诺送你水晶笔，想要你在开会的时候用，衬托出涂了简单指甲油的女性手指的柔美，继而用事实来证明只涂简单的指甲油就可以让手指变得更美，进而推论出，指甲油在国内是可以有销量的……"

郭浅浅还是没听明白，急忙打断她道："虽然我做了水晶指甲，一下子就把只涂了简单指甲油的李曼的指甲给比了下去。不过，这也并不能说明指甲油没有销量啊，水晶指甲也是需要指甲油配合的嘛。"

"没错，可是你别忘记了，我们公司的营销对象，是对个人消费，而不是对专业的美甲店。而且美甲店自然会去批发市场拿货，不可能去超市或者化妆品专柜买我们的产品。"

林深深的话很快就引起了郭浅浅的思考，她边想边继续补充了下去："所以，水晶指甲的美观打败了简单的涂抹，就证明水晶甲也更加流行和时尚，婆婆借这个来说明指甲油的前景不是那么乐观和可靠？"

妹妹终于说到了事件的核心点，林深深点点头："没错，正是这样，婆婆不想开拓指甲油这个产品线，她又不想直面反对自己的儿子，所以就借力打力，用你的嘴巴去告诉他喽。"

"怪不得。"郭浅浅也跟着点点头，"怪不得顾泽诺后来连这个议题都不肯在会议上再提了。"

林深深苦笑着感叹："再提下去，也是胎死腹中，自取其辱。"

"如果按照婆婆的想法，其实也没有错，水晶指甲确实要比简单涂指甲油更流行。"郭浅浅看着自己好看的水晶指甲，给出了自己的意见。

"那也不能说明它就没有任何的商机啊！只是婆婆不愿意太冒险罢了。"林深深笑笑，"美甲成本太高，指甲油价格实惠，白富美自然没有屌丝多，指甲油价格上有优势。且涂指甲油又能有自己美甲的乐趣，着实有发展前景。况且机会是需要争取的，拓展了指甲油线，还可以顺带推销公司的护手霜，搭配销售指甲保护液和护理指甲的小工具、洗甲液等等，或许还能成为公司的盈利大项呢！"

"所以说，你才是真正的小顾太太，你能够真正帮到顾泽诺。"郭浅浅感慨地倒在林深深面前的沙发上，由下往上看着她和自己几乎如出一辙的脸颊。

"顾太太？"林深深咬了咬唇，"真的是吗？"她不知道她反问的是郭浅浅，还是她自己。

第五章

　　有时候，一个人选择行走不是因为寂寞，而是因为听到了心底的声音。

　　有时候，成长的意义，不仅仅体现在年龄上的增长，更多是心理上的成熟。

　　长大往往是一瞬间的事，我们一个不留神，

　　　　就悄悄地学会了很多。

【一】

成长的意义，不仅仅体现在年龄上的增长，更多是心理上的成熟。长大往往是一瞬间的事，我们一个不留神，就悄悄地学会了很多。

但"成长"这个词对于孙艳来说，一直是个耻辱。

孙艳家隔壁的姑娘在六岁的时候就会打酱油了，每次她拎着酱油瓶子或者柴米油盐酱醋茶，很搞怪地把筷子插在头发上还哼着黄色小调，从自己家门前走过的时候，孙艳的外婆都会狠狠地教育她："你这个懒鬼！你看人家×××！这么小就帮家里做这个做那个，据说从擦地到给爸爸补袜子无所不会。你呢，一点儿女孩子样儿都没有。"

每当外婆这么说话的时候，孙艳就会一边把大头菜当零食在嘴巴里嚼着，一边感叹自己自愧不如。

当然，她一直都是这么自甘平庸的，她根本没有学习他人好习惯的意愿。

后来上职业高中的时候，寝室里几个女人兴奋地缩在一起看×片，孙艳就一个人孤独地躲在一边看《武林外传》。每当那边传来女人淫荡的娇喘时，她都会做贼心虚地把声音再开大一点儿……最后，室友们终于因为画面上是缠绵的肉体，而同期声却是闫妮的陕西方言，忍无可忍地把孙艳吊起来打了一顿。同时，她们还一起鄙视了她的发育不完全。

孙艳就在身体和心理皆蒙羞之后，突然间下定主意，是时候该成长起来了。

但她这种渴望成长的决心总是有一搭没一搭的，比如最近，孙艳发现自己的皮肤越来越干燥，抹再多的护肤品好像也没有用似的。

"啊，一定是缺男人才会这样的！"

她在说这句话的时候，林深深正好从郭浅浅的房间走出来，她接口道："你是缺少疼爱。"

孙艳从镜子里抬头白了她一眼，然后继续冲着面前的镜子，嘴里像念咒一样："魔镜啊魔镜，我什么时候会有一个可爱的男人？"

林深深"扑哧"一声笑了："孙艳，缘分这个东西可是说不准的，不过，我倒可以好心提醒你一句，远在天边近在眼前，百步之内有芳草啊！"

"百步？你说楼下的沈晓北吗？"想到楼下的帅哥，孙艳就禁不住咂吧了一下嘴巴，摸着自己的下巴考虑，"他倒也不错！是能够将就配得上我的，不过话说回来了，你什么时候也会这么文绉绉地咬文嚼字了？还芳草呢？那我就该是他百步里的鲜花是不是？"

沈晓北如花似玉的容颜浮现在脑海里，孙艳开始神情恍惚，痴呆向往。所以，她根本就没有在意林深深跟郭浅浅完全不相符的说话方式。

"是，鲜花，你可鲜得很呢，跟刚刚从屁股里面拉出来似的！"倒是林深深有些觉察，掩住嘴巴轻轻地笑，言语间多了些谨慎，连忙跟孙艳开了开玩笑。

"我说郭浅浅，你马上拉一个我这么美的鲜花我看看？"说着她就挽起自己的衣袖对着林深深的方向冲了过去，还没有触碰到她的身体，林深深就已经识趣地抬高了两只手投降："我错了，我错了，你是鲜花，是宝石，是money，比美元还美！"

"这还差不多。"孙艳在林深深的终极赞美之下，终于停了手。

"楼下的沈晓北明显就对你没有意思，你考虑考虑别人吧！"林深深对着镜子挤出牙膏，使用郭浅浅喜欢的水果味道的牙膏还有点儿不习惯呢！

"我知道，人家对你有意思嘛！"孙艳靠在厕所门口的墙壁上，声音里有些没有底气，"那你把唐鸣洪让给我好不好？"

"怎么？你喜欢唐鸣洪？"林深深听出了她话里的端倪，把牙刷含在嘴巴里，手指握住牙刷柄不动了。

"喜欢啊。"孙艳答应着，"我也喜欢黄晓明、赵又廷、高瑞沣，还喜欢我们的初中语文老师、体育老师、我们班班长、体育委员，还有李凯锋、杜宇诺、张宇、樊瑞、王梵……"她竟然掰着手指数了起来。

"打住！打住！"林深深吐出嘴巴里的白色泡沫，"教你们初中班的老师里，就语文和体育是男的，而且你们班就那么几个男生，你还不如告诉我，究竟哪个男生你不喜欢，来得更简单直接一点儿。"

"我博爱嘛！"孙艳嘴硬着，心想还算自己机灵，赶紧故施迷障。郭浅浅应该不会多心吧？其实自己有时候也还是很聪明的，不是吗？

从她们的家到咖啡馆需要坐五站公交车，大概三十多分钟。在三十多分钟里，林深深尽量套问孙艳在咖啡馆工作的注意事项，免得临到现场出丑。

她想起郭浅浅常常跟自己形容，咖啡厅的工作就像是溜冰员。到现场以后，林深深发现妹妹形容得其实一点儿都没有错。可不是吗？说得通俗一点儿，这样的工作就是打杂的先锋，哪里缺了人手就向哪里赶快闪过去，要是遇上人流最高峰的时候，她们所有的工作人员，不就像是在参加一场障碍溜冰赛吗？

今天轮到郭浅浅负责收银，所以林深深就可以坦然看着好朋友孙艳端着盘子在人缝间隙来回穿梭。

按照林深深约定的时间，史凯被郭浅浅的电话准时召唤过来。林深深向还在人群里忙碌的孙艳使了个眼色，很明显地，孙艳从心底接受了林深深的安排。

其实，史凯的条件还不错，而且长得也真是好看。谁说女孩子不好色？女孩子好起色来，比男生还要吓人，就如孙艳这样。

她端着托盘奋力冲向了史凯，当然，盘子是空的，里面没有杯盘，她要避免不必要的意外出现。而就在孙艳快要接近自己的时候，史凯也明显发现了她，但是他来不及思考为什么自己就算是拼命左躲右闪，使出浑身解数也没有能逃脱这场碰撞。她无能为力地让眼前的女孩横冲直撞进自己的怀抱里。

"怎么了？怎么了？出什么事了？"大家七嘴八舌地围过来的时候，林深深就站在最前面，出声提醒孙艳："你没事吧？是不是头晕？是不是撞伤了，快去医院吧！"

"对的对的，浅浅，我头晕，我撞伤了，我要去医院。"她整个人软绵绵地倒在史凯的怀抱里，享受着他结实的臂弯。她的脸颊对着史凯胸肌的位置贴得很紧，表情做作得让林深深想吐，演戏也不用演这么假吧？

不过史凯还是相当有男子气概的，就算孙艳的戏路那么假，那么容易被揭穿，整个人像是八爪鱼一样把自己缠绕，但听她说自己不舒服，他还是不由分说抱起了孙艳就往医院跑。而孙艳居然冲咖啡厅经理说了句很不解风情的话："经理，这可得算工伤哟！"

郭浅浅是通过唐鸣洪做的安排，既然史凯来了，唐鸣洪不放心也跟了过来。唐鸣洪也同意郭浅浅做这样的安排，给史凯做一次红娘，帮他介绍个新的女朋友。这样，也许就能分散分散他心里的痛苦。况且，孙艳看起来也不错，总不会三心二意。不过，唐鸣洪心底又有些疑惑，说不清楚是什么感觉，他只觉得这样的举动是郭浅浅以往最不喜欢做的。

"浅浅，你觉得孙艳和史凯合适吗？"唐鸣洪还是略有担忧地看着林深深恬静的脸，"不过，我从来没有想过，你会做这样的安排。"

林深深没有看他："你没有想过的事情，其实还有很多！"她低头，手指快速地敲击了几下收银机的键盘，把一个要划掉的账目结算清楚。

"你今天好像跟平时有些不同。"唐鸣洪眯了眯眼睛。

"哦？"林深深等自己心情平复才去看他，"哪里不同呢？"

"就是感觉有点儿不同，我也说不上来。"他搓了搓手指，嘟囔着，"反正……反正……反正就是感觉有点儿不同。"

"你的感觉一向很准吗？"林深深指了指天空，"你感觉一下，等一下会不会下雨？感觉一下晚上会不会起风？感觉一下明天天气晴不晴朗，明天阳光热不热烈？"

唐鸣洪抬头，看见自己在她眼眸中那个淡淡的影子，轻轻笑了，他说："关于一会儿的事，等一下就知道了；关于晚上的事，天黑就明了了；而关于明天的事，我们后天就一定会知道。"

【二】

咖啡厅里有空调暖气，所以孙艳常年穿着短袖，况且现在天气开始热了，穿短袖也合时宜。

刚刚的碰撞虽然并没有伤筋动骨，但擦伤是无法避免的，所以她的手臂上贴了很多个创可贴。也许是嫌弃她伤得并不重，并没有到需要自己以身相许的地步，所以，史凯在陪孙艳到了医院，听护士详细讲述完她的身体状况之后，转身就不见了。孙艳找不到他，只能蹲坐在医院大楼的台阶上，对着自己的手臂用嘴巴轻轻吹气。

　　不过只过了一会儿，有只手将一只美怡乐的甜筒冰激凌递到了她的面前。那只手指节修长，手型漂亮。孙艳不知道自己为什么会眼睛湿润，应该是哭了吧。

　　史凯这一下子终于慌了，他连忙辩解道："你别哭呀，刚才好像是你主动过来冲撞我的吧？"她就哽咽着摇了摇头："你为什么这么小气，再怎么抠门也要买支可爱多给我呀！这个牌子的甜筒一块五，十多年了，价格一直都没有变过。"

　　长廊上的病患以及来往的人群还有史凯，就只能看着她像抽风一样哭泣，然后甜筒开始在阳光下慢慢融化掉。

　　一直到晚上九点的时候，孙艳还没有回来。跟林深深重新换回身份以后，郭浅浅躺在自己的床上给孙艳打电话："喂，我说你在哪里？你什么时候回来？我一个人晚饭还没有吃呢。"

　　结果，孙艳只是在电话那头小声说："我在跟史凯吃饭，等一下就回来。"

　　"吃什么？这么久还没有吃完？"郭浅浅撇了撇嘴接着道，"估计等你回来以后我已经饿死了吧？"

　　"你没有手没有脚啊？自己不会做吗？或者出去吃也好啊？"

　　"可是我今天好累。"这句话倒是真的，郭浅浅从没想过原来做白领只是收发邮件、打印资料，居然比自己在咖啡厅里做事还要更累。

"好吧好吧。"孙艳已经明显有些不耐烦了，她维持着低声，"等一下我帮你叫外卖，让人给你送去，好不好？"

"你说的啊！"郭浅浅答应了，放过了她，挂掉了电话。她继续躺在床上胡思乱想，神游太空……就在她昏昏欲睡的时候，门"咚咚咚"地响了起来。打开门，就看见沈晓北站在门口，他手里提着塑料袋，塑料袋里面是很多白色的一次性饭盒。

"你什么时候做兼职送外卖了？"郭浅浅打开门让他进来，然后呆呆地看着他把这些饭盒放在客厅的小桌子上，嚷嚷着，"肯定不是兼职做了外卖，而是你什么时候跟孙艳悄悄搭上了？暗通了消息？"

"什么搭上不搭上的，看你说得多难听。"沈晓北不好意思地笑笑，露出雪白的牙齿，"我给你送饭还不好？孙艳也是怕你饿着，主要是门口的餐厅都不送餐。而且，我很早就告诉她我喜欢你，有这样的事儿，她就通知了我，要不要我送随我的便，我就是想照顾你。"

"照顾？你才多大？我早就告诉过你，我是有男朋友的，你赶紧回去吧。"其实郭浅浅还是很想请他坐一坐的，但是看着自己猪圈一样的房间，她没有说出口。话题最后改成了这样，"等我收拾好了再请你来玩，要不改天我在外面请你吃顿饭吧。"

沈晓北也并不强求，只是搓了搓手，说："不客气，这些菜是在门口餐厅订的，也不知道你喜欢不喜欢。"

"已经很好了。"郭浅浅点点头，"真的谢谢了。"

他又笑笑："那我走了。"

郭浅浅极力点头微笑，她觉得自己好像妩媚过了头，有点儿像讨好了。估计是沈晓北这样对自己，自己心里有些淡淡的不安吧。她随便扒拉了一些饭盒里的菜，不知道是因为饿过劲儿了还是怎么，她只是各样尝了一点儿就不想再吃了。

等到孙艳回来的时候，郭浅浅忍不住嗔怪她："你明明知道咱们家里乱七八糟，还让沈晓北这个大男人来。你不害羞，我还会脸红呢！"

　　孙艳从进门就一直笑，她说："如果送外卖的小哥不帅的话，是不是也会影响人的胃口呢？你看我为你考虑得多么周到，找个大帅哥来让你养眼，让你胃口大开。"

　　"那你今天是不是也吃了很多呢？面对着史凯那个帅哥？"郭浅浅用指头轻轻戳了戳她的额头。

　　"你有病！"孙艳终于一下子招架不住，红了脸，"我们没有什么，只是先交个朋友。"她嘴上虽然说得这么简单，但是郭浅浅可以肯定并非是这样的。因为她晚上上卫生间的时候，路过孙艳的房间，听到她在梦里都笑出了声。

　　第二天早上她们出门下楼的时候，在楼下居然碰到了史凯。远远地，他站在院子里对着楼梯口的她们笑。

　　郭浅浅连忙对孙艳挤了挤眼睛："他在朝我们笑呢！"

　　"冷静，冷静。"孙艳扭捏着，不知道是对自己说，还是对郭浅浅说，她突然解释道，"你是我们的媒人，他不对你笑，难道还要对你哭啊？"

　　郭浅浅冷哼一声："原来，他来是为了对我这个媒人笑啊？"然后，她们就看着史凯走过来。

　　孙艳抢先说："喂，你来得正好，我正要找你呢，感谢你昨天请我吃饭，我说过我会请回来的。"

　　史凯扬了扬眉毛，很自然的样子："好啊！"

　　然后，孙艳转头对郭浅浅说："浅浅，你去上班吧，顺便帮我请个假。"

跟史凯一起吃北京烤鸭的时候，孙艳就一直笑，因为她想起了郭浅浅刚才咬牙切齿的样子。她心里在想，对不起了，老朋友，对不起了，闺密，你也让我扬眉吐气一次，好不好？你就纵容我一次吧，我这也是破天荒第一次在男生面前把你甩脱的。而史凯一脸不明所以的样子问："难道不好吃吗？"

"好吃，好吃。"孙艳赶紧点头。

他们吃了有三个多小时，然后，孙艳摸了摸自己圆滚滚的肚子，打趣他："抱歉，今天让你吃累了。"

史凯也感觉到有些撑了，脸上是很平静的样子，浓浓的眉毛在饱满的额头上舒展开来："没事呀，跟你一起吃饭挺好的，真的挺好的。"

【三】

"顾泽诺他很聪明也很细心，所以在他面前真的一点儿都不能出错，千万千万！"林深深已经不止一次对郭浅浅反复申诉，郭浅浅的耳朵都快听出茧子了，她抱住自己的肩膀看着姐姐："你的意思是，我周围的朋友都很笨，孙艳很笨，唐鸣洪就更加笨。所以，你不用担心，他们都不能识破你？"

"你要这样说，那么我不得不承认。"林深深若有所思地点点头。

"林深深，他们不是笨，是单纯好不好？"郭浅浅有些着急，也有些生气了。

"是是是，是单纯得笨。"林深深轻轻捶了捶妹妹的肩膀，让她不要再气了。

"不过确实是，死唐鸣洪就是笨，笨得跟猪一样，笨得居然什么都没有发现。"郭浅浅气得用力咬紧了自己的牙关，旋即又得意地摇晃了一下脑袋，"不过，你也不用太过担心，反正姐夫也不知道你有一个孪生的妹妹。就算他发现了什么，咱们俩统一口径，死都不承认，不就对了？他没有办法指证我们的。"

"这个世界没有不透风的墙，顾泽诺只需要找人稍稍调查一下，"林深深轻轻叹了口气，"或者，干脆直接拉着冒牌的你，去一次医院做个DNA，不就什么都一清二楚了吗？"

"我们孪生姐妹，DNA应该是很接近的啊？"郭浅浅张大了嘴巴。

"世界上没有一模一样的DNA。"林深深用双手扶住她的肩膀，把她原地转了个身，"现在，你赶快变身成林深深，去上班吧。"

"好吧好吧。"郭浅浅点点头向前，有些有气无力地迈出了几步，然后就听到林深深在身后不放心地又开了口，"记得我说的话……"

"是是是。"她向后朝姐姐挥了挥手，"多做多错，少做少错，不做就一点儿都不错！"

郭浅浅边走边想，无可否认，林深深很聪明也很细心。不过有时候细心过了头，就变得太过婆妈了。

她刚刚走到公司大厦的大堂，还没有来得及上楼，就看见电梯门打开，顾泽诺迎面从里面走出来："正好，林深深，你马上跟我走。"

"去哪里？"郭浅浅挣了挣自己被他拉住了的手腕，"你到底要带我去哪里？"

"医院。"他继续拉着她头也不回。

"去医院干什么？"郭浅浅手指紧紧抓住自己的包包，无缘无故的他为什么要带自己去医院？难道好死不死地真的要验DNA看自己是不是林深深?

"妈生病住院了,好像还比较严重。不过她根本就没有告诉我。"他坐上汽车的前座,旋转车钥匙打火。

"是吗?那婆婆没有告诉你,你是怎么知道的?"郭浅浅坐在副驾驶上,左右手互相交替着帮自己按摩了一下手腕。刚刚他拉扯自己的时候有些用力,她有些疼了。

"赵医生已经电话通知我了。"他解释道,呼出一口气,双手把在方向盘上,转而反问她,"你不是一直都知道赵医生会给我传递妈妈的一切消息吗?"

"哦,这事情来得太突然了。"郭浅浅赔着笑。

还好此时汽车已经平稳地驶进了主干道,街上车水马龙,他的注意力也全部放在了驾驶上。

抵达医院后,他们在医院的走廊里一阵快速行走,即将走到病室门口的时候,顾泽诺的行动反而放缓了,直到完全定格在那里。

"怎么了?怎么不马上进去?"郭浅浅看着他在门把上的手指收得很紧,皮肤上都捏出了嫩红的颜色。

"你说,妈会不会只是得了点儿感冒什么的小毛病?她一向对自己身体保养得宜的。"他侧脸看着郭浅浅笑笑,"而且,那个赵医生的消息也不是那么靠谱。"

"来都来了?是我,我就进去瞧瞧,光靠猜是没有用的。"她看着他漆黑的眼。

"什么事情都要打破砂锅问到底?"顾泽诺放下自己捏住把门把的手指,"很多事,其实只需要点到为止。"

他转身想要走,而郭浅浅却直接打开了病房的门,无视他阴晴不定的脸色走了进去。当她整个人没入门框的时候,停顿了几秒又折了回来："聪明自负的人，总是猜来猜去，像我这样笨的，只能放弃各种猜度，直接去探究事实。"如郭浅浅想象的，顾泽诺依然站在那里，他并没有真的走。

"你们知道消息了？"当陈淑蓉看到门开，侧过身来。她拿了枕头靠在病床上，神色平静地看着儿子、儿媳妇两个人一前一后地进来，好像早就预料到他们会来似的，她脸上含着笑。

"婆婆，您感觉怎么样了？"郭浅浅上前帮她掖了掖被角。

"我很好。"陈淑蓉把目光看向儿子，"真的很好。不过，我想，赵医生应该很详细地对你解释了我的病况吧？"

"妈。"顾泽诺上前握住她的手，"您怎么不告诉我？"

"癌症嘛，多么大不了的病？"陈淑蓉笑笑，很是淡然，"我这么大年纪了，没病是福，有病也没有什么大不了的，人嘛……"

"婆婆，不要说这么不吉利的话好不好？一定会好的，现在医学这么昌明……"倒是郭浅浅关心她，打断了她的话头。

"我会说不吉利的话吗？你们真以为我得了癌症啊？"陈淑蓉居然笑出了声，指了指郭浅浅，还伸出手拍了拍她的手背，"我跟你们开玩笑呢！我的意思是，要想人不知，除非己莫为。不过，我倒是从没有发现，原来我这个儿子居然这么孝顺，这么关心我的身体健康，跟我的私人医生也常常交流心得，互通有无。"

"很好。"顾泽诺点点头，手指握紧，"妈，您没事，我也就放心了，公司还有事，我们就先走了。"

"有事你就先走吧。"陈淑蓉依然保持着微笑，"不要为我担心，我今天来只是例行检查。上次为了跟你们开会，所以没有来成，所以拖延到了今天。"

【四】

从医院里出来，顾泽诺一言不发地开车，从阳光灿烂到夕阳如血，再到万千灯火。顾泽诺把汽车开到没了汽油才停车下来。他从驾驶室拉开车门的时候才似乎真正想起一直坐在副驾驶陪着他的郭浅浅。已经过了那么多个小时，他对她无奈地笑笑："你先回去吧，你也累了。"

"你还好吗？"郭浅浅试着动了动自己的手脚，自己似乎真的坐了太久，身体都僵硬了。

"我很好。"顾泽诺跟她点点头。

"那我们一起回家好不好？"郭浅浅转身对他讨好地笑笑。

"你自己先回去吧，好吗？"顾泽诺努力忍耐住自己的情绪，向她摆了摆手。但是郭浅浅还是不能够放下心来，坚持要求道，"我觉得，还是我们一起回去好一点儿。"

"林深深，我让你自己回家，你听到了没有？"是不是真的让自己生了气，发了火，她才能够让自己一个人冷静一下。他没有再说什么，甚至看都不再看她一眼，用力捏拳重重敲到汽车的车顶上。

他徒步在街上漫无目的地走着。到这个时候，这种情况下，郭浅浅觉得，应该是真正的林深深出现的时候了。

"林深深，你快来吧，顾泽诺好像出事了，事情好像已经不是我所能控制的了。"她打电话给林深深。

"你慢慢说，不要着急。"林深深安慰她，在话筒那边如常地冷静，"你能告诉我，你现在在哪里吗？顾泽诺跟你在一起吗？婆婆也跟你们在一起吗？"

"没有，没有，顾泽诺在公司楼下的小广场里，婆婆应该从医院回了家。整个事件我也不是特别清楚，反正，我知道肯定是婆婆摆了一局，她装病让顾泽诺以为自己有机可图。不过，他现在很失落。"郭浅浅详细地跟林深深描述了她所知道的一切，"我跟着顾泽诺跑了出来，他不让我跟着，所以我藏起来没有走出去，只是隔着挺远看着他，我也很怕他出事，如果你来，我就回去了。"

"等着我去吧。"林深深叹了口气，从妹妹的只言片语里，她大概知道了一些，然后嘱咐郭浅浅，"看到我出现，你就回去吧，中间的这些时间还要辛苦你，一定帮我看着他。"

昏暗的灯光下，顾泽诺固执地仰着头，然后，他看到林深深的时候，就对她说："你为什么还跟着我，你是想看到我这么失败、这么不爽，还是，可以去帮我买一包烟回来？"午夜里，顾泽诺幽深的眼仿佛要隐进整个黑暗里。

她虽然看不真切，却相当清楚他的眼神里一定有伤、有疼痛，他的伤痛传染了她。

林深深从包包里摸出在来之前就准备好了的烟，有些不熟练地拿打火机想要帮他点燃。顾泽诺根本顾不上她的磨蹭，一把把火机和烟抢了过来点燃，放在唇上用力吸了一口。灰白色的烟雾散在他们两个人之间。

他吸了几口烟之后，轻轻指了指林深深，突然问："我记得，你刚刚并不是穿的这件衣服，连头发也是梳了发髻的，怎么突然就散了下来？"

"原来，你也会关心我穿了什么？梳了什么样的发型？"林深深只是稍微愣了一下，便好整以暇地回答，"刚刚汽车里有冷气，所以套了件薄外套，下车前知道外面热就脱掉了，也松掉了发髻。"

"解释这么清楚做什么？好像做贼心虚似的。"他摇了摇头，便不再继续这个话题，只是不停地吸烟，直到把整盒烟全部抽光。当最后一支烟点燃，他顺手把空瘪的纸盒揉在手心里。他开始不停地咳嗽，林深深上前一下下拍着他的背帮他顺气，突然他就把她使劲拉进自己的怀里，只是用力相拥着，没有说任何话。

他反转自己的烟蒂，让没有熄灭的烟火直直撞向自己的肩头。林深深可以清晰地听到他低低地抽了口气，她慌忙推开他，一把扯开了他的衣服。

她在他的皮肤上看到一个拇指大小的、由乳白色逐渐加深凸起的水泡。后来，那个水泡破裂了，化脓，结痂，直到变成一个疤一直留在了这里。

林深深心底很难受，她抬头对顾泽诺说："你亲我一下，你亲我一下好不好？"他还是没有再说话，只是低下头，把柔软的唇在她的脸颊上轻轻地挨了一下。

【五】

时间如流水般逝去，日子渐渐进入了盛夏。郭浅浅和林深深几乎已经习惯了互相的生活，在交换身份之后，她们已经很快地适应了对方应有的习惯，并做出相应的反应。孪生姐妹，也许就是因为有这么一层血缘关系，所以扮演对方居然那么轻松和容易。

郭浅浅原本只是想试探唐鸣洪而已，但是现在林深深把整个计划拓展得更加完美和详尽了，此刻想要收手却来不及，想要继续向前却又茫然没有目的。

随着时间的推延她们各自在对方的生活中更加深入，不仅让她们不能快刀斩乱麻，还让自己更加泥足深陷于对方的情感缺憾里暗自担忧。

不过让郭浅浅略感欣慰的是孙艳的感情，她和史凯很快进入了恋爱白热化阶段。只要双方时间允许，他们每天都会在一起一会儿，除了吃饭、看电影、唱K这些平常的消遣外，有时史凯也会带她回家，亲自给她下厨做一些好吃好喝的。他们在一起听音乐、玩网络游戏和看碟，当然，也不可避免地会缠绵拥抱和接吻。

孙艳慢慢开始享受到了恋爱的快乐。

平常看似傻乎乎的男人，一旦焕发出热情，似乎格外迷人，更何况，他们还会有肢体的稍稍纠缠，史凯结实的臂弯以及唇边的热度都可以让孙艳迷醉。

他们每一次的约会都很甜蜜，以至于约会结束后，他送她回家，她有着深深的不舍，只盼望明天下班的时间早早到来，只希望跟他待的时间更长久一些。

孙艳想，爱一个人，同时也被他爱着，居然可以让人如此身心充实，难怪那么多人渴望沉浸在这无边的爱意里。

这天，孙艳轻手轻脚地打开家门时，已经将近12点了。出乎她的意料，郭浅浅并没有睡，她拿了一本书坐在客厅里看着，显然是特地在等她回来。

孙艳暗暗叫苦，赔笑道："浅浅，这么晚了你怎么还不睡呀？明天还要上班呢。"

"你也知道明天要上班吗？"郭浅浅拍了拍沙发示意她坐下，更摆出一副眼巴巴要听故事的姿势，一下子把孙艳给气乐了。

"得，不用你拷问，我什么都招，好了吧？"她只得乖乖走了过去坐下，"史凯对我很好，我很喜欢他，我才发现被别人疼的感觉是那么好。"

"孙艳，我知道谈恋爱是怎么回事，我也很支持你，很高兴你能快乐。"郭浅浅把手上的书放到客厅的小桌上，"不过，我还是要提醒你，你们刚开始不久，不要太过投入，也不要……你们交往的时间还不太长，还需要互相增加了解，不能这样……这样太热络，影响不太好的。"

孙艳有些脸红，挺了挺肩膀轻轻握住郭浅浅的手指："我知道你的意思，我也明白，一个女生太主动不是特别好。其实，你知道吗浅浅，我曾经很后悔跟你做朋友，因为你比我好那么多。"她说着还比画着，"在你面前，别的男生只会注意到你，而我，往往是被别人忽略的对象。"

"孙艳。"郭浅浅从来就没有想过，原来孙艳一直有这样的困扰，她没有注意到好朋友有那么多的忧愁。她不知道此时此刻，自己还可以说些什么，所以只能咬咬唇，把唇咬得生疼生疼的，"我一直都不知道，我……我对不起你。"

"傻子，我们是一辈子的朋友，是闺密，我说这些话并不是想要你难堪。我的意思是，其实每个人都有嫉妒心的对不对？我也有，但真的不是很大。如果可以重新选择的话，我还是会选择成为你最好的朋友，包括你姐姐！你们两姐妹是我见到过的最漂亮的双胞胎了。"孙艳低了低头，"其实我一直没有告诉你，你姐姐一直托我接济你，我给你的钱，都是她从美国寄过来的。"边说着，她又边把手指举到耳边，"我发誓，我没有抢林深深功劳的意思，只是她一直都不让我告诉你，而我又很苦恼，觉得应该告诉你。"

"哎呀！"孙艳根本就没有给郭浅浅说话的机会，她自怨自艾地跺了跺脚，"我其实答应过深深不说的，结果最后还是告诉你了。我是不是不是一个守承诺的人？是不是很坏？很没品？"

"是吗？"郭浅浅有些愣住了，她根本没有注意孙艳的问话，只沉浸在林深深接济自己的震撼中，这么久了，姐姐居然一直都没有提。为什么不提？她似乎有好多事都瞒着自己，但是，似乎又很坦诚地让自己去发现？

"你看？你也这么说是不是？我不守承诺，不是个值得信任的人？"倒是孙艳在那边急得无可奈何，无地自容。

"不是的。"郭浅浅把自己的思绪从烦乱里拉扯出来，她握住孙艳的手指安慰着，"真的不是的。"她嘴巴干干的，觉得自己很累，怔怔地又开了口，"我姐姐，一直都托你接济我吗？"这是郭浅浅第一次开口称林深深为姐姐，她一直都是叫她名字的。隔了这么多年，她才叫姐姐，自己现在是完全原谅她了吗？没有什么原谅不原谅的吧？她永远是自己的姐姐，不管自己叫不叫她姐姐，这个事实都没办法改变。

"是的是的。"孙艳有些着急，既然说都说了，那就说得更完整、更全面一点儿吧，"那你要不要去找她呢？我告诉你她回来以后，你一点儿反应都没有，她也没再来找我。她说过她回来就是为了你，可是她没有再来找你，是不是很奇怪呢？难道她又出国了吗？"

"是吗？"郭浅浅认真看着她，不知道此时自己该不该跟她解释清楚。

"是啊，你怪我吗？"孙艳有些不好意思，她红着脸，一副刘胡兰慷慨就义的模样，"我离开那个酒店之后才发现，我根本就没有林深深任何联系方式，对不起，对不起。"

"没关系的。"她摇了摇头，她有些内疚自己因为各种原因，没有把自己和林深深早已重逢的事情告诉孙艳。

"好了。"终于说出藏在心底的秘密，孙艳觉得自己整个人都松了一口气。她才发现自己已经跑题太远，赶紧拨乱反正，"那个……"她试探性地瞄了瞄郭浅浅的眼，"至于我和史凯，你数落我，教育我吧，我一定听你的。"

"我为什么要数落你，教育你？我怎么有这样的资格？"郭浅浅有些啼笑皆非，"我只是想给你一点儿建议，两个人保持适当的距离才会有神秘感。"

"你真的不怪我，我就烧高香了。"孙艳腻到郭浅浅身上，大声笑着，"我懂的，懂的，你放心吧，史凯对我真的很好。而且，你不是说了吗，你又不是不知道谈恋爱是怎么回事？"

"行了，你知道就好了，我再要啰唆下去，估计你不知道要在背后怎么骂我了呢！"郭浅浅无奈地叹了叹气。

"放心放心，我知道你是为了我好，我很明白的。"孙艳连忙点头答应着，回到房间，躺在自己的床上，她就开始认真地想，在面对郭浅浅的时候，她是有一些罪恶感的。自己刚刚跟郭浅浅说得很诚恳也很真切，其实每个人都有嫉妒的心理，所以她希望自己最好的朋友也能够原谅自己所犯过的错误。

孙艳的新男朋友史凯要过生日，向林深深发出邀请的人是孙艳，并非是寿星公本人。林深深本来想立刻回绝，不过，毕竟别人邀请的是自己正在扮演的郭浅浅。所以她决定，还是打一个电话向妹妹确认一下比较好。

"他们要去唱K，肯定有很多不认识的人，"林深深用很简单的话语通知郭浅浅，"如果是你的话，你不会去吧？"

"如果是你的话，你会去吗？"郭浅浅反问她。

"当然不会，我觉得没有这个必要。"林深深耸了耸肩膀。

"哦。"郭浅浅就在电话那头叹了口气，她讨好地笑笑，"不过，我是会去的，反正唐鸣洪也一定会出现，就当是免费去吃吃喝喝，还不用自己给钱。"

"好吧，好吧，那你的意思是我必须代替你去喽！"林深深已经无语了，这种没有任何意义的聚会，她林深深是绝对不会去浪费时间的，不过，她此刻的身份是自己的妹妹郭浅浅，所以，尽管无可奈何，还是客随主便地去了。

偌大的KTV包房里，林深深独自坐在角落里，把一杯浅紫色的鸡尾酒一小口一小口呷掉，看着眼前这些熟悉或者不熟悉的人很快就打成一片，其实生日也好，过节也好，不过是一个由头而已。城市里钢筋水泥中的红男绿女们太过寂寞了，所以总是找这样或者那样的借口，一起忘情狂欢。

唐鸣洪就在这时出现，他站在她面前，挺拔的身形遮住了角落里本来就少的光线。林深深抬头，逆着光，她甚至看不清楚他的样子，只是眯着眼睛，看他拿走自己手里的酒杯放到茶几上，然后过来牵她的手。嘈杂的人声和音响中，林深深听见唐鸣洪干净的声音说："走，看你坐在这里无聊，我们出去走走吧。"

电动车在马路上开得有些快，林深深环住了唐鸣洪的腰。他和顾泽诺是那么不同，他的身体比顾泽诺要单薄许多。她突然发现，这个人如果现在变成顾泽诺，那么去哪里，要做什么，都好。但是他并不是顾泽诺，他是唐鸣洪，而自己也不是郭浅浅。她按着唐鸣洪的肩膀站起来。她没有戴安全帽，耳边是呼呼的风声。她心里在想："顾泽诺，我们是不是越离越远？"于是，她就在后面喊："停车停车，我们回去吧，时间已经很晚了。"

唐鸣洪很听话，把车子拐了个弯拐到了郭浅浅家的楼下。在林深深跟他说再见的时候，他突然捏住她的下巴，倾身上前在她的唇上吻了一口，他舔了舔自己的唇，说："浅浅，你给我的感觉，好像不一样了。"

林深深终于抓住了机会，她觉得不管自己想要的结果如何，她也应该帮妹妹问他这个问题，她紧张得手心都出了汗，她问他："那么你喜欢现在的我，还是以前的我？你喜欢今天的我，还是昨天的？"

唐鸣洪有些怔忡，旋即嘻嘻笑了。他伸手抓了抓自己的头发："说得跟现在和以前是两个人似的，就连昨天和今天，你也能变幻莫测吗？"

"请你认真回答我，可以吗？"林深深绷住脸上的神经，她故意做出这么严肃的表情。

"明天。"唐鸣洪扬了扬眉毛，打了个响指，"让我好好想一想，明天，明天再告诉你。"说完，他就骑着自己的电动车逃也似的离开了，几乎没有扬起一丝轻尘。

【六】

外面的天色已经完全黑透了，淡淡的路灯光给人的感觉是那样宁静。郭浅浅看着车外的景物，突然就有了疑问："难道，我们不回公寓？"顾泽诺的脸从上车就一直很沉，好在郭浅浅早就已经习惯。他除了跟婆婆置气或者发狠的时候会有虚伪的假笑，其余情况，他面对自己的时候，总是动不动摆出这么一副扑克脸。因为她说回家，顾泽诺的神色里就多了点儿温度："我们已经很久没有回家了，妈妈今天打电话提醒了我一下。"

"哦。"郭浅浅点点头，他们确实很久没有回家里的别墅了，看来，婆婆嘴上那么强硬，其实也会想念儿子的，有很深的感情的吧？

郭浅浅打了个哈欠，看来路程比她想象的要长很多，车一直向外环开着，景物也变得越来越疏离和单调。

"你要是累了，就闭闭眼睛。"顾泽诺提醒她。

"哦，我不累。"她对他淡淡一笑，看着他抬手扭开了音响，放着一些林深深很喜欢的舒缓的曲调。于是，郭浅浅就在音乐里眼皮越来越重，她忘了是在听第几首歌的时候，自己靠在汽车座椅上睡着了。

她毕竟不是什么睡美人，所以，朦胧中觉察到顾泽诺将她整个人抱起，就一下子惊醒了。她看着他的眼，此刻是这么温柔，所以，她并没有煞风景地挣扎着要下来，自己走。而是由着他把自己抱上楼，任由他抱着自己走进房间，将自己放在软软的床上。

他弓着身子站在郭浅浅床边，她就屏住呼吸，心跳加快。刚才自己还可以代替姐姐承受他的温柔和拥抱，毕竟这还不算太伤大雅，但接下来如果更进一步的话，当然就不可以了，因为她是郭浅浅并不是林深深。

还好顾泽诺的动作也仅仅止于此，他低声轻轻对她说："快睡吧，我还要去看一些资料，你先睡吧，你就安心睡吧。"然后就走了出去，他关上卧室门的同时，郭浅浅一下子松了一口气，她周身热热的，感觉连脖子根都红了。

郭浅浅醒过来的时候，顾泽诺正躺在她身旁不足几十公分的位置睁着眼看着她。他的眼睛在晨光中闪着星点，好像要漾出水来，一副我见犹怜的样子。是的，顾泽诺的眼神让她觉得太媚人，如果她是小攻的话，八成就会扑上去说"哥来疼你"。当然，她不是，所以她只能用手指抚平内心的汹涌，还告诫自己，表情一定要自然。虽然现在对她来说，和顾泽诺睡在一张床上，已经不再是什么问题。

"你醒了。"他终于开了口。

"醒了。"郭浅浅舒服地伸了个懒腰，光速跳下床很快答应着，心底的话却是，"笨蛋，明知故问，你睁着眼睛睡觉啊？"

从早饭开始，他们就陪着陈淑蓉一起闲话家常，还真是闲在家里常常没话找话，有的没的，都可以聊这么久。已经快下午3点了，吃过了中午饭和下午茶，婆婆居然没有一丝一毫想要离开的意思。终于，在郭浅浅对顾泽诺使了第二十个眼色以后，后者无奈地为她开了口："妈，深深有睡午觉的习惯，要不咱们去客厅里聊吧。您看她，困得眼睛都快睁不开了。"

郭浅浅听他这么说，立刻来了精神，连忙插上一句，做了补充："是啊是啊，我真很累了，想躺一会儿去。"她精神抖擞的样子，让为她解围的顾泽诺心中无语。

"是吗？"儿媳妇语气中的急迫倒让陈淑蓉误会了，她捂住嘴轻轻笑了笑，"是我太没眼色了，打扰你们夫妻俩了，我也累了，这就回房休息去。"

顾泽诺当然能够听出母亲言语里的深层意思，点点头，顺着竹竿就往上爬："深深也是想早点儿要个宝宝，她很喜欢小孩子呢。"

"是吗？"陈淑蓉不出意外地听得眉开眼笑，她连忙拍了拍媳妇的手背，"我也是想早点儿抱孙子，有了孙子，我就真的什么都不管了，就在家里带孙子玩儿好了。"

"很显然，妈妈，你更疼爱孙子喽。"难得听到顾泽诺会有撒娇的语气，郭浅浅心中的惊吓当然不止这么一点点，他们母子居然当着自己的面大谈特谈什么孙子的话题，而且婆婆还当面许了诺，有了孙子就不再管事。

"妈，您放心，您很快就有孙子抱的，我和深深会努力的。"顾泽诺边说边用力把郭浅浅的手指拽到了自己手上。这下，郭浅浅就更加傻眼了，他等下不会马上就要求自己跟他生孩子吧？而婆婆听他这么说，居然也赶紧出了门，还帮他们掩好房间门。顾泽诺跟过去，大白天地还下了暗锁，跟他独处的郭浅浅就忽然有点儿紧张，她假意微笑："渴吗？我给你倒杯水？说了那么久的话？"小冰箱就在卧房门边上，几秒钟就可以搞定拿水的事情，她却磨蹭了很久才拿了水出来。

见他不接，郭浅浅拧开盖子，把水倒进玻璃杯，然后再躬身递上。而他也只是用眼皮撩了撩，拿起来吮了小小一口而已。

下午天气较为炎热，只要是跟陈淑蓉在一起，就算是在家里，他也是西装革履，穿得很正式。此时的顾泽诺脱了西服外套，随意搭在沙发的靠背上，他整个人闭着眼窝在沙发里，骨节分明的手指略略撑住饱满的额头。

他假寐的样子居然都是如此迷人，让郭浅浅突然觉得自己会没有勇气去看他。他的确是个极品的男人，不仅仅是五官好看，就连他身上穿着的最简单的衬衫、扯散的素色领带，甚至是那微露出的锁骨曲线，都无不散发出浓郁的性感味道。

郭浅浅赶紧找些其他的事来分散自己的注意力。她坐在沙发的另外一角，在离开他很远的拐角认真地翻看着茶几上的时尚杂志。而正当她把注意力放在美容诀窍上的时候，却不防顾泽诺突然就出现在了自己身旁。他伸出手来搂住她，她手一颤，厚厚的铜版印刷的杂志掉在地板上，发出很大的声响，却一点儿也没有影响顾泽诺逐渐收紧的臂弯。

"不是累了吗？那我们睡觉吧。"他的声音跟鼻息一起喷到她纤细的脖颈上，郭浅浅当然心跳加快了。虽然这样的举动对于夫妻关系的他们来说并不算是出格，但他真正的妻子是林深深，自己的姐姐，郭浅浅又怎么会忽略呢？

她十分惊慌，却又不知道自己应该怎么做出合理的应对。她的脑筋飞快思考的时候，顾泽诺的吻就已经轻轻落在了她的额头上。郭浅浅浑身哆嗦，手脚快过了大脑的反应，条件反射般推开他，冲着大门落荒而逃。

还好自己忍住了，没有顺便赏他一个耳光。她从别墅小花园的石子路跑出来，当整个人完全暴露灿烂的阳光下的时候，闷热的天气几乎让她窒息。这酷热的感受却反而让她冷静下来，她就这么跑出来……那以后该怎么办？

姐姐林深深该怎么办？她又该怎么解释呢？

打车回家，在出租车上的时候，她把刚才的情况向姐姐林深深一一汇报。林深深倒也没有说什么，只是要求她到自己家楼下的时候，去超市里买一堆饮料。

【七】

郭浅浅提着林深深让她买的一大堆饮料进门，姐姐让她把所有饮料的品种都买齐全了，因为她拿不准孙艳想喝什么。林深深确实需要找个借口下楼和郭浅浅重新换回身份，而出去买点儿饮料，是比较合理的理由。

郭浅浅把饮料连同塑料袋子重重放在孙艳面前："你看看你想喝点儿什么，我忘了你刚才的嘱托，所以几乎把楼下超市所有的品种都买回来了。"

"这么大气啊？"孙艳简直有些不相信自己的耳朵，"我刚才明明跟你说我想喝果粒橙的。"

"果粒橙里面有的，你自己拿吧。"郭浅浅随便用手指了指那大堆的饮料，紧接着抱怨道，"好重啊，我好累啊，外面好热啊，我得回房间去躺一躺。"

"又不是我叫你去的，是你自己说要去的好不好？而且谁叫你记不住我想要什么，全都买了回来。"孙艳拉开塑料袋，没有拿果粒橙而是选了可乐，大概是临时改变了主意吧。

回到自己的房间，郭浅浅打开了笔记本电脑，然后在网上随意地浏览着新闻图片，心里却总翻腾着她不愿意也不敢去想的一些问题。她不知道就算聪明如自己的姐姐林深深，能否连消带打地把今天的破绽圆满地糊弄过去？

桌上的手机突然响了起来，吓了郭浅浅一大跳，她看了一眼手机屏幕，是唐鸣洪打来的。而且，他显得极度有耐心。她看着他屏幕上的名字出神，他就一直等待着没有挂断。

"喂。"但冷漠的口气还是让他觉察到了。

"我……我是唐鸣洪。"他有些傻地说明。

"嗯，我当然知道，我有你的号码。"郭浅浅不耐烦地点点头。

"今天可以出来吗？"唐鸣洪的声音很愉快，"我可以告诉你昨天晚上的答案。"

"什么答案？"郭浅浅轻轻问。

"你出来我才可以告诉你。"唐鸣洪耍起了赖。

"不行啊，我身体不舒服不想出来。"郭浅浅很逼真地遗憾，继而撒娇地说，"你就在电话里告诉我吧！"

"怎么不舒服了？是不是感冒了？"他急忙问她，语气有些焦急。

"没有，就是不舒服，其实没什么，你快点儿告诉我吧。"郭浅浅固执地咬了咬唇。

"就这么着急？"他笑着反问她，语气很轻松，因为他听出来了，其实她只是在耍小脾气，并不是身体不舒服。

"你到底要不要说？"她撇了撇嘴，"你要是不说，我就把电话挂掉了。"

"别别别！"唐鸣洪连忙阻止，他努力让自己沉下气来，认真地开口，"我想了好久，怎么去回答你的问题。我想说，不管是以前的你还是现在的你，不管是昨天的，还是今天的你，我都喜欢。我会喜欢你的一切，包容你的所有。"而正在听到他说这些话的时候，郭浅浅明显已经呆了，她不知道自己应该说什么，只是觉得心底有刺痛的感觉，痛得那么彻底。

"怎么？我的回答是你想要的吗？"唐鸣洪明显还没有搞清楚状况，"我知道我一直都是一个不善言辞的人，我只是想告诉你，我对你的情感是毋庸置疑的。"

"是吗？"郭浅浅冷笑道，她开始想要挂掉这个让自己痛苦的电话，"好了，我还有点儿其他的事儿，就这样吧。"

"哦，你真的不想出来了吗？"唐鸣洪点点头，"那你在家好好休息吧！"他本想还是坚持让她出来的，但郭浅浅的语气里的敷衍的意味是那么显而易见的，所以，他还是忍住了，没有过分地殷勤下去。

结束整个通话后，郭浅浅还愣愣地把手机贴着耳朵放了很久，她想哭，却没有眼泪，她只想就这样静静地待着，让自己安静地待在只有自己的空间里。她甚至忘记了担心林深深，不去想顾泽诺会怎么样想。

在夏日的炎热里，林深深风风火火地跑回家，在进房间大门的时候，她故意把透明塑料袋提得更高一些，以便婆婆陈淑蓉看见。袋子里花花绿绿的几大盒子杜蕾斯、杰士邦、冈本、第六感、诺丝、多乐士，就连国产的双一和高邦都没有放过，不然，如何能装满这么一大袋子呢？

陈淑蓉倒是目不斜视，不发一言，任由她咚咚跑上楼，重新回到他们自己的卧室。

"我们从来都不用这个的，你难道不知道吗？"顾泽诺端坐在床上，就像早知道她会回来似的，斜眼看着她手上的袋子，"而且，我们刚刚还跟老妈汇报，准备要小孩子。"

"少来，我要保持身材，我才不想那么早就要孩子。"林深深想了想很快打断他，"我倒是想问问你哪次没有用过？"

"好吧。"他若有所思地笑了笑，"那你这也买得太多了吧？"

"我只是想让你多尝试一些新品牌。"林深深羞红了脸，咬着牙不得不说出了这么句话。

"哦？挺好！可以吗？"他仿佛有礼貌地征询她的意见，一把把她拉到床上，身体却根本不像做戏般恶劣地重重压下，火热地贴近她的身躯。

林深深沉默，她的回答还有任何意义吗？

她只能定定地看着眼前这张俊美无匹的脸，正如他说过的那样，是女人总会被他吸引，不是为了他的钱，也是为了他的傲人容貌，她何必如此认真？祈求什么真心相爱，两情缱绻？就当是卖了，自己算是出了次台。

而且，她还可以认为是自己玩了顾泽诺的。这是多么美好啊！她享受了顾泽诺，拿着他的钱，并且还顶着他妻子的名分。

有了这种自我暗示，下意识地，林深深对顾泽诺笑笑，艰难地扭动了一下，抽出自己被他压住了的手臂，柔柔钩住他的脖颈，无声地默许并且配合他在自己身体上的肆意征讨。

　　顾泽诺却出乎意料地没有再动了，而是继续压着她，眼神异常冷静地默默直视她的眼睛。

　　林深深躲闪了一下，悄悄问："你觉得婆婆的耳朵现在是不是还贴在咱们的门上？"

　　顾泽诺轻笑出声："我觉得没有了，她应该走了，不过她刚刚一定在。"说完这句话，他再一次轻轻吻了她的额头，然后就松开了她，从床上起身。

　　林深深赶紧在他背对自己的时候，坐起来整理好自己凌乱的发丝。她有点儿纳闷，因为她搞不清楚他为什么会突然间停了下来，放过自己。这颇不像顾泽诺一贯的行事作风。她当然不会说出口，免得他以为自己很想跟他怎么样似的。

【八】

　　郭浅浅不想去找唐鸣洪，拒绝接听他的电话。但她每天都去上班，在孙艳和所有人面前和平常一样微笑。她也总去酒吧看唐鸣洪打碟，之前他从不告诉自己他有多么受那些女孩子的欢迎。但其实郭浅浅都知道，每次她都能听见身旁无数女人们对他的评价和议论，她混在人群里看他，戴了隐形眼镜，看得很清楚。只是唐鸣洪自己不知道而已。

　　孙艳在麦当劳里对她语重心长，郭浅浅吸着可口可乐默不作声。

　　"你知道唐鸣洪在咱们家楼下徘徊了多少次吗？你不会真的要跟

沈晓北发生点儿什么吧？"

她白了她一眼，低头笑笑："好了好了，我自己的事自己知道，我有分寸，我下午还要去看沈晓北打球呢。"

孙艳叹了口气："这么多年的感情，你想好了吗？你不要自己给自己挖坑，好不好？"

"就是没有想好，我才不理他，而我们的那个坑，不管我挖不挖，其实它早就已经在那里了。"郭浅浅点点头，张牙舞爪地吃着盘子里的炸鸡翅，弄得一手的油腻。

"如果我想好了，要一刀两断，那么，我今天就可以见他的。"

"好吧，你就慢慢考虑吧，不过千万不要后悔。"孙艳无奈地摇了摇头，面色凝重了，却又笑了，"别哪天三更半夜披头散发地找我来哭诉就好了。"

"绝对不会。"她拿着纸巾擦了擦手，语气很肯定。

和孙艳吃完快餐，在阳光最热烈的时候，郭浅浅预先给自己全身都擦了一层防晒霜，才和徐紫函一起并肩坐在台阶上。她看到沈晓北穿一身白色的球服在阳光下肆意奔跑，那么年轻健康。旁边的女学生穿着还未过膝的短裙和紧身小T恤，挥舞着手臂疯狂地为他叫喊助威。而郭浅浅发现，自己其实已经过了挥动着手臂、毫不掩饰地叫自己喜欢的人的名字的年纪了。

沈晓北打完上半场就向她们走了过来，郭浅浅递给他水："打得真好！"

徐紫函就给他毛巾，但她没有说任何话。沈晓北接了她的水，也接了徐紫函的毛巾，扬扬眉："因为你肯来嘛，上次光看我打架了。"

旁边的几个女孩子都跑了过来，她们大力拍了拍沈晓北的肩膀：

"晓北，你三分球真漂亮，帅呆了，刚才的那个带球过人也是。"

沈晓北一点儿也没有脸红，笑着并不跟她们搭话，他只是看着郭浅浅："我去下半场了。"

她点头，然后他就跑去球场了。

"下半场开始了。"徐紫函侧脸看着郭浅浅，低声问，"你是姐姐还是妹妹，是深深还是浅浅？"

"你说什么？"郭浅浅脱口而出，"我不是特别明白！"

徐紫函就很大声地笑了："明不明白的，你也不用问我，去问沈晓北好了。"

郭浅浅没再说什么，她只是觉得心死死地下沉，她还是坚持把沈晓北的球赛看完了。明亮的篮球场，光滑的水泥地，奔跑流汗的小男生……球赛结束的时候，她看到徐紫函跟那些女生都朝他跑去，沈晓北正坐在篮球架下换鞋，徐紫函站在他的旁边，不知道在说什么。阳光使得郭浅浅不自觉眯起了眼，她没等比赛完就离开了，然后独自走在回家的路上。她知道自己跟沈晓北不合适，她一开始就知道，可是，为什么，现在自己的内心也会这么难受？

黄昏的路口，风缓缓地吹到脸上，身旁忽然有一辆出租车行驶过，车子上的男孩探出窗子冲郭浅浅喊："浅浅，浅浅，等我！"

她当然没有等他，只是顺着路向自己家的方向走。出租车停了下来，沈晓北从车子里下来，很快后来居上地挡在她前面。他有些着急上火，气喘吁吁，他拦住郭浅浅："告诉你等我，为什么还要乱走？"

郭浅浅抬起头，落日的余晖落在他的肩头，闪动着细碎的微光。她争取用快一点儿的语气说完，免得自己的表情泄露自己的那些失落："你怎么知道有林深深和郭浅浅？"

"对不起！"他只是愣了一下就很快握住她的手腕。

"你就只想跟我说这些？"郭浅浅能闻到他身上浓重的汗水味道。

"我妈妈是顾泽诺公司的市场部总监，严丽。"沈晓北咬了咬嘴唇，"刚开始我只是好奇，天下真的有长得如此相像的人？在妈妈那里看了林深深的照片，又见了真实的你，我就跟你开了点儿玩笑。不过我也很苦恼，我也不知道该怎么跟你说……"

"好了，不知道怎么说就不要说了。"郭浅浅摇了摇头。

"首先我表明自己没有任何的企图。"他举起双手，手指朝天，"所有的企图，也许是，后来我发现我真的有些喜欢你了。"看她呆在那里，还是没有任何的反应，他舔了舔唇，重复道，"真的对不起。"

"沈晓北，你比我小，我们不可能的。"她抬头勉强笑了笑，拍了拍他结实的背脊，"走吧，我们回家吧。"

"你说什么？"他听她这么说，就很厉害地走近她一点儿，直视着她，他的样子很凶、很逼人。

郭浅浅呆了，她的脸在发烫，在沈晓北这个小男生面前，她的脸确实发烫了。

"我以为，你终究会喜欢我的，你就不能试试吗？"说完，他就走了，甩下一个瘦长的影子。走出没有几步他又补充了一句，"顾泽诺的妈妈是真的生病了，听我妈说好像还是癌症晚期，但阿姨一直都没有告诉顾泽诺，你看，要不要告诉你姐姐。"

【九】

太阳的余晖挂在天边，即使到了最后的一刻，它依旧不疲惫地照亮这个世界。仰头时，它已不再刺眼，褪去了炽热，懒懒地挂在那里。她往目标走去，一路上悉心留意经过的道路指示标记。医院宽敞明净的楼梯泛着青灰色的冷光，明晃晃的能映出人的模糊轮廓，走在上面，感觉凉意从脚底一直渗到了心底一样，不由得使人发怵。

郭浅浅真的很不习惯医院里消毒水的味道。其实并不关自己什么事，但是一听沈晓北这么说，她就忍不住想过来看望一下。相见是一种缘分，见面总有三分人情，更何况自己确实因为姐姐的缘故跟她沾亲带故。

"你来得真的很快。"陈淑蓉半坐在病床上，勉强保持住精神，"不会是赵医生又给你了什么消息吧？他还没有完全失去你的信任吗？林深深没有跟你来吗？"

病房内的声音不是很清楚，郭浅浅就把耳朵靠近了病房的房门，她没想到顾泽诺会在。她也非常清楚这个时刻自己不宜进去，加上他们又提到了自己的姐姐，所以就屏住呼吸继续听了下去。

"人会说谎，GPRS手机定位不会，您出现在了医院，那么赵医生的话，也是可以将信将疑的。"顾泽诺捏紧手中的手机，他的声音在病房里显得很低沉。他轻笑着，打量着这个干净的病房，他在看哪里有可以藏人的地方，或者到底哪个角落还残留着那个人的蛛丝马迹。他抬头问自己的母亲，神色很淡然，"人呢？"

"谁？"陈淑蓉看着他明知故问。

"那个男人。"顾泽诺把手从衣袋里拿出来，手指紧紧地握住那张他从妈妈那里复制的旧照片。

"连这个照片你都有。"陈淑蓉点头叹息，斜眼望着儿子平静俊美的脸庞，"不过，他走了，刚刚才走，很不巧。"

"妈，您能注意一点儿自己的形象吗？"顾泽诺忍不住皱了皱眉头，刚开始的话有些急，慢慢地姿态也开始端正起来，"我觉得公司不能有您这样的董事长。"

"你的意思是说我毁坏了公司的形象？你说我为老不尊，晚节不保？"陈淑蓉苍白的脸色从粉底液后面慢慢显现出来。

"恐怕不是晚节吧？"顾泽诺失笑打断她，轻轻晃动了一下手中的照片，"这张照片在您那里也不是一天两天的事了，如果我把它拿去股东会，相信大家都会很惊讶吧？"笑声几乎是从他挺秀的鼻尖里喷出来的，他的眼睛看着房顶天花板的角落，"不好吧？我知道家丑不可外扬，其实我也根本没想过要这样。"

"那你是不是准备好了合约和手续呢？"陈淑蓉神色平静地看着他。

"什么？"他一时之间没反应过来。

"准备让我放权的合约，你拿过来了吗？我想，我可以签字了。"她边说边用手掌撑住床，整个人坐得更直了一些。顾泽诺连忙过去协助她，帮她把身后的枕头调整了一下。

"这么简单？"他靠在妈妈的耳朵边轻轻问，他十分地不敢肯定。

"这不是你梦寐以求的吗？想要自己掌权？自己主宰公司的命脉？"陈淑蓉见儿子没有说话，就继续嘱咐道，"命运是可以自己主宰的，但是这个世界并不是以谁为中心的，这个地球没了谁，都依然会公转自转。注意凡事不要太过独断，太过执着。"顾泽诺静静听着她说完，然后看着母亲从床头柜上把她的金丝边眼镜戴好。刹那间，他突然意识到，妈妈确实年迈了，连白皙的手掌上都已有了细致的皱纹。他心中不会老、不会累、不会被困难难倒的母亲，一下子柔弱了好多，苍老了好多。

"你已经成熟了，况且我的身体确实已经不适合再担任任何的职务，做任何事。"她看都没有看文件里的细节，就提起笔来一一签了字。字迹如常般龙飞凤舞，如常般坚定权威，做好这一切后，她就把文件夹合上，再也不看一眼就递给顾泽诺，感叹道，"我老了，我毕竟已经时日无多了。"

顾泽诺却有些急了："妈，您听过狼来了的故事吗？您为什么总是要拿自己的健康、自己的生命开玩笑？"

陈淑蓉没有解释，也不想再跟他争论下去，只是摆了摆手，恢复昔日母亲的威仪："如果还有其他事的话，你可以先走了。"

"那请您照顾好自己的身体！"他也如往常般冷漠礼貌，在拉开病房门的时候，却看见郭浅浅在门口偷听，并且还躲闪不及。他便又笑了，低低呼出口气："怎么，林深深，你什么时候也学会偷听别人讲话了？你也收到消息了？"

"嗯。"郭浅浅不动声色地站直身体对他点点头。

"很好！"顾泽诺打量着她今天的穿着，是林深深根本就不会穿的九分牛仔裤和哆啦A梦的纯棉T恤。但他并没有询问什么，或者质疑什么，只是简单地回应和吩咐，"那你就留在这里，有什么事儿立刻给我打电话。"

【十】

洁净的病房里，陈淑蓉轻轻摘下了鼻梁上的金丝边眼镜，然后搁在触手能及的床头柜上。颓然了几秒之后，她才抬起头，重新勉强微笑，一开口就让郭浅浅惊异不已："你是深深还是浅浅？"

"什么？"她有些恍然，旋即又坦然，"婆婆，哦，不，顾董事长，您原来都知道了啊？"

"我老了，实在是分不出你们的容貌。"她说着轻轻晃了晃手中的手机，"不过，我刚刚叫深深去家里帮我拿些东西，她才走了几十分钟，所以，你不可能是她。而且，先前我也做了些小小的调查，知道她还有个孪生妹妹，所以现在就是小心查证，大胆猜测喽。"

"顾董事长，其实有时候您还是挺平易近人的。"郭浅浅从心里松了一口气，至少她没有勃然大怒，质疑她们姐妹的欺骗。

"我平时很凶吗？"她摊了摊手，反问她。

"不是不是。"郭浅浅赶紧摆手否认，"只是有一点点不怒自威，一点点，一点点罢了。"她对她讨好地笑笑。

"不要叫我顾董事长，叫我阿姨吧，或者跟你平时扮林深深的时候一样，叫婆婆也好。我们确实是亲戚嘛。"她说完失笑地低头整理被子角，"只是，我没有另外一个儿子去娶你了。"

"顾董……"郭浅浅想了想，最后还是依从了陈淑蓉的意思，叫她，"婆婆，您原来真的什么都知道了啊。"

"我掐指一算，什么会不知道？"陈淑蓉故意掰了掰自己手指，有模有样地学着电视剧里面的观音菩萨。看见郭浅浅一脸的惊讶她又终于忍不住笑了，"你姐姐就是回家去帮我拿它了，这张是翻拍复制的。"她指了指地板上被顾泽诺遗忘在那里的那张照片，"帮我捡起来好不好？"

"这个男人？"郭浅浅把那张照片拿起来，然后再送回到陈淑蓉手上，照片上的男人或许更应该称作男生，才十七八岁的样子，有着倔强的嘴角和明媚的微笑。

"是我的初恋，他妈妈不喜欢我，始终不同意我们在一起，绝食三天威胁我们。"陈淑蓉对郭浅浅解释道，她自己也不知道为什么突然想跟眼前的女孩子聊这么多。

"所以，他就听他妈妈的，跟您分手了？"郭浅浅知道探听别人的隐私很是不该，却忍不住自己心底的好奇，"我是不是很八卦？"

"没关系。"陈淑蓉对她点点头，"如果是这样的话，我现在就不应该再对他有所想念，你说对吗？他没有答应，他甚至想跟我去领结婚证，先斩后奏来对抗自己的母亲。可是我那个时候是那么骄傲，我哪能受得了如此羞辱，所以我们分手了。再后来，我就嫁给了顾泽诺的爸爸，有了顾泽诺。"

　　"初恋总是最让人不能忘却的。"郭浅浅估计是想到了自己跟唐鸣洪，感慨道。

　　"当然不仅仅是这样，我没想到的是，他居然为了我终身没有再娶。"

　　"直到现在？"她惊讶得张大了嘴巴。

　　"是啊，直到现在。"陈淑蓉笑了，脸上竟然洋溢出少女般的娇羞，"在顾泽诺爸爸去世的时候，他又来找过我，要娶我，并且也答应视顾泽诺为己出。可惜，儿子的性格太要强，公司也是顾家的家族企业，环境和现实都不允许我答应他，我和他终究是永远都不可能了。"

　　"所以，您就把他的照片藏在最私密的地方，怕被顾泽诺发现？"林深深的声音从门外传来，她终于赶到了，她帮婆婆去拿她最喜欢的衣服、首饰，还有这张照片。

　　"我不是怕被他发现，如果，我真的是怕被他发现，就不保留这张照片了，他也自然就不会看到。"她伸出手握住林深深的手，"如果一件事自己内心觉得坦然的话，为什么要去遮掩，要去隐瞒呢？"

　　"是，这件事确实没有什么谁对谁错，可总是让顾泽诺心中不舒服，致使母子间出现隔阂。"林深深耐心地说着，她还是满心希望他们两母子可以不必相互敌视。

　　"好吧，欺骗比起坦然的话，我一定会选择坦然，我问心无愧。"她说着就把这张照片贴身收到自己病服的外衣口袋里，"你说是吗？"

"婆婆，赵医生的诊断是正确的吗？"林深深突然明白了什么，一下子慌了神，"婆婆，您的身体……而且您让我帮您拿首饰衣服，您难道，您真的……"

"你在说什么？"陈淑蓉装作没有听明白她的意思。

"您知道我在说什么。"林深深正色提醒道，"您别忘了，您刚刚才说过，隐瞒和坦然您会选择坦然。"

"我从来没有否认过赵医生啊。"她故意睁大眼睛，满脸的无辜。

"可是，您上次的那些话，让我和顾泽诺都误会了。是您引导我们判断失误，以为您根本就没有病，只是故意装的。"林深深嘴巴干干地，"没想到，没想到，婆婆，您的病都是真的。"

"那是你们自己的事，可不能怪我。"陈淑蓉居然像小孩子一样嘟起了自己的嘴巴，旋即有些不耐烦地摆了摆手，"好了，我累了，我要休息了。"

"婆婆……"林深深还想要说些什么。

"你们没有听到我说的话吗？我累了，想要休息了。"她打断她，目光扫过她们姐妹俩。

在林深深拉着郭浅浅出门的时候，她还是忍不住又一次提醒她："深深，不要告诉他好吗？当然只是暂时的，给我时间，我自己会跟顾泽诺说的。"

"好。"林深深郑重地点了点头。

"还有，你们姐妹俩或是开玩笑，或是有什么事需要完成，所以调换身份，我没精力去破坏和揭穿。但并不代表我是认同的，坦然很重要。"

"婆婆，您放心吧，我明白的。"林深深侧过脸答应着。

"嗯。"她点点头，"深深，你别忘了，我嘱咐你的最后一件事，谢谢你。"

从陈淑蓉的病房里出来，走过那么长的过道，那么多阶楼梯，一直到医院门口，林深深什么话都没有说。自然，郭浅浅也什么都不好意思问。最后，姐姐把她直接送上了出租车。

回到家的郭浅浅不知道为什么总也睡不着，她一直在床上辗转难眠。深夜时分，客厅的大门被拍得"咚咚"地响，郭浅浅像是早就预料到的样子起床开门，而此时孙艳也打着哈欠从另外的房间里钻了出来问："谁啊？这么晚？可不是什么色狼吧？浅浅，你确定要开门吗？"

"你安心睡你的去吧。"郭浅浅安抚她，回头面对着门说，"应该是找我的。"果然，她拉开门，就看见沈晓北那张熟悉的脸。他带着满身的酒气，身上泥乎乎的。郭浅浅就一把把他拉进来，扶他躺在床上，然后倒了水给他喝。他喝了一大杯，张着嘴，嚷嚷还要，郭浅浅就又倒了杯给他。

他喝着水，她就坐在床边，看着窗外远处光明桥上昏黄的路灯和那些在阴影里高高低低的楼房，心底一度是空白的。

喝完又一杯水的沈晓北突然起身抱住她，她让自己靠在他的胸前，他说："你为什么连一点点机会都舍不得给我？只是因为我小吗？"他的呼吸是那么温柔，他的拥抱是那么温暖，他的语调是那么无助和低沉。

也许是因为身边多了一个人的缘故，比之刚才，郭浅浅更加睡不着了。她只能躺在床上不断睁开眼，又闭上眼。再睁开眼的时候，时间已经到凌晨五点了，在凌晨五点零一刻的时候，沈晓北突然伸手过来握住了她的手。她知道他已经完全清醒了，可是她没有动，她知道他的挣扎和内心的小心翼翼。他探过身子在郭浅浅的脸颊上轻轻一吻，她依然没有动，只是闭着的眼睛，睫毛微微动了动。

他的吻，那么干净，那么冰凉。

"我要回家了。"他抱着她说，"我走了。"他又重复了同一个意思。

郭浅浅没有说话，只是在他的拥抱里轻轻点了点头。她很想让他留下来，却怎么也说不出口，在纠结的时候，他却已经义无反顾地爬起了身子。随后郭浅浅送沈晓北出门的全过程都收进唐鸣洪的眼中。等沈晓北下了楼，唐鸣洪才从拐角的阴影里慢慢走了出来，他的脸上有一夜未睡的疲倦和风霜。从沈晓北进郭浅浅家的时候，他就已经在了，他在门口站了一夜。

刚开始他想过愤怒，想过敲门，或者直接把门撞开，但是最终他没有，而是任由时间一分一秒切割着他的神经，让自己痛苦到无以复加。

他不明白，她为什么能这么狠心对他？她怎么能跟除了自己以外的其他男人在一起？

不过，他不敢冲动行事，他懦弱地想，如果撕破脸皮，他们是不是就真的没有办法回头了？他做贼心虚地想，那么这样，他们算不算是扯平了呢？

他没有让郭浅浅发现自己，他没有话想上去跟她说，甚至连争吵也没有。而郭浅浅也根本没有发现他，她只是惦记着很快关上门，然后飞快跑回客厅的窗户后面着急地去看沈晓北。盛夏的凌晨，五点半的天已经蒙蒙亮了，她看着他光着肩膀走出了楼道，走出了周围这几栋楼，转了个弯就看不见了。他那件纯白色的T恤丢在了她家里。

他光着膀子走得很快很决绝，居然一次也没有回过头。如果他回头，就一定能一眼看到郭浅浅站在窗口，而她一定会忍不住叫住他，叫他回来，叫他不要走。可惜他没有回头，她也没有叫住他，所以，现在他们两个就算后悔，也都来不及了。

　　　　　　　　　　第五章

第 六 章

相处时需要包容，相爱时需要真心，

快乐时需要分享，争吵时需要沟通，

孤单时需要陪伴，难过时需要安慰，

生气时需要冷静。

【一】

　　王准捏着鼻子，惧怕地望了望护城河发酸的绿色水面，在决定自杀之前，她趴在石头栏杆上给史凯打了个电话。她一把鼻涕一把泪地冲着话筒凌乱地呼喊："史凯，我这次要是真的死了，做鬼也不会放过方石那个见异思迁的陈世美。当然，我就算化作厉鬼，也会笑着半夜飘来你的床边，祝福你和孙艳的。"

　　此时的史凯正在为《魔兽》的攻打副本做着最后的准备，他手指快速地点击鼠标，确认装备和制作极速药水，蓄势待发。耳机里充斥着队友们互相用粗话问候的嘈杂声音。当手机响起，他就在手机屏幕上看到了王准这个前世冤孽的名字。若是别人打来的，他肯定不会接，要知道，网络游戏就是史凯的命。

　　史凯曾经一直以为自己和王准会从认识开始，一路争吵打闹，一路甜蜜到结婚那天。可就在史凯开始筹划该到哪里度蜜月，该生几个孩子，几男几女时，没想到方石从中场杀出。方石与那些曾经杀出过的男人们不同，直接把王准完全带离了自己的身边。

　　王准就跟吃了迷魂药一样，穿戴着方石买的东西，拿着他买的房子钥匙，整天跟在方石屁股后面"老公老公"地喊，喊得那叫一个清纯和忘情。清纯得史凯一听到就想扇她十个耳光；忘情得他们都忘记了，其实他们有名无实，还没有领结婚证。

王准出轨已经不是第一次了，每次一有有钱的男人跟她招招手，她就会让人家抱抱，笑笑或者做更快乐的事。史凯就这么一顶一顶绿帽子戴着，他也闹，也吵架，也给王准几大耳光，但一提分手他就舍不得了。他们总是分分合合，吵吵闹闹，虽然他也烦王准这么没完没了地折腾，但是他更烦自己对王准这么一次一次地迁就和原谅。

他曾经无数次歇斯底里："王准，你就滚去骚好了，不要再来找我了！"而王准总是会抱着他的脑袋不断地亲一口，又亲一口："我就是要来找你，就是要找你，你敢不要我，我就跟你拼命。"

史凯的手掌会往她脸上一拍，咬牙切齿："你怎么可以这么贱？"

王准就抱着史凯的脑袋，黏糊在他身上笑了，笑得那叫一个欢天喜地，花枝招展，她把青春活力的身体紧紧贴在他的身上："史凯，我都这样了，你还不死心，你不是更贱吗？"

其实爱情有时候并不是比谁爱得深，谁爱得长久，谁爱得刻骨铭心，甚至谁爱得生死不渝。比的只是谁可以爱得更加没有自我，更贱，更没有止境，毫无底线。

其实史凯伤心几天也就好了，他觉得自己心也挺大的，大不了自己就落一个被抛弃的倒霉下场。然后，为了面子，自己肯定会去找一个身材模样都特别sexy、老爸还特有钱的模特结婚，他还要宴请王准，并且在婚礼上牛哄哄地搂着富二代女模特新娘的小蛮腰感慨："王准你说，早些年我怎么就不能跟我老婆做同学啊？让你王准耽误了我这么多花样年华？"

可遗憾的是，史凯的所有假想都只能是假想。富二代和模特报纸上倒是天天都有，可是自己身边没有，于是史凯听从郭浅浅的劝告，将就地追了孙艳。

虽然刚开始王准觉得史凯跟孙艳在一起了也好，至少他不会再来烦自己，不过，在被方石甩掉之后，羞辱与不甘结合，让她重新发现了真爱的可贵。

虽然王准巴不得方石马上去死，但她也假想过他跪在自己面前像狗一样舔她的脚趾，请她原谅。但假想总归是假想，如果自己跪下来给方石舔脚趾能够让他回心转意的话，她估计也会肯的。

她目前只是觉得史凯还算是不错的选择，她把史凯和孙艳的幸福看在眼里，恨得百爪挠心。

史凯坚持了一会儿，挣扎了几十秒以后还是接了王准的电话，在听完她的怒吼和诅咒多过祝福的恐吓之后，很娴熟地问："王大小姐，你这次的自杀地点在哪儿啊？"当然，自杀已经是王准用烂了的招数，可是这招数虽然烂，却总是最管用的。

等到王准准确回答完自己的所在位置之后，一旁的孙艳就一把抢走了史凯手中的电话。她最先拨了110和120，然后又拨了好几家媒体的电话，大声爆料："快去护城河边上看看吧，第三产业女性又一次为讨薪而上演了跳河事件，请一定采访采访那位受害女性，为什么狗总是改不了吃屎，而且为什么每次自杀的意愿都不是那么坚决，要不，她早该已经死过七八次了！"面对王准如此明目张胆的寻衅，孙艳忍无可忍地爆发回应了一下，可就在她还没有完全放下手机的时候，史凯已经一耳光打在她脸上。在她完全反应过来之前，房门"砰"的一声关上，史凯的身影消失了。

从家出来，史凯坐上出租车的时候，其实也有些后悔，他不该对孙艳如此激烈，甚至动了手。毕竟，她跟自己在一起的这些时候，从未有过出轨的行为。但他也怕，虽说王准自杀的心不是那么坚定，但是如果弄假成真，谁都无法承担这个责任，因为生命真的仅仅只有一次，不允许有任何的差错。

司机驾着车往护城河行驶着，史凯用这些时间来回忆，他暗自计算着王准自杀有多少次了。他想起她第一次自杀的状况，她爬到了学校图书馆的17层楼上，一副必死的模样。

当时的史凯只觉得自己的身体不是自己的了，一个大男人，居然哭得连鼻涕都流淌了出来。他的同学们和王准的朋友们却忙着下注，赌王准能不能自杀成功，以及她掉下来的时候是头先着地还是脚先着地。

他突然觉得还不得不佩服王准，她自杀了这么多次，出过那么劲的风头，上过头条无数，却依然可以我行我素，活得那么坦然，还是想自杀就去自杀。

【二】

在王准赴死的前一刻，林深深刚刚喝完一大碗又浓又苦的中药，她的大姨妈又一次让她疼得死去活来。不过，她又不得不承认，这大姨妈又一次来访的这几天，自己是过得相当舒心的，倒是顾泽诺总是冷着脸，比以往任何时候都要沉默寡言。林深深觉得他一定是因为这几天自己不能提供"服务"，身心皆不能愉快起来。虽然公司大权早已落到他的手上，但骄傲的男人在事业上如日中天，却不能回家在床上继续征讨，倒是越发觉得美中不足了。

林深深有点儿阴暗的快乐，就算顾泽诺再不满意他也无法投诉。为了表明对大姨妈的眷顾，林深深还专门把正在用的那几包卫生巾放在他床头柜的抽屉里，那是他最顺手的地方，他总是习惯把手机、手表、车钥匙什么的都放在里面。

这样，顾泽诺就能天天看到她的卫生巾，看到林深深无声地对他进行实时的汇报，她还恪尽职守地不断换着的型号，从夜用到日用，从超薄到加长……以至于顾泽诺每次习惯性拉开抽屉的时候，脸色都非常阴沉。

林深深用力闭了闭眼睛，自己的身体开始出现那份体检报告上所说的症状。手机屏幕上的字号已经被自己调到了最大，居然还是有些模糊不清了。她想给妹妹郭浅浅发条短信，却接连编辑了好久，删除重写，重写删除。

说穿了，唐鸣洪到底不是那么真心，所以就连喜欢的人都不能分清楚。尽管稍微有些难度，她们俩是孪生的姐妹，但到底也是两个人，他多用点儿心应该是可以觉察出来的吧！

不过再想想顾泽诺，不也是这样吗？一样分不出来。

好在，林深深并不怪他，因为他们早已同床异梦了那么久，从谈好他们之间的秘密协定那天起，她就已经接受婚姻有名无实的现实了。唯一不同的是，她林深深还需要额外提供些特殊服务。就算是这样，咬咬牙也就过去了，林深深想得很通透，也看得很开。

顾泽诺在客厅里抖开双柔软的黑色棉质厚袜子，头也不抬地提醒她：“林深深，我们该去陪妈妈吃饭了。”

“好吧。”林深深答应着放下手机，从飘窗上起身，慢慢向前走了两步，居高临下地看着坐在沙发上的他，“怎么？到了现在，顾总，您还需要去婆婆面前承欢膝下吗？”

他已经穿好了一只袜子，用手指拉了拉脚指头上的袜尖，又拉了拉袜根，让棉袜更加服帖。他的表情没有起一丝的波澜，他继续把另外一只袜子往脚上：“林深深，你还不是在我面前假扮着一副淑良的样子？令人作呕。”

"我？"林深深失笑，"我只是很尊重合约精神，我们的协议还没有到期而已。"

"没错没错，协议两年，时间还很长，如果你没有做到最后一刻，哪怕就差那么一天，我也不会付你钱的。"顾泽诺点点头，"所以，你盼望的离婚通知书和我盼望的股权继承书一样，还需要一些时间。虽然妈妈安分了很多，也服老了，不再多过问公司的事情，不过，爸爸的股权继承始终没有正式下来，我们还是求稳妥一点儿。"

"真的是这样吗？"林深深恍然出口，她不知道是问自己，还是问顾泽诺，其实她能够看出来，顾泽诺心里还是有陈淑蓉的。尽管陈淑蓉已经把公司的行政权力全部交到了他的手里，但是顾泽诺对她的礼貌和优雅以及奉承跟从前毫无二致，抛开他曾经的别有用心来讲，现在的他更像是个孝顺的儿子。

不知道是自己心生暗鬼，还是因为知道事实所以总能看出些端倪，林深深老觉得陈淑蓉厚实的粉底液并不能掩盖她的病容，显然她请了专业的化妆师打理，不仔细看，还真的会被腮红诱发的好气色误导。

陈淑蓉表示自己最近过得非常舒心，整张脸焕发出惬意的光彩。林深深率先走了那么几步，当顾泽诺赶上来随意握住自己的手，亲密地喊自己"深深"时候，她觉得浑身都不舒服。

开场白照例是谈公司和生意上的事，林深深自顾自地坐在靠墙边的沙发凳子上翻着无聊的时尚杂志，她沉默得连陪客都算不上，只不过是一个布景，他们母子间的点缀。

其实陈淑蓉的话并不多，只是很耐心地听着顾泽诺的汇报，报以微笑。她的话虽不多，但每次开口，顾泽诺都会立刻中断自己的话题，认真地听她说。

林深深想不明白的是，顾泽诺居然比以前更像是陈淑蓉的员工了，完全一副言听计从的样子。当然，也许是因为现在身为执行董事的他只需要听，而并不需要去真正地施行而已。

"深深，最近身体怎么样？我看你好像没有什么精神似的。"陈淑蓉突然这么说，把话题一下子指向林深深自己，倒有些让她措手不及。

林深深和顾泽诺很快互相看了一眼，顾泽诺热情地说："深深这几天不太方便，所以精神看起来不是特别好。"

"好，连日子都记得不错，这才是做丈夫应该有的细心。"陈淑蓉挑了挑眉。

"那是自然。"林深深冷笑着点了点头，"泽诺一向都对我很体贴。"

"那个……深深……"林深深发现陈淑蓉正了正脸色，她看着自己，并且刻意不去看顾泽诺。

林深深立刻有了不好的预感，果然，陈淑蓉继续说："你们结婚这么久了，回国也快小半年了，也是时候有个小孩子了。"她低头，故作忧伤地补充道，"我不知道，我还有没有机会能够抱到孙子。"她一语双关地提醒着林深深。

"妈，您别着急，我们都还年轻。"顾泽诺连忙接了口，因为他发现林深深一时之间不知道该怎么去跟陈淑蓉说。她尴尬地站起身来，把双手背在身后。

"可是我不年轻了。"陈淑蓉继续向林深深眨了眨眼，"你知道的，对吧，深深。"

"妈，您一点儿都不老，别人还以为我们是姐弟呢！"顾泽诺笑着把脸转向林深深，眼露凶光，话却是跟陈淑蓉说的，"您一定会看到您的孙子的。"

"是的。"林深深紧跟着也点点头，在陈淑蓉看不到的地方对着顾泽诺做出口型："你真孙子！"

【三】

人类真的是一种适应性很强的动物，他完全能够根据所处的环境改变自己。不管情况多么恶劣，生存条件多么艰难，只要挺过了最初的困难期没有死掉，接下来，他的生存基本就没有什么问题了。

林深深从医院回家，坐在副驾驶的位置上，从车窗看出去，除了城市应有的高楼大厦、车水马龙，却发现天边不知道什么时候飘着一个脱线的气球。看着看着，她怔怔得就出了神。她想起多年前的那个节日的零点，她们一群人在广场上，她看着有人拿着五彩的气球在卖，郭浅浅也想要，做姐姐的林深深就自告奋勇去买。人很多，尖叫声此起彼伏，完全淹没了要去买气球的林深深的声音，她只好一直追着卖气球的人跑。

一直跑，一直跑，跑到了一条不知名的巷子里，一拐弯，她居然一时间迷失了方向。就在这个时候，她碰到了唐鸣洪，她红着脸问路，他却说："你怎么跑得那么快啊？"

她不好意思地笑笑说："想买个气球，那人走得好快，还是没有买到。"

"卖气球的人很多，你不用追着一个跑，走到最热闹的街头，自然就有的。"他咧开嘴笑笑，洁白的牙齿很整齐。

"嗯。"林深深笑着点点头，"我想回微蓝广场，但是不知道怎么走。我一时转了向。"

唐鸣洪抬起手随意地向前指了指："我送你一程吧？转向很容易

迷路，会走歪路的。"

林深深就认真地看着他干净的脸："你不会是见我长得好看，所以想占便宜吧？"

他又笑了，他笑起来的样子很好看："那你能不能让我占点儿便宜？能不能告诉我你叫什么？"

"你猜？"她白了他一眼径直向前走，走了好几步才回过头来问他，"你不是说送我一程吗？还不快点儿？我真的转向了。"

唐鸣洪不会知道，这样的对话在这么多年以后，依然犹记在林深深的脑海里，就像是一小团火苗，在水晶玻璃的瓶封中痒痒地跳跃着。

是不是心动就是这样的呢？

心动过了，好久好久都不能令人忘怀。

后来唐鸣真的拉着她到了广场，中途果然如他所说，又遇到了卖气球的小贩，他买了一只给她。林深深牵着气球的线，跟在他后面，喜悦地走着。和他挥手再见以后，在他转身的那一刻，天空炸开了彩色的烟火，新的一天到来了。

他没有回头，她就站在原地，仰望着唐鸣洪渐行渐远的背影被耀眼的光芒染了一层光辉。

"在想什么？那么出神？"在旁边开车的顾泽诺的声音把她从回忆里拉了出来。

"没什么。"林深深转头，轻轻一笑，摇了摇头。她觉得自己突然就有些紧张了起来，她用力握紧了手指，就像那截气球的线至今仍然在自己手上一样，她怕一松手，气球就飞了出去。真是可笑，林深深低头，那个时候自己才九岁，怎么可能知道什么叫心动？什么叫喜欢？什么叫爱呢？可是现在，自己为什么又会想起这段记忆呢？

现在自己不是路痴了，也不会再追着一个喜欢的东西跑半天了，当然，也再不会遇到唐鸣洪。他不会小心翼翼地拉自己的袖子，对自己露出温柔的笑脸，因为他变了，因为自己也变了。大家都长大了，大家都变了。

唐鸣洪一直觉得冷战很残酷，他讨厌那种心痒和火烧火燎的感觉。但是这次他倒觉得冷战其实并非那么痛苦，起码他知道冷战是个阶段而不是结局。

他在想，就算他和郭浅浅现在互不说话，不相往来，但他们彼此也许并不是真的漠视对方的存在，只是很难有人先开口结束这场所谓的"战争"。所以只要有人先退一步，自然可以海阔天空。然而，时间已经过去这些天了，郭浅浅那边却还未见有任何的动作，虽然时间是最好的创伤药，在时间面前没有恒久的痛，但有永远的伤。

唐鸣洪的一颗心正在下沉，因为他记得，当时的他只是看着她的背影，就几乎能够感觉到她心中深深的失落。他向前走一步，确切地说，是向她走近一步，没等到她开口他就连忙轻轻说："我想，我真的可以原谅你。"而郭浅浅是笑着转身的，她对他说："可是我不知道，自己可不可以原谅自己。"

唐鸣洪僵硬了片刻，他忍不住按住郭浅浅的肩头，把她按在客厅的沙发上，他俊俏的面孔因为愤怒而显得有些狰狞。"郭浅浅，"他咬牙切齿，"你怎么肯？你什么意思？"

她看着他，脸上苍白的笑容仿佛随时都会碎掉，她淡淡地对唐鸣洪说："你原来真的不太懂。"

唐鸣洪看着她，觉得自己几乎马上就会死掉一样，却还是不死心地问："你对我，现在是不是半点儿的回转心意也没有？"他想，郭浅浅，哪怕你对我有半点儿的回转心意，我也甘愿原谅你，也好让我有借口心甘情愿为你赴汤蹈火。"可是，眼前熟悉的人干脆就闭上了眼睛，将他的所有希冀都无情斩断，她说："唐鸣洪，你怪我小气也好，做作也好，我真的没有办法不去纠结。"

【四】

"呼"，睡梦中的女孩从床上坐起身来，眼角黏黏的有些酥痒，原来连梦中也可以真正地流泪。郭浅浅的手指在有着经纬的床单上收紧，整个人爬了起来，她光着脚去拉开窗帘，放阳光照射进整个房间。她轻轻揉了揉自己的脑袋，问自己，为什么，这些画面和对话总是挥之不去？

客厅桌上的东西被哗啦啦横扫到地上，郭浅浅就基本清醒了过来，她还能够分析出，刚刚，孙艳又一次愤怒地挂掉了和史凯的通话。

"你是浑蛋，你知道吗？史凯，你是大浑蛋。"东西落地的声音发出没有多久之后，她就再一次把电话拨了过去，"我们可以再见一面吗？就只再见一面？"

"连一面都不可以？"孙艳叉着腰站在那里出着气，使劲点着头，恶狠狠地说，"很好，很好，知道你过得不好，我也就安心了。"

电话那边的史凯显然是没有了耐心，这次不等她发展到咆哮就提前挂掉了电话，而他这一行径的直接后果，就是让狂乱的孙艳更加狂乱。她的手指化作九阴白骨爪之状，四处转圈，四处袭击可以袭击到的家里的无辜物件。

"喂，你够了，有问题你们两个当面讲清楚不就好了？干吗在这里拿这些不会说话的东西出气呢？"郭浅浅觉得如果自己再不叫住她，任由她继续破坏这个房间的话，房东太太又一次来拜访和数落是免不了的了。

"我……"孙艳抬头看见郭浅浅从房间里走出来，气就已经泄掉了一半。她有些不敢看她的眼睛，瘪了瘪嘴，"我的事儿不要你来管。"

"你的事儿，我管得还少吗？"郭浅浅呼了呼气，用手拨开沙发上的可乐瓶子和其他零碎的东西，然后坐下去。她抱着自己的肩膀好让自己的样子看起来更加严肃一点儿，她装腔作势地想要镇住孙艳眼下的手足无措，她沉稳地开口，"你们到底是怎么了？我最近也是很烦心，所以看你天天在家里发火也没有劲。你们仅仅只是吵架吗？你们到现在还没有和好吗？还有什么气没有发泄完呢？"

"浅浅，浅浅。"孙艳像孩子一样堕到沙发上，哽咽的声音凌厉刺耳，"史凯要跟我分手了，他要跟我分手。"

"感情的事儿，是不是就不可以勉强？"郭浅浅紧紧握住她有些冰凉的手指，其实孙艳又不是第一次失恋了，她只是耍小孩子脾气罢了，"分手就分手喽，下次给你介绍个更好的。"

"你也不问问我为什么？"她撇着嘴巴，"就算是分手，也不能这么轻松。"

"为什么？分手还需要理由？"郭浅浅又笑了，"合则在一起，不合则分开，很平常啊！"

"是啊！"孙艳点点头，"确实很平常，平常得连一点儿理由都没有，你还可以说是为了沈晓北而甩了唐鸣洪，最后你两个都没有看上，没有要，而他呢？"她丝毫没有注意到郭浅浅的脸色已经变化了好几遍。

"他怎么了？"心头虽然有些东西堵堵的，但郭浅浅还是忍了下来，勉强提起精神问她，"说吧，不说出来你今天是不会舒服的，史凯到底是为了什么？"

"他为了王准，王准要重新跟他在一起。"孙艳说出这句话的时候就像是一只泄了气的皮球，而郭浅浅只是呆呆看着她，有些惊异不定："王准？怎么会？"

孙艳气呼呼地嚷嚷道："她被方石甩了就又回来找史凯了。"

"我也觉得她和那个方石不会太长久。"旧事触动心肠，郭浅浅沉静地点了点头。

"她跟方石长不长久关我屁事啊？"孙艳貌似很激动，她用手指指着自己愁云惨淡的脸，旋即颓然无奈，"可是，她跟方石玩完了之后，史凯就跟她重新好了。"

"好吧，那你说，你现在该怎么办？"郭浅浅好整以暇地看着她。

"我要去见他，跟他当面说清楚。"孙艳点点头，然后张牙舞爪地对郭浅浅说，"你要陪我去。"

朝阳区外馆斜街凯景铭座51号7栋8单元701，就算孙艳闭上眼睛也可以找到这个门牌，甚至连小区里来往的邻居都因为眼熟而跟她点点头，打了打招呼。孙艳走到单元门口的时候，停住了，她咬了咬唇对郭浅浅说："浅浅，要么你就别上去了，你在下面等我好吗？"

"好！"郭浅浅点点头，然后什么话都没有再说，转头挑了个小区内的花坛，轻轻用手拂了两下就一屁股坐了下去。她端坐着看着孙艳抬头挺胸深呼吸了好几次，才像下定决心似的慢慢走进那个暗暗的楼道。

郭浅浅看着孙艳的身影消失在眼前的时候，心底有了些深深的不安，说不出来为什么。她坐在花坛的冰凉瓷砖上掰着手指头胡乱数着数，黄昏已经在头顶开始消散了。

暮色四合，所有的窗口都释放出点点暖黄色的光辉，楼宇巨大的黑色影子隐在朦胧夜色中，从各家各户传出的人声却更衬出周遭的静谧。郭浅浅抬头，发现七楼的那户好像没有燃起丝毫的光亮。

　　突然变强烈的心跳，压不住的担忧和慌乱，让郭浅浅朝楼上走去。迈上七楼的最后一阶时，她忍不住扶住落满灰尘的扶手轻轻喘息，喘息间她能够听到，声音从走廊尽头传过来，带着轻振的回声。

　　"你走不走？"史凯的声音里已经明显有些暴躁了。

　　"我要跟你们说清楚。"而孙艳却出奇意外地镇静。

　　"你可得了吧，你再不走我就关门了。"他话语间带了些胁迫的意味，他不断重复着，"我关门了啊，我关门了啊。我告诉你，我真的要关门了。"

　　"有种你就关。"孙艳掷地有声。

　　"我说关就关，有种你别再敲。"他指了指她已经捶门捶得红肿了的手。

　　"你关上试试！"她一眨不眨地看着史凯。他光着上身，半靠在房门上，门是虚掩的，隐约能感觉到，王准就站在门的背后。而孙艳笔直地站在他面前，郭浅浅看不清她此时的表情。

　　"郭浅浅。"史凯从孙艳身后看到了她，就像是遇到了救星似的连忙招呼着，"你赶紧过来，你把她弄走，我看她都快疯了。"

　　"你说谁疯？你信不信，你信不信我死给你看。"孙艳边说边顶头往房间里使劲冲，她嘴巴里继续嚷嚷着，"谁怕谁啊？谁不会自杀？谁不会死啊？老娘我也死一个给你看看，保准比王准死得更精彩，死得还要轰轰烈烈！"

　　而房门里的王准此时也按捺不住了，在门里面吼着："让她死，让她死，你把门关了，让她敲个尽兴，我还就不信了。"

"你少胡说。"史凯赶紧冲门里吼道，眼睛却看向郭浅浅，满是求救的神色，"浅浅，求求你带她走吧，大家都是成年人，只是分手而已，要不要闹得这么难看？"

"你让王准出来。"郭浅浅根本就不想看到他的嘴脸，坚持道，"你让她出来吧。"

"我为什么要出去，我想，我们已经没有话好说了。"王准叉着腰站在房间里面，任史凯抵挡住门口的那两个女人。

郭浅浅神色不变，隔空淡淡地冲她说："你不出来，就是因为你心虚，对吗？"

"她会心虚？"孙艳在一旁怒极反笑地接了口，"她跟那些老男人在一起都不会脸红，估计'心虚'两个字怎么写，她都不会！"

"你们到底现在是个什么意思？郭浅浅，我们之间的事关你屁事？"王准也有些气急败坏了。

"不关我的屁事，因为你根本就连屁都不如！"郭浅浅苦笑，她知道按照王准的性格，她回头来找史凯也许是一种必然，所以，郭浅浅就只能质问史凯，"你忘记了她当初是怎么抛弃你的？你忘了她那些形形色色的男人了吗？这些，你难道都忘了吗？"

"是啊，我就是抛弃了他，是啊，我就是有形形色色无数的男人。"王准边笑着边闪身走出了房间，她挺直腰板直视前来声讨自己的郭浅浅，昂首道，"我就是公共汽车，那又怎么样？史凯宁愿要我都不要孙艳，这就是本事。"

"本事？站街谁不会？是女的长了那玩意儿就会！"孙艳看到她出现，眼睛里就像要冒出火一样往前冲，郭浅浅赶紧拦腰抱住了激动中的她，眼睛继续看着史凯轮廓有致的脸："你真的考虑清楚了吗？"

史凯没有说话，阴影里看不清楚他的表情，就连郭浅浅也有些着急了："史凯，你是个男人你就马上说句话，你说话呀！"

"你什么都知道，还问我干什么？"史凯侧身挡在王准前面，他的声音很低，但是也足够她们都能够听到，"你们走吧，真的不要再来了。"

"孙艳，我们走吧。"郭浅浅觉得已经完全没有跟他再说下去的必要，她轻轻拉了拉孙艳的手指，孙艳却依然立在那里不动，所以就又加了句，"你说这样的人难道还值得你这样吗？"

"我……我……我就是咽不下这口气。"孙艳用力闭了一下眼睛，再睁开时，只斜斜盯了盯走廊里污迹点点的惨白墙面。

"其实，你是不是应该庆幸呢？"郭浅浅估计必须要说些很重的话，才可以为孙艳出口气。斟酌了字眼之后，她轻轻推了推孙艳，"他要戴绿帽子做乌龟是他自己的事情，也许人家就是好这口，喜欢吃软饭也说不定，他甘愿做王八，你难道要陪他一起下水？"

尽管史凯听到她说什么"乌龟、王八"的时候，心底明显有些不舒服，但他还是忍住没有说任何话。其实郭浅浅说得没有错，不是吗？自己不是一直都像鸵鸟一样把头埋在沙堆里，自己骗着自己。

"郭浅浅，你不用在我们面前讲这么多的仁义道德，你有这些话，你还不如多讲给你最好的朋友听。"倒是王准嬉笑着，她拨开史凯的肩膀朝郭浅浅更加逼近了几步，微微上翘的嘴唇就像随时都会吐出毒蛇的信子。她的眼神很恶毒，她伸手用力推了推史凯："你告诉她，还是你知道得最清楚。"

"王准。"史凯吞吞吐吐，他面有难色，好像还有些犹豫。王准就用力拧了一下他的胳膊："你快说呀，快说呀！"

史凯叹了口气，终于，他一字一句说得很清楚，他说很认真，他说："郭浅浅，唐鸣洪还不是跟孙艳有一腿，他们开过房也上过床，只是，你并不知道而已！"

看着郭浅浅瞬间煞白的脸色，王准扶着门槛笑得很欢快，笑得很轻佻，她抬头冲着天花板嚷嚷："我爱你时，你说什么就是什么。我不爱你时，你说你到底算什么？"她嗓子里的笑声是那么难听，她的话是那么尖锐，就像是在郭浅浅的身体里插了一管巨大的针筒，然后一丝一毫地抽干净她的内在，留下永远填不满的空虚。

【五】

不知道是不是快要下雨了，所以窗外漆黑的天空里有一片滚动的灰色，定睛看去，居然真的能分辨出大块大块铅色的云朵，月光都照不透。

不过话说回来，哪里还能看到什么月光？那光不过是这万家零星灯火的透漏罢了。

顾泽诺躬身躺在床上，他尽力克制住自己，不知道今天吃错了什么东西，肚子疼得厉害，他当然不能像小孩子一样在床上打滚，他更不想让旁边的林深深发现他的软弱。他牙关咬得那么紧，几乎牙齿都要碎掉了。他的呼吸越来越重，翻身的动作越来越频繁，林深深怎么可能会感觉不到？她打开台灯的时候才发现，他的脸色已经微微发白了，她不由分说赶紧摇了摇了他，拧了一把熏热的毛巾，擦掉他脸上的汗珠，又从药箱里赶紧摸索着找出药瓶，从中倒出一把药片。

顾泽诺睁开眼看了她一眼，起身，还是很听话地从她掌心拿起药一颗一颗地吞下，吃了半天他才反应过来，哀怨地看了看正在照顾他的林深深，脱口而出："我已经吃了十二颗了，还有这么多？"

"哦。"她赶紧握紧了自己的手指，不好意思地笑笑，"刚才是我太紧张，所以就把整瓶药丸都倒了出来。"

"你还会紧张我？"顾泽诺失笑，他看着林深深把他吃剩下的药丸重新倒回药瓶里，欲哭无泪。他觉得那十几颗药丸此时应该聚集在自己的肠胃里嘲笑自己吧。

"所以，我故意倒这么多出来，就是想毒死你。"林深深收敛住所有的不安，稳定自己的心绪，冷静地回应他的问话。她的脸颊却是鲜红的，可爱极了。

不知道是真正的药到病除，还是人类可怕的心理作用，他的肚子好像没有刚才那么疼痛了。顾泽诺轻轻舒出口气，居然想伸手摸一摸林深深那柔软的脸，他努力克制住自己，开口笑道："今天，妈妈说的话，你怎么想？"

"什么怎么想？"她不知道他为什么会突然提起这件事，当然，估计连顾泽诺自己也不知道他为什么突然要聊起这个话题。

顾泽诺好像还没有完全组织好自己的语言，手掌在眼前晃动了几下，终于硬下头皮，故作漫不经心地说："就是，我们到底要不要……要不要……我们……其实，可以要一个孩子，我还是蛮希望跟你有一个我们的小孩子的。"说完他居然脸红了。

林深深认真端详着自己异常熟悉的面孔，偷偷把另外一只手藏在背后，捏紧，指甲掐到幼嫩的掌心，生疼生疼的，但她继续面无表情："我们的协议里面好像没有这个项目？"

"你说什么？"顾泽诺甚至有些不敢相信在这样的情况下，她居然会说这样的话。

"我说，我们的协议里没有这个项目。"林深深很耐心且很有礼貌地又给他重复了一遍。

他微微眯了眯眼，失笑："你说吧，要多少钱？多少钱可以？"

"如果这也能用钱买的话，我保证你一辈子都付不起！"她很想靠过去甩他一耳光，但手掌伸出去的时候被自己的最后一点儿理智控制住了，然后在空气里捏成拳头。

顾泽诺顺势拽住她的手腕，入手的凉滑。他瞪着眼睛看着她，嘴角弯出鄙夷的弧度："什么时候你林深深觉得自己这么值钱了？是不是当你成为顾太太之后？"她漆黑的瞳孔紧紧锁住顾泽诺的目光，态度相当冷静："这个身份马上就会消失，我相当清楚，不用顾先生你再三地提醒我。"

"你爱钱的目的却是真的，我也看得很清晰。"借着床头上的台灯灯光，他的恨意在他的眼睛里炙热地闪烁。

"我是爱钱，那又怎么样？你还不是跟我一样？"林深深一眨不眨与他对视着，那只手指在身后掐得更加用力了。

"我跟你一样？"顾泽诺抓住她的手腕又往眼前拽了些，他微微眯起了眼睛，"我们那么年轻就在一起，我以为我们会一辈子在一起！"

"谁跟谁都不会一辈子在一起！"她想要挣脱开他手掌的把控，却没有办法，因为他抓得太死了。而他的眼神是那么冰凉，凉得让林深深几乎忘记了手腕的疼痛，"你现在到底想要干吗？不是说好了，等你爸的股权书下来就离婚吗？我知道，我不配成为顾太太，那么离了婚就好了啊！你可以去找更好的！"

"我可以去找更好的？我从十几岁开始就只有你，可是你一直都不止我一个！"顾泽诺伸出另外一只手的一个手指，"你跟唐鸣洪到底进行到什么地步了？你说？"

"还能有什么地步？不过就是上床。"林深深笑笑，眼眸里仿佛有淡淡的薄雾渗透出来，"你是不是想问我们到底有没有上床？你以前为什么从来都不问？这个问题埋藏在你心里很久了吧？是你心中的一根刺？"

"你觉得你配吗？就你们俩的破事儿值得我耿耿于怀吗？"他认真看着她，手上的力度更不自觉加大了很多，他说，"其实，你到美国来找我，不是为了爱我，而是你当时走投无路了吧？"

"没错，你不正是因为看上我这些小心思，看上我的虚伪、我的做作、我的阴谋诡计而选择我做你的妻子？跟你结婚三年完成你爸爸股权的完整转移，让我做帮你从你妈妈手中把公司大权抢夺过来的拍档吗？"林深深一点儿不让地与顾泽诺对上眼神，淡淡地继续开口，"每个人都想过得更好，想要更好的物质生活，这个，无可厚非吧？"

"没错。"顾泽诺用力地点点头，牙齿咬得咯咯响，"不过，我现在发现我不能接受了，你的爱里面掺杂了太多的虚伪！"

"谁告诉你我爱你了？"她轻笑，"看看你对你妈妈是怎样的机关算尽，我还敢奢望你对我好？如果不是你的钱，你这个人在我心中简直一无是处。"林深深大笑，她抬起另外一只手轻轻抚摸着顾泽诺立体的五官和在暖色灯光下显出的玉色的脸颊，"不过你还算是有几分姿色，如果你是男妓的话，在我心情好的时候，估计会在你身上花一点点的钱。"

"你好像搞错了。"他把她整个人扳正在自己面前，把她另外一只手也控制住，顺着她的手腕往上移到她修长的脖颈，然后从领口猛地一把把她的衣衫撕开。在几颗纽扣滴溜溜滚落在地板上时候，他一把把她推倒在床上，然后才慢慢地脱自己的衣服，他一字一句咬得很清楚，"我现在才是花钱的，我才是你的客户。"

"等等。"林深深突然伸出手拦在他的眼前，她好奇地看着已经欲火焚身的他，"你的肚子不疼了吗？真的不疼了吗？"

"嗯。"不能一鼓作气，所以顾泽诺也就停了下来，用手指抚摸了一下自己的腹肌，不耐烦地点点头，"好像不是那么疼了，我不是刚刚才吃过药吗？"

"可是。我给你吃的是感冒药啊。"林深深的脸又红又绿，半爬起身从被子里伸出一只捏着药瓶的手，原来，她给他刚才吃的竟然是十二颗感冒药。她也是被他推倒在床上的时候，不小心摸索到瓶子，更不小心看清楚了瓶子上的标签。所以说，人的暗示心理真的很可怕，经林深深这么一说，顾泽诺的肚子就又疼了起来，而且比刚才更加疼了，因为，他已经开始在床上打滚了。

"顾泽诺。"林深深叫他，拉住他，用最快的速度从药箱子里捞出了正确的药瓶，也是很快地倒出来了一捧在手掌里。

"顾泽诺。"她试探地开口，"再吃一次吧，这次真的不会错了。"

"再吃十二颗？"顾泽诺把自己的头摇得像拨浪鼓一样。

"不用。"她忍不住笑了笑，"吃六颗就可以了，药瓶上的说明写的。"

"还要再吃？"他依然有些抗拒，"我一定活不成了……老婆……"

林深深没有理会他，看他一脸预备往被子里缩的势头，索性把心一横，一把将他拽住，死命地往他嘴巴里灌药……

卧室里立刻回荡起顾泽诺口齿不清的"老婆，我恨你""林深深，我会记得你的""老婆，你放过我吧，我求求你""林深深，你真的有种"……

【六】

在睡梦中也会哭泣，失眠，视力下降，吃不下东西，忧郁，是这类患者的常见状态……郭浅浅皱着眉头合上眼前的书，她不小心看到了这本书，随便翻了几下。就连她自己也不知道，这本关于癌症的书籍为什么会出现在自己的书桌里。她把书搁好之后，就在属于自己的房间里来回走动，就算关紧了门，她也可以清晰地听到隔壁房间搬东西、抬箱子、拖柜子的刺耳声响。是孙艳在屋里收拾东西，她从角落里找出那个和郭浅浅同款的有着经典花纹的旅行包，轻轻叹了口气，倒不是因为它身上的厚厚灰尘。她故意把自己的动作放得很大，弄出完全不必要的响动，透明胶带刺啦刺啦地被拉开，她胡乱收拾着一切，或者更确切地说，是弄乱自己房间里的一切。

她收拾得汗流浃背，然后认真想着，那些说爱自己、说喜欢自己、说心疼自己的人到哪里去了？那些空虚了、寂寞了、受伤了、喝醉了，不管多晚多远也会第一个想起自己的人到哪里去了？想到这些，孙艳终于崩溃了，泪流满面继而开始扯着嗓子痛哭。因为她想起，原来说爱自己、喜欢自己、心疼自己的一直都是她最好的朋友郭浅浅；原来在空虚了、寂寞了、受伤了、喝醉了，不管多晚多远也会第一个想起她的还是郭浅浅。

听到孙艳在隔壁号啕大哭，声音越发失控的时候，郭浅浅觉得自己不能不管她了。所以，她站在客厅里冲她的房间稍微探出头，表情依然严肃："其实你没有必要搬走。况且，你临时也找不到什么合适的地方住。"

她却泪眼迷蒙地抬起头说："我可以住酒店。"

"你很有钱吗？"郭浅浅反问她。

"那你还想看到我吗？"孙艳可怜兮兮地又反问回去。

"这个不是我想不想的问题，而是，现实地说，你付了这个房子一半的房租，就算你不想跟我住了，也可以住到到期之后再走。"郭浅浅闭着嘴咬了咬牙，她的语态像是在跟一个陌生人说话，她抖了抖手指，"而且，你的荷包并不丰厚。"

"可是，我觉得……"孙艳的嘴唇哆哆嗦嗦的，她欲言又止，"我觉得……"

"你觉得内疚？你觉得对不起我？你觉得自惭形秽？"郭浅浅说得很大声，她很快点点头，语气很肯定，"确实如此，你确实应该有这样的感觉，抱歉我不能原谅你，抱歉我也没有那么大度，不能说出什么宽慰你的话。"

"那我还是走吧。"孙艳支吾了一下，重复道，"我还是走吧。"

郭浅浅接她的话接得很自然："走不走是你的问题，享不享受你居住的权利，也是你的问题。你的问题，我都无权干涉。"

"可以干涉的，可以干涉的。"孙艳低着头不敢去看她，"你让我走我就走，你让我留下就留下，你怎么说，我就怎么做，我全都听你的好了。"

"我不会让你走，当然，我也不会说让你留下来。"郭浅浅无奈地抱住自己的肩膀，她对孙艳这种委曲求全的态度相当不满意，孙艳完完全全就是在逃避，逃避承担自己犯过的错。她故作这样可怜的姿态想要自己原谅她，做错事不应该是这样的，"我说过，我没那么大度，你跟唐鸣洪做那事的时候，有没有想过我的感受？"

"对不起。"她把头埋得更低了。

郭浅浅轻轻呼出一口气，看着她的头顶："说对不起还有用吗？"

她抬头，语速很快："我真的没有想到。"

"没有想到？"郭浅浅冷冷看着她，反问她，"是没有想到我会知道？还是没有想到不该给唐鸣洪通风报信，又或是没想到不该在沈晓北来的那天晚上给唐鸣洪打电话？"

"什么？你怎么会知道的？"孙艳用力闭了闭眼，自己以前的小动作原来通通曝光了。

"知道什么？"郭浅浅明知故问，当然她也不想等到孙艳的回答，继续说道，"哪里有那么巧合？你以为我什么都不知道吗？"

"对不起，对不起，对不起！"孙艳摇着头，自己还能说什么呢？

"如果没有其他更加新鲜的说辞，就不要再重复这三个字了。你可以继续收拾东西，也可以继续留下住到房租到期，我现在要出去走走，透透风，不能多陪你了。"郭浅浅用力捏紧自己的手指，她的额头甚至已经渗出了细细的汗。她真的害怕自己一下子心软就原谅了她，可是，怎么可以？怎么可以？

原谅别人有时候很轻松，但那样，她会无法原谅自己。

"浅浅。"孙艳叫住她，却不知道自己该说些什么。

"请你不要再说话了！"她头也没有回，因为她没有办法让自己不生孙艳的气，没有办法不为这件事难过到要死。自己原来真的不是一个坚强的孩子，从开始，到现在。没有眼泪不代表自己已经完全忘记了所有的东西，也不代表知道唐鸣洪和孙艳的背叛后，可以无动于衷，可以原谅。她脚步踉跄地走出了自己住的房子。

【七】

外面的阳光不出意外地猛烈，所以郭浅浅走到楼道口站了很久很久，才能让自己的眼睛完全适应外面的光线。她的头发有些乱，她慢悠悠地在小区花园里绕着圈子走。夏天的这个时候，到处都开着不知名的小花，这些小花只能开那么一天两天，甚至连味道都没有，只能看到花的颜色和形状。

小区花园很小，所以无论郭浅浅怎么转圈也好，也总会走遍每一寸地方。她顺着自己的潜意识随便走着，走出小区，在大街上游走，她几乎不曾发觉，唐鸣洪一直都跟在自己的身后，已经跟了好几条街了。

郭浅浅远远走着，她的表情在他眼中不甚清晰。终于，他还是忍不住上去拍了拍她的肩膀，郭浅浅转头就看到唐鸣洪。他有些紧张，他问她："我不知道你想不想见到我，但是我想见到你。"

"孙艳都告诉你了，是吧？很好。"郭浅浅点点头，继续向前走着。

"浅浅，浅浅。"唐鸣洪在她身后紧紧跟着她的步伐，他声音很低沉，"浅浅。"

他们俩的追逐让身边所有的路人侧目，走了长长一路，她终于没办法不停下来："其实你明明知道，我不想见到你，却还要来。而且你想见到我，现在你见到了，你可以走了。"

"我知道，我知道，我对不起你，我真的对不起你。"唐鸣洪不知道自己该怎么回她的话，却侧身拦在了郭浅浅的面前，怎么也不让她继续走。郭浅浅迎着风，漆黑的长发肆意地飞扬，午后的阳光灼痛了她雪白的肌肤。她大口大口用力地喘着气，刚才的镇静早已经因为面对他的时间越来越长而逐渐消失了："你让我走吧。"

"真的不可以，我不可以就这么让你走掉。"唐鸣洪在她面前执着地摇着头。

"我求求你。"她开口软语求他。

"那我也求求你。"他也急急地呼着气。

"你走吧，你快消失，你快消失，我不要看到你！"她终于被他的步步紧逼弄得崩溃了，她的眼神就像是被猎人逼入绝境的小鹿。

"老婆，怎么？有人骚扰你吗？"还没等郭浅浅想尽办法摆脱他，熟悉的男士香水味就悠然飘过，顾泽诺三步并作两步上前一把推开郭浅浅眼前的唐鸣洪。

"我……你……我……"她结结巴巴，所以干脆放弃了不再说下去。自己怎么这么倒霉？为什么顾泽诺会突然出现？

郭浅浅很久没有见他了，他依然是熟悉中的样子，胡子刮得干干净净的，穿着件干干净净的粉色衬衫，袖口处别着精致的袖扣。他自然而然地伸出大手，握住她纤细雪白的手腕，当她感觉到他灼热体温的时候，莫名的委屈和难过居然就在此时彻底宣泄出来，以眼泪的形式在郭浅浅的脸颊上尽情挥发。

"怎么了，有人欺负你吗？"就连顾泽诺也不由得有些慌了神，他看向唐鸣洪的眼神异常凶狠，他轻轻伸出手指帮郭浅浅揩了揩眼泪，心中却也有些好笑。怎么她哭起来也是这么可爱，怎么她的眼泪就像水龙头开关一样，说来就来呢？

"他又是谁？除了沈晓北，你还有……"被推开的唐鸣洪皱了皱眉，他有些不敢措辞，"你还有，你到底还有几个男人？他为什么叫你老婆？"

"我是她老公，我不叫她老婆，那应该叫什么呢？"顾泽诺故意嘟着嘴巴，微笑着转着自己修长的手指，"叫宝宝，叫宝贝，叫乖乖，叫亲亲，还是什么啊？"

"你！"唐鸣洪根本就受不了顾泽诺的挑衅，握着的拳头已经击出。

"怎么？你还想动手？"顾泽诺只是很快闪身，非常漂亮地躲开唐鸣洪的进攻。他的手也很快握成拳，紧贴到唐鸣洪的眼前。他的分寸把握得丝毫没有错，只需要几厘米，就能触及他的鼻尖，"我现在告诉你，她是我的老婆，你以后不要再来骚扰她。"

唐鸣洪认真盯着他的拳头，没有躲闪："浅浅，他说的是真的吗？"

"这个还有假吗？"顾泽诺笑着帮她回答，郭浅浅也因为气他的多事而横了顾泽诺一眼，她一把拉开他紧握在唐鸣洪眼前的拳头。

"我问的是她不是你。"唐鸣洪重复道，再不看顾泽诺一眼。

郭浅浅用力呼出一口气，顺势就挽上了顾泽诺的胳膊，好让自己能够站得更稳一点儿，她伸手使劲抹干净自己的脸对唐鸣洪嫣然一笑："对，他是我的老公，所以你知道我为什么要躲着你了吧？你也知道我为什么不想理你了吧？这一切，一切的一切，你都应该知道了吧？"

"可是，为什么？我不明白，你怎么可以变得那么快？我做错了什么？究竟错在哪里？"他皱着眉连珠炮似的发问。

"没有为什么，事实就是这样。"郭浅浅连忙打断他，她不能让唐鸣洪在顾泽诺面前继续说更多了，真的不能再说了，"就这样吧，你什么都不要说了，我们已经没有可能了。"

"我……"唐鸣洪只觉得自己脑袋在一时之间已经空白了，他已经完全找不到整个事情的经纬和头绪。

"你真的什么都不要再说了。"她制止住唐鸣洪的欲言又止，转过头用力拉住了顾泽诺的手，乞求道，"我们走吧，好不好？"

"我们走？"顾泽诺玩味地看了看郭浅浅，又看了一眼愣在那里的六神无主的唐鸣洪。

"嗯！"郭浅浅点点头，其实她已经不知道该如何跟顾泽诺解释，该怎么跟林深深解释了，这个破绽实在是太大了。而且刚才唐鸣洪似乎还叫了她的名字，是不是？

应该是吧，这回应该是彻底要穿帮了，GAME OVER！

【八】

今年入夏以来已经很久没有下雨了，林深深抚着自己的脖子看着窗外晴朗的天空，大大地松了一口气。前段时间经常下雨，这对她真的是一个噩耗，因为她真的很不喜欢带伞，或者带了，转眼就会丢在出租车上或者其他莫名其妙的地方。所以，这就导致她在下班的时候，面对倾盆大雨而束手无措。当然，很多同事会因为她是顾太太而主动殷勤地把雨伞借给她。

林深深肯定会拒绝，她很不喜欢这样的献媚和讨好，不过，李曼除外。

李曼每次都会毫不犹豫地递给林深深一把素紫色的长柄雨伞说："深深，深深，下这么大的雨，要不我们一起走吧？"

"可是，我们好像不太顺路。"林深深每次都是这样故作为难地看着她。于是，李曼就会当着她们这间大办公室的所有人，可怜兮兮地说："要不你就用我的伞吧，你家比我家要远很多呢！"

"NO！"明明知道她话里有话，意思是自己很清楚她家的位置，或者说是顾泽诺家的位置，但林深深一点儿也不生气，她保持着淡定的微笑坚决地拒绝李曼，"可是，我用了你的，你怎么办呢？"

戏还会紧接着演下去，李曼会眨巴眨巴涂着厚厚睫毛膏的假睫毛，天真地回答："反正我穿着吊带和拖鞋，可以等雨点小了以后再走。"

"那好吧，谢谢你，李曼，真的！"林深深二话不说接过她手里的雨伞，感动得无以复加，"雨点小了，你记得走啊！"然后，她就拿着李曼的伞头也不回地走了。

可惜的是，很多时候，那些大雨可以下一整个夜晚而且一直都没有变小……

可怜的李曼，林深深会不好意思地想想，甚至想到笑出声来。

正在她心情良好的时候，令她心情忧郁的手机信息已经被郭浅浅发送了过来。她亲爱的妹妹愉快地通知她，自己在路上碰到了顾泽诺，并且同时遇上了唐鸣洪。

当然，短信的只言片语一点儿也不能够描绘出他们三人同时见面的精彩画面和桥段。不过，郭浅浅发这条短信的目的还是很清楚的，那就是，除了让林深深了解状况之外，至少到目前为止她们交换身份的把戏还没有被顾泽诺给完全拆穿。

"好，你先稳住顾泽诺，我去找唐鸣洪帮你善后。"林深深很冷静地给郭浅浅回了短信，短信发出之后又想了想，赶紧再加上一句，"记住咬死了都不要承认任何事。"她还觉得有些不够最后又追加一句，"闭紧嘴巴，他问你什么，你都装哑巴。"

"装哑巴，这么容易？"郭浅浅拿着手机自言自语。

倒是开车的顾泽诺依稀听到了她的话，忍不住问她："怎么了？什么哑巴？"其实，他也在想，自己是不是应该表现出一些自己的不满，态度恶劣地询问刚才那个出现的男人是谁。刚才的男人是唐鸣洪吧？好像自己若干年前就揍过他一次。刚才，真的不应该忍住没有出手，就那么轻易放过他。

"没什么。"郭浅浅赶紧摇了摇头，她不敢去看他。

"好吧。"她乐得不说，他也不想继续追究，不过顾泽诺又想起刚刚那个唐鸣洪提起的名字，忍不住又想问，他想了想才开了口，他故意叫了她的全名，"林深深？"

"嗯。"郭浅浅答应着，却依然不敢跟他目光交接。

他轻轻地问："林深深，那个沈晓北又是谁？难道是除了这个唐鸣洪之外另一个跟你有一腿的对象？你告诉我好不好？"

"什么？"郭浅浅叹了口气，他终于还是生气了吗？她连忙摆手，"没有，没有，完全不是你想象的样子，林深深跟唐鸣洪什么事儿都没有。没有的。"

"嗯。"顾泽诺听着她直接就呼出了自己的名字，忍不住失笑着顺着她的话说，"我当然是相信林深深的，我就是问问，你是怎么认识沈晓北的，他喜欢你？又或者，是你喜欢他？"

"你想到哪里去了？林深深不喜欢沈晓北的！"顾泽诺真八卦，郭浅浅想着，忍不住咬牙帮林深深分辩。

"哦？"顾泽诺只是撩了撩眼皮，"那就是他喜欢你？"

"他也不喜欢林深深的。"她谨记着姐姐的交代短信，咬死也不要承认任何事。

"那为什么唐鸣洪会那样说？"顾泽诺握方向盘的手指有些发紧，也许连他自己也不清楚，为什么会突然间关注她的感情琐事。

"他胡说的，根本就没有的事，林深深……"郭浅浅终于猛然想到，自己好像不应该把自己的名字老是挂在嘴边，她就赶紧往回找补，"我的意思是说，我林深深跟沈晓北一点儿关系都没有，一点儿都没有。我们是很清白的，清清白白的！"她现在的身份是林深深，郭浅浅在心底暗自提醒自己。

"哦，好吧。"顾泽诺答应着点点头，他侧脸认真地看着她柔和的脸部曲线，"你真的跟沈晓北一点儿关系都没有？确定以及肯定？我问的是你哟。"

"那是当然。"郭浅浅硬着头皮，回答得相当地斩钉截铁。

"我问的是你自己。"他再一次提醒她。

"没有，一点儿关系都没有。"她还是没有意识到顾泽诺的完整意思，同样回答得坚决而郑重。

　　很快他们就一起回到他们的公寓，顾泽诺再也没有提过任何问题。他在笔记本电脑前捣鼓着自己的事情，郭浅浅索性探进姐姐的卧室，平躺在软软的床上。窗帘是拉开的，阳光透过玻璃照射进来，有些刺眼，但郭浅浅觉得自己连爬起来的力气都没有了，她只随手从林深深的床头柜上拿出一部书，没有看封面就准备把它覆盖在自己的脸上。阴影覆盖在书上的时候，她抬起脸，逆光里有一张恍然的脸。

【九】

　　与此同时，当林深深赶到篮球场的时候，唐鸣洪正在那里一个人玩着篮球，一次又一次地上篮投球。即使是他一个人，他也照样玩得很认真。他呼出的热气就像薄薄的雾一般笼罩在他的周围，让林深深看不真切他的表情。她到场的同时，他也看到了她，他整个人僵硬在当场，橘红色的球在水泥地上反弹起来，然后滚远。

　　从那次在酒吧见过后，到今天林深深给自己打电话后到现在，唐鸣洪已经把最近的日子里郭浅浅所有的不正常通通在脑海里过了一遍。其实从一开始她们互换身份时，自己好像已经觉察到了不对劲，不过却一直没有去深究。直到现在，在短时间内，他看到两张几乎一模一样的脸庞。

　　她们是那么相像，如果不是已经清醒地意识到她们是两个人，他真的很难觉察。但此时，唐鸣洪是可以分辨出来的，因为此时林深深脸上并没有郭浅浅脸上的忧愁。

　　林深深伸手递给他一只草莓味的冰激凌，然后转身去把篮球捡了回来。她脱掉脚上的酒红色高跟鞋，深吸了口气。她鼓足力气运球到篮板下，三步起跳，动作一气呵成，篮球被她稳稳投入篮筐内。就连林深深自己都没有料到，这么久都没有碰过球了，唐鸣洪教自己打篮球的时间也已经过了八九年了，自己居然还没有完全忘记，还能够漂亮地进一次球。

"原来，你还没有忘记。"唐鸣洪捏着冰激凌蛋卷，眼看着粉红色的草莓果酱在阳光下慢慢溶化掉，混合着巧克力的颜色，污浊地滴在地上。

"有些事情怎么会忘记？"林深深苦笑。

唐鸣洪走到林深深的面前，拨开她遮住了眼睛的刘海，说："我记得郭浅浅应该是喜欢香草味道的，我还记得你当时跟我说你要上楼去拿买冰激凌的钱，你说你请我的。"

"没错，我妹妹郭浅浅一直都喜欢香草味的，而我，"她指了指自己，"我一直都喜欢草莓味的，这么多年也没有变，我当时是说去拿钱，可是我下楼的时候，你就已经不见了，原来是我妹妹请你吃了冰激凌。"

"那可不是！"唐鸣洪笑笑，露出雪白的牙齿，"她摸遍全身所有包包的钱，才仅仅够一支冰激凌的钱，到最后，我们居然是AA制的。"

"我当时真的很想请你吃的。"林深深认真地点了点头。

"那么，你可不可以告诉我，你还记不记得我们一起从三米多高的台子上跳下来，害你的脚踝痛了一个多月的事？"唐鸣洪挠了挠自己后脑勺。

林深深凑近他笑笑："当然记得，当时我在台下用力用力地哭，我听孙艳说，你回家还被你老爸暴打了一顿，他以为你是在欺负女生。"

"怎么会忘记？"唐鸣洪眯着眼睛笑，他又问她，"那你是不是还记得，为了这件事你报复我，一直都不告诉我你的名字，还在我喝的饮料里偷偷放了泻药的事情？"

"怎么会忘记？"林深深也看着他笑，"我还记得你问我要不要做你的女人，结果没想到你转脸就去追了我的孪生妹妹。"

唐鸣洪的表情暗淡了一下，他的声音也沉了起来："我没有，我根本就不知道，一直都不知道你们……"

"那现在你知道了。"林深深把他拉远了一点儿，因为那冰激凌溶化的液体已经在周围地面上开始扩散。他任由她拉着自己的手，把自己带到篮球场边的一处树荫之下。沉默良久，林深深也耐心地等待他良久，他才淡淡地开了口："可是，我的女朋友是郭浅浅而不是你。"

"那么确认？我记得你好像说过，第一面就已经可以确定，确定你要的那个人。"林深深睁大眼睛，目光扫过他的脸庞直到脖颈，他凸起的喉结上满是汗水，"不过，你第一眼，甚至前面好多眼好多眼看到的都是我，而不是我妹妹浅浅。"

"是，是这样没有错。"唐鸣洪觉得自己有些口干，他咽了口口水，说出来的话却依然是干巴巴的，"你说得确实没错，我也确实这样说过，不过，现在我很肯定，我喜欢的是郭浅浅而不是你。"

林深深瞟了他一眼，手指扶在旁边的树干上，眼睛仿佛在详细研究那褐色的树皮纹理，"这么肯定？可是你几乎都不能分辨出我们。"

"现在可以了，真的，我现在真的可以了，不信你们可以试验，我发誓。"他向她走近几步，伸出一只手臂，三指朝天。

"现在才可以，你早干吗去了？"林深深摇头失笑，正色看着他的窘态，"你觉得你跟孙艳的事情发生了以后，郭浅浅能够原谅你吗？"

"我会很真诚地求她原谅我。"他咬了咬唇，手指用力在裤缝处捏成拳头。

"我不想骂你。"林深深白了他一眼转身就准备要走，唐鸣洪彻底垮了下来，整个人在原地转了好几个圈，无奈地问她："那你说，我还可以做什么？"

林深深听他这么说的时候，背对他狡黠地笑了，她稳了稳心神才转过头来："你很自私，你只是在为难她，你根本就不是全心全意爱她。"

"我是全心全意的，我是真心的。"唐鸣洪接口接得很快，很急促，他强调，"我真的是真心的。"

"你可以把心掏出来看看吗？"她指了指他心脏的位置，摊了摊手，"全心全意就应该看着她幸福，而不是让她的感情终生有刺。"

"终生有刺？"唐鸣洪重复着这四个字，没错，有刺的感情又怎么能持久和完满？

几个小时以后，不知不觉熟睡过去的郭浅浅忽地从床上弹了起来。夜色撩人，因为她醒过来睁开眼的瞬间，顾泽诺的脸近在咫尺，而且他还赤裸着上身。灯光照映在他光滑的胸部肌肤上，那光晕就像是时尚杂志上PS出来的。

"我……我先去收拾东西。"郭浅浅愣了愣，陶醉在这男色之中好久，才结结巴巴地立正笔直站在床边，站在他面前。

"收拾东西？你要收拾什么？"顾泽诺审视般地看着她。

"那我……我去洗澡。"她发现自己有些怕他的这种眼神，以逃难似的状态跑出卧室，直到到了厕所才完全让紧张的心情平复下来。

她故意在洗澡的时候尽力磨蹭，等到她觉得自己的皮肤好像都快要被泡得皱了，厕所里的雾气也能够完全把自己淹没，伸手不见五指的时候，才不情愿地结束了自己堪称精雕细琢般的洗浴。

两个小时后，郭浅浅鬼鬼祟祟地打开卧室的门，房间里只开了她这侧的床头灯，顾泽诺在极暗的光影里一动也不动。郭浅浅暗自得意地笑了，行窃一样蹑手蹑脚走到床边，心情非常美妙。她用小龙女睡绳子的姿势轻轻地挨上了床，尽量不使床垫产生一丝的振动。

　　"全部弄完了？"顾泽诺突然出声，吓得郭浅浅差点儿脸朝下垂直降落。他的声音里没有半丝的睡意，反而在"全部"这个词语上拖了个长长的尾音，意味鲜明。

　　"嗯……都弄好了。"郭浅浅有些绝望，她竟然联想到了电视上讲过的防狼术，自己曾经还边看边跃跃欲试过，难道今天就要正式实践了？

　　"林深深。"他躺在床上斜斜看了她一眼，"怎么掉下床了？要不要老公我抱你起来？"

　　"不用了。"她讨好地笑笑，爬了起来，挨着床边躺下。对啊，她现在是林深深，作为林深深怎么可以对自己老公使用防狼术呢？

　　他的胳膊已经带着明显的热度压了过来，郭浅浅却还在做着思想斗争，她眯着眼，房间光线幽暗，却是看帅哥的好角度。顾泽诺伏上身来时，那张无可挑剔的脸就在她的眼前，幽光在他挺直的鼻梁上勾出一道淡淡的光线，他陷入黑暗中的双眼却闪烁着迷人的晶亮的星点。

　　郭浅浅不禁有些窒息，虽然他不是自己的男人，但他的脸还是绝对值得迷恋的。

　　大概是自己仰视他的目光太过花痴，顾泽诺竟然皱了皱眉微微拉开了些距离，借着微弱的光芒细细欣赏着她的表情。郭浅浅有些慌乱，没有把握装出应该有的痴情神色，只好飞快地紧紧闭上了眼睛。

　　她死死闭着眼睛，嘴巴微张着，心里盘算着，给你亲亲就好了，如果你要敢再怎么样，可别怪我不客气！不过自己不客气，又能怎么样？心里另外一个声音马上响起。

压力出人意料地骤减，他只在她的唇上蜻蜓点水般地一吻，便就又睡回自己的枕头上，平躺在郭浅浅旁边。她愕然睁开眼看着他如琢如磨的五官，听着他浅浅的呼吸，似乎刚刚什么都没有发生过似的。

【十】

第二天，林深深就很快约见了郭浅浅，并且通知她，唐鸣洪那边她已经解决完毕。她很大方很坦然地告诉了他，她们姐妹两个互换身份，并且唐鸣洪没有通过郭浅浅的试炼的事。

"就这么简单？他就这么接受了？"明显地，郭浅浅有些小小的失望。

"怎么？"林深深坐在咖啡厅的对面，握紧了手指，"你还有点儿舍不得？"

"当然，这么多年，说舍得就能舍得吗？"郭浅浅老实地点点头。

林深深端起眼前的咖啡杯子，喝了一小口："那你可以去挽回。"

郭浅浅几乎是立刻地否定了她的话："没有必要了，发生这么多事以后，怎么可以？"

"只要愿意，怎么都可以！"姐姐仍旧端着杯子。

"我不愿意。"郭浅浅死死盯住桌子的边缘，仿佛对它的纹理有了兴趣。

林深深放下杯子，挪动一下椅子，离郭浅浅更近了一些，她说："我听过很多那样的话，什么为了他好你应该如何如何，不然就不是真正地喜欢他。可是喜欢不是一个人的事，为什么非要是为了一个人好，而不是为了两个人一起好呢？在一起，如果是两个人共同的目

251

标，那么，无论如何，你都可以去挽回。"

"我跟他不在一起，并不是为了他好，同样，我跟他继续在一起，也不是为了他好。也许我们可以放下一切去重新开始。但是，心有芥蒂，却早已成为我们情感的拦路石。"郭浅浅轻轻抚摸着桌子的边缘。

"这世界上的每一个人都是这样过的，每一个人的人生，包括感情都是有遗憾的，没有什么是完美的。"林深深语重心长。

"那我依然会说不。"她抬头看着姐姐的眼眸，手指捏紧桌子的边缘，"除非给我另外一个重大的理由，要不，我是不会允许我的感情世界不完美的。"

"总会有这个理由的。"林深深似乎放松了一些，轻轻笑了。

"是吗？那么我会期待着。"郭浅浅若有所思地点点头。

跟林深深见过面之后，郭浅浅就那么巧在楼下街道上的第十棵梧桐树下遇见了唐鸣洪，或者说，他故意在这里等她。他骑着他的小电动车，单脚撑着地面，看着她慢慢地走过来，然后拉住她问："你昨天究竟跑哪儿去了？"

郭浅浅停住，没有说话，只是站在原地，把滑落在手臂上的提包肩带拉起来。

"是跟那个顾泽诺回家去了吧？"他轻巧地转了个弯，面向她。

她浅浅而不屑地笑着："你有事儿吗？"郭浅浅平静地抬起头，一脸面对陌生人的样子。

"当然有，不然怎么会来找你？"唐鸣洪面无表情，"我和孙艳的事儿是真的，对不起！"

"承认得这么干脆？"她咬牙摊了摊双手。

"那还能怎么样？你可以打我、骂我，我只是犯了一个男人们都可能犯的错误。"他仿佛觉得这一切都那么理所应当，"你和沈晓北，不也不干净吗？现在还加进来一个顾泽诺。"

郭浅浅把手指捏紧，她一个字一个字地咬着说："我和沈晓北很干净，至少，比你和孙艳干净。"

唐鸣洪忍不住笑出了声，他饶有兴趣地看着她："你觉得我会相信吗？我可是亲眼看见他进你的房间，你们一起待了一整夜。"

"随便你怎么想，"她低了低头，"那你现在想怎么样？"

"我没想怎么样。"他轻松地推着车子又向前走了几步。

"唐鸣洪，你知道吗？你把我毁掉了。"郭浅浅忍不住抬头死死盯住他。

"没有那么夸张吧？"唐鸣洪摇了摇头，"我想了很久，我们还是分手吧，既然你这么不信任我，既然你还伙同你姐姐一起欺骗我。当然，既然我也欺骗过你。"

"好，我同意。"郭浅浅耸了耸肩，就眼看着黑了脸的他，用力一蹬地面，骑着他的电动车慢慢远去，直到他的整个人在黄昏下变成一个小黑点。她轻轻冲着他的背影说："唐鸣洪，再见！"她失神地踏步进了自己住的小区，仅仅只走了十几步，又转回身来。她还不想回家，因为家里有孙艳，也许自己应该告诉她一切，然后告诉她，唐鸣洪和自己真的正式分手了，她有机会了，如果她想的话，她可以去和他在一起。

从小区出来，郭浅浅一个人沿着街走了很久很久，从云霞满天走到夜幕深垂。她只踩着人行道上的黄色盲人地砖走，一直向前。

空气中弥漫着一股油腻的味道，郭浅浅的肚子咕咕叫着，夜风微凉。

走到最后一站公交站牌下的时候，她走完了7532步，迈出第7533步的时候，她的鞋带掉了，郭浅浅很自然地叫出唐鸣洪的名字，然后说："我的鞋带散了……"

她扭头看到在风中枝动叶颤的法国梧桐，又定眼去看身后来时长长的寂寞的人行道，郭浅浅才忽然想起，其实，唐鸣洪现在并不在自己的身边。

他不在身边，他刚刚走开，却只有三个小时零五分多钟，自己却为什么感觉已经很久很久了？她双手随意地插在牛仔裤的口袋里，站在唐鸣洪最喜欢的周杰伦广告灯箱牌前，郭浅浅面无表情地等了近十五分钟的公交车。

123路汽车来的时候很空，郭浅浅投币之后随便找了后排一个靠窗的位置坐下。她静静望着窗外的车水马龙，她在玻璃中依稀能够看见有些模糊的自己的脸，她面上明明没有任何表情，但心底的一些情绪却是如此排山倒海。

这晚，林深深也是一样的一夜无眠，她旁边躺的是顾泽诺，她却瞪着天花板想起很多很多关于唐鸣洪的事情。她曾经以为自己已经把那段记忆完全丢失了，原来，它只是被很好地收藏了起来，等待一个契机再被重新打开。她无数次想象过和唐鸣洪再见到时摊牌，会出现些什么样不可预料的场面，尽管一切都早已经被自己策划好了。

没想到昨天的一切都那么自然，唐鸣洪接受得很快，好像他们不过是在上个路口挥了挥手说再见，下一个路口又重新碰到一样。

"唐鸣洪。"林深深在黑暗里轻轻张了张嘴，但并没有发出丝毫的声响，旁边的顾泽诺此时正好翻了个身，睡得更加酣甜。于是，她大着胆子轻念出了他的名字："唐鸣洪，不好意思，我连累你了，真的对不起！"

终于，自己的病情可以严重到让郭浅浅一眼就发现，也终于可以走到最后一个步骤。

林深深成功地让郭浅浅发现自己眼睛出了问题。那天，她打电话让妹妹过来，让妹妹亲眼看见她在公寓楼底的马路边徘徊；看着她一步不错地紧跟着旁边的路人过街；看着她跌跌撞撞地在公寓的社区花园里闪过路人和花坛；看着她在路过园内体育设施时，因为不知道怎么躲避疯跑的小孩，慌乱得像个走失的孩子……

林深深的这一切失常举动，让郭浅浅终于想起那本关于癌症的书，估计就是林深深住在这里的时候落下的。她也想起她那天用来遮挡阳光的她床头柜里那本书居然是同一本。

GPS定位还真是个好东西，顾泽诺教过，郭浅浅也就学会了。所以，再到周末，她顺利地悄悄跟踪林深深去了医院，林深深和医生在诊室里说话的时候，她就躲在外面，咬着嘴唇低着头，假装眼泪没有掉下来。

毕竟是年少，连那些小心思都可以不计前嫌，不留退路，她站在林深深面前问："你到底有没有当我是妹妹？你为什么总是习惯躲避？"一字一句，是郭浅浅从来没有过的镇定，她不知道林深深到底知不知道，其实这些年，自己一直都慌乱地四处逃窜，躲躲闪闪。

大火烧毁了家，带走了父母，双胞胎姐妹只能有一个被亲人领养。人们怜悯的目光，街头巷尾的指指点点，使郭浅浅觉得自己十几岁的芳华刹那间竟到了几十岁的境地。她当然怨恨过，为什么林深深不能陪自己一起挨过去？但后来也算想通了许多，就算有苦，一个人吃也总比两个人一起苦要好很多。

林深深被郭浅浅拦住，怔住当场，她故意地一脸愕然。她怎么会发现不了自己妹妹的一路尾随，她沉默良久才缓缓抬头，对妹妹温和地笑笑："浅浅，要不要一起去看场电影？"

　　"去哪里？"郭浅浅有些微微吃惊，看着她平淡的脸色。

　　"老地方。"林深深眨了眨眼。

　　郭浅浅点点头，把自己的手掌摊在她的面前。

　　林深深用力呼出一口气，闭闭眼才伸手出去摸索了一下，才能够准确抓住妹妹的手指。她们手拉手去了那家陈旧的影院，那间小时候就一起去过的电影院。

　　《泰坦尼克号》应该算是很老的片子，但是这次重新上映却依然获得所有人的热捧，别的电影院早已经没排片了，但这家老电影院一直在播。大家都相约一起回忆，一起怀旧，一起感受那胶片里恒久的情爱。在Rose躺在门板上，生死离别之际，Jack教她要好好活下去的时候，郭浅浅主动在座位里握住林深深的手，顿了顿对她说："我知道了。"

　　她吃惊地转头看着她，据说原来的剧本里的台词是俗套的"我也爱你"，后来被导演临时改成了"我知道了"，就像是郭浅浅想要传达给林深深的亲情爱意，她想对她说"姐姐，我爱你"。林深深不语，咬唇，褪去所有的华丽的装裱，唯独剩下郭浅浅最真实的心意——我知道一切，会认真过好自己的生活。

　　黑暗老旧的影院里，郭浅浅看到林深深的眼里有泪光，如同破碎的水晶一般，闪烁着，晃动着。她望着她，唇角依然有笑："浅浅，我也知道了。"

　　电影结束，当《我心永恒》的悠扬主题曲响起的时候，林深深趁机凑过去在郭浅浅耳边轻轻说："我身体真的快不行了，我不想让顾泽诺知道，如果你可以帮我继续扮演下去，坚持完我和顾泽诺的两年协议，到时候的分手费三千万，我们是可以一人一半的。"

"一人一半？"郭浅浅身体轻轻一震，回过头来看着姐姐，就像看陌生人一般。

"对。"林深深世故地点点头，"最多这样了，最多五五分成。"

郭浅浅提起包包站了起来，凝望着姐姐："你就算全部给我，我都会不要。"

"你的意思是免费帮我吗？"林深深坐在座位里没有动。

"免费？"她低头看着姐姐，不明白她怎么能对这个世界上唯一的亲人如此市侩。

"对啊，我们姐妹情深你不要钱也帮我。"林深深也跟着站了起来。

"是，我不要钱，但也不会帮你，帮你去骗人。"

她抬脚准备走，而林深深一把拉住她的领口，低声说："你还要这样任性下去吗？"林深深的声音已经开始带上了哭腔，"那你就让我去死吧。"她把死字咬得很重，她很无助，"我的身体这样，没有钱怎么办？我可以死的，没有问题的，这样我就可以去找爸爸妈妈了。"

"不要提爸妈。"郭浅浅侧脸打断她，"你要不要说得这么可怜？"

"我说的只是事实，而且你也非常清楚地了解这个事实。"林深深的眼泪开始一颗颗滚落。

"钱真的有那么重要吗？比什么都重要？"其实，郭浅浅是肯定要答应林深深的，不过她还是有些想不开，她还是非想要问问林深深这个问题，这个问题，她早就想问了。

"你问我吗？"林深深用手指指了指自己，她还配合地咳嗽了两声，脸色苍白却勉强微笑着说，"答案是显而易见的，不过我可以给你时间考虑一下的，你可以好好想清楚。"

第七章

人的一生要疯狂一次，

无论是为一个人、一段情、一段旅途，或一个梦想。

学会感激生命中那些艰难的岁月，别把它们当成坏事，

而应当看成是学习、成长的机会。

【一】

新的一周开始，郭浅浅是顶着两个大大的黑眼圈去上班的，虽然林深深说让她考虑一下，让她好好想清楚，但其实根本就没有这个必要。姐姐林深深似乎就只给了自己一个选择，她非常清楚自己只能这么做，帮她，义无反顾。

所以，晚上7点半，郭浅浅就端端正正地坐在电视机前，看着中央电视台的天气预报。据说南方会持续阴雨天气，只不过北京属于北方，依然那么干燥。

郭浅浅把手指放在自己的膝盖上，不安地摩挲着，她不记得自己有没有告诉林深深她还在跟孙艳冷战，嘱咐她再气她几天才能开始跟她讲话。其实她并不知道的是，林深深早就跟孙艳和盘托出，并且，也答应在那三千万的酬劳里，分孙艳一杯羹。有好处，大家分嘛。

顾泽诺此时已经坐在餐桌边等她了，她都不知道是什么时候送过来的外卖，顾泽诺还很有格调地把饭菜都放进了考究的餐具里。郭浅浅看着一桌子的盘盘碗碗就很想哭，这……一会儿可是都要她自己洗的呀！

"吃吧。"顾泽诺就像是封建家长一样宣布开饭，他说了这一句话之后就再没有了想要交谈的意思。不过这样也挺好的，反正郭浅浅也没有那么多话想要跟顾泽诺说，尽管林深深最近拿了很多金融方面的书籍教她，但她觉得自己还是没有办法像姐姐一样跟顾泽诺从创业板一口气聊到希腊的债务危机。

顾泽诺吃饭的修养保持着他一贯的水平，王子级别的。他是如何控制连筷子磕到碗盘都不发出声音的？郭浅浅顿时觉得自己压力山大，因为她遥想起自己跟孙艳在家吃饭的时候，会欢快地抬起一只脚放在另外一张凳子上。就更别提她跟唐鸣洪去夜市吃烧烤，吃得满头大汗，浑身颤抖的奔放和豪爽了。

她不得不努力控制自己，别一不留神咀嚼的声音一下子盖过对面的顾泽诺。她看着盘子里的水晶虾仁，想起这是孙艳最喜欢吃的菜。她甚至还想起前几天孙艳吃完整盘虾仁以后用筷子剔牙，还拍桌子骂着史凯，说让史凯那个臭小子等着，自己一定要出现在他家户口本上，当不了他老婆就做他后妈。

郭浅浅当然就顺势挑上那么一句，告诉孙艳她只能做二奶，因为史凯的妈妈好像应该还健在，而且，孙艳估计都不知道他爸爸今年到底有多大！而当时的孙艳只是愣了一下，赶紧改了口气，承认那也没关系，就算史凯他爸来不及娶自己也没有关系，她会继续努力，她会做他儿媳妇的，反正死也要做他们家的鬼！

想到这里，郭浅浅失声笑了出来，笑得眼泪都流出来了。顾泽诺轻轻放下碗筷问她："吃饭呢，笑什么呢？要喝点儿什么吗？"

郭浅浅抹干眼角赶紧点点头，心里真盼望他能拿出一大杯冰镇可乐或者雪碧，所以，当顾泽诺从厨房里拿回两只高脚杯，淡然问她"要红酒还是香槟"的时候，她就再次想哭了。

"有白水吗？"趁顾泽诺屁股还没有坐稳，她很艰难地问。而他已经坐得稳如泰山，并且根本没有打算站起来的意思，眼皮也不撩一下地说："冰箱里有矿泉水。"

"自己动手丰衣足食。"郭浅浅自我安慰着站起身，拿起两个充满优雅气质的高脚杯去冰箱里拿出依云来。为了配合顾大少爷的气质，她还乖巧地把水只倒进杯中的四分之三满。

顾泽诺喝矿泉水的时候，郭浅浅并没有忘记去偷偷看他，果不其然，他能够把白水也喝出高级红酒的感觉。所以，她有理由相信，他即使是在街边舔可爱多也会舔得无比高贵。

他吃完下桌的时候，并没有忘记风度翩翩地向她点点头，不乏领袖风度地说："辛苦你了。"

郭浅浅当然明白他说的辛苦指的什么——收拾这么一大桌子餐具，最要命的是，她还必须像10086的服务小姐一样热情："很高兴为您服务，不客气。"

幸亏不用说"欢迎您下次再用"。

郭浅浅干完所有的活儿的时候，才9点多钟，她看顾泽诺正在书房的电脑前飞快地敲着键盘，所以她只能打开电视机消磨时间。精致小巧的套房里，两个人共处一室，虽然各干各的，却也应是十分温馨的，这仿佛一直是自己想要的生活状态。

她不敢早早地回房，因为她害怕引发他男性的荷尔蒙，然而时间无可奈何地走到11点的时候，郭浅浅觉得自己实在是受不了了。她想说自己在客厅里睡，当然，她完全没有一个合理的理由。她去卫生间里刷牙、洗脸，连个澡都不敢洗，估计是她觉得洗澡对于顾泽诺都有着特殊的暧昧的含义。

进了卧室，她缩在床的另外一边，郭浅浅还谨慎地从柜子里拿出一床新被子盖上，营造出自己独立的空间。午夜12点，顾泽诺才闷声不响地去厕所洗澡，他躺上床的时候，郭浅浅觉得自己害怕得全身的汗毛通通竖立起来了。

他仅仅只是沉默了那么几分钟，终于还是忍不住过来搂住她。

郭浅浅浑身僵硬，她觉得他的身体每一处都好像在喷火似的，那么炙热。

"今天……今天别了。"她不知道自己为什么要结巴，就好像良心尚存的商家撒谎骗了消费者一样，"我今天身体很不舒服，有点儿累了。"她试图寻找一个合理的解释，其实，她还想加一句"我洗碗洗累了"，不过终究还是没敢。

"嗯……好吧。"顾泽诺拖长了音调，想了一下之后才勉强答应了。

"那个……"可是郭浅浅还在他坚实的臂弯里，她想婉转表达自己的意见。

"就这么睡吧。"顾少爷很快宣布了他的答案，尽管批准了她今天不用跟他发生什么，但并不表示他不能搂着她睡觉。

抱就抱吧，随便吧，郭浅浅摆摆头，说实在的，自己的便宜难道他还没有占够？

【二】

他总是在深夜失眠的时候出神冥想。我们那么拼了命要刻在心上的人，也会在时间里慢慢被磨平，最终忘记了原本的模样，那么，我们记住的是什么呢？顾泽诺不自觉拿起香烟，在镜子里看烟在指缝间燃烧，烟灰不经意之间散落，烫热地滑过他手腕的皮肤。这时，他又会突然清醒过来，慌忙地扔掉并未吸食过一口的烟蒂。

"她只是跟她长得很像，她是她的姐妹，她不是她。"顾泽诺认真告诉自己。

厕所里，他又一次使劲用手捧冷水扑在脸上，然后对着镜子里湿漉漉的面容说："好了，这下你终于可以回去老老实实睡觉了。"

仅仅是比刚才要好些，但还是睡不稳，一直到晨光微露，顾泽诺动了动被她压得有些麻痹了的胳膊，郭浅浅在睡梦中估计是感觉到了，皱着眉头抱怨似的"嗯"了一声。顾泽诺抿起嘴角没有再动弹，轻轻地抬起压在她腿上的自己的腿，还是舍不得真的让她负担自己的身体重量。他只是圈住她，不让她再乱踢乱动。这一夜自己明显睡得比她累很多，好像自己一直在跟什么歹徒搏斗一样，她大概是还不习惯床上有别的人或者心里充满畏惧，所以居然会在睡梦中也紧张地凭着本能去反抗。

她的身体好香好香，抱着她的时候，她会显得这么可爱，这么娇小，细胳膊细腿得就像个小孩子，所以顾泽诺才会忍不住一直盯着她看。就这样一直搂着她躺到了早上8点，顾泽诺看着她睡得粉红的脸蛋，最终还是没有忍心叫醒她。他尽量放低声音起床，穿好衣服收拾好一切之后，准备出门前，又回过头来看了看躺在床上的郭浅浅。因为独霸了整张大床，她睡得一脸的小人得志，整个人都横过来了。顾泽诺好笑地叹了叹气，才眷恋地最后看了她一眼，关好门去公司上班。

而郭浅浅依然愉快地酣睡着，直到日上三竿。在模糊中她听见很遥远的敲门声，像梦，但似乎又很真切，敲门的人还很执着，"砰砰砰"地非要把她敲醒过来。

"谁……谁啊？"她疑惑着，是在敲卧室的门呀，肯定不会是顾泽诺，看看时间，他应该已经去上班了吧？他居然没有叫自己。

"浅浅，已经1点多了，起来吃饭吧，不然就太晚了。"知道她醒了，林深深就直接推开门进来了。

　　　　　第七章

郭浅浅抬头抓了抓自己睡得凌乱的长发，盯着姐姐那张和自己相似的脸："你怎么来了？你不去上班吗？"

"顾泽诺去上班了，我是看着他下楼的，我今天休假，回来收拾点儿要用的东西，你不也是不准备去上班了吗？"林深深坐在床上帮她理了理衣角。

郭浅浅心下有一种被捉奸的感觉，但依然连忙嘴硬道："谁说我不去？只是顾泽诺今天没有叫我起床而已，不怪我的。"

"他？他可是从来都不叫别人起床的。"林深深点点头，"不过，你是顾太太嘛，去不去也没有关系。"

"什么顾太太，你都有名无实了，更何况是我？"郭浅浅用手撑在床上轻笑，"我就更算不上什么了。"

"你不要告诉我你喜欢上顾泽诺了？"林深深斜了她一眼。

"怎么可能？"听她这么说，郭浅浅赶紧解释，还双手交叉抱住自己的肩膀，"他一碰到我我都会浑身发抖，好吧？"

林深深心里凸起一个小小的疙瘩，她伸了个懒腰故作漫不经心地说："那你们那个的时候怎么办？岂不是把床都要抖垮了？"

"我们没有那个过。"郭浅浅霍地从床上站起身来，很郑重地盯着姐姐的眼睛，"我们怎么可能做那样的事？"

"他居然还没有碰过你？"林深深也旋风般跟着站起了身，她咬着指甲看着郭浅浅，"还是，你跟他已经有了什么，你不敢告诉我？没关系的，你说吧，我不怪你的。"

"你什么意思？"她的脸色已经有些发白了，她真的有些生气了。

林深深连忙拍拍她的肩膀，心底有苦涩，脸上却依然是平稳的微笑："你别误会，我的意思是，你这也算是因公负伤。"

"什么因公负伤，你就这样看我？"郭浅浅气急败坏地指了指自己，她看得出来，林深深应该是真的喜欢顾泽诺的，因为现在，姐姐明显就是在吃醋。

"我说了你误会我了嘛。"林深深摇了摇头，"我真的不是这个意思。"

"那你是什么意思？"就算是了解了女人嫉妒心的缘故，但郭浅浅的心里还是很不舒服。

"好吧，你说我什么意思就什么意思呗！"林深深也不想就这个问题跟她继续争执下去，最后就只能发展为吵架。她很快稳定了自己的心绪，按照事先想好的步骤，收拾需要带走的或者需要刻意留下的东西。

缓缓拉开衣柜门的时候，有一种熟悉的味道扑面而来，她看着自己曾经穿过的那些华丽的衣服，轻轻叹气。她一件件轻轻摸过，相信所有人都会贪恋华服的美丽，但是这些林深深一件都不会要了，反正以后也都用不着了。不过自己婚礼上穿的婚纱和帮顾泽诺挑的那件结婚穿的衬衫是一定要带走的，就当是留下一个念想。

"如果你真的喜欢顾泽诺，你还不如开诚布公地跟他说个清楚。"郭浅浅靠在卧室的门框上，看着林深深的目光一直在顾泽诺的衣服上徘徊流连。

说清楚？他们俩早就不可能说清楚了，有些裂缝造成了，即使用502胶水粘好修复也都会有痕迹，即使有破镜重圆的千古佳话，那也不代表他们心里没有芥蒂。她避开郭浅浅的话题，淡淡地开口："你不要告诉我你还想着唐鸣洪。"

听林深深突然这么说，郭浅浅一愣，连忙矢口否认："我没有。"

她点头笑笑："你最好不要这样想，因为他现在是我的男朋友。"

"你说什么？"郭浅浅有些不敢相信，她呼吸急促起来，目光散乱。

"你不是跟他分手了吗？"林深深顿了顿，摊了摊手，"那么我跟他在一起也无可非议啊。"

"你真的喜欢唐鸣洪吗？"郭浅浅眯着眼睛向她走了一步，"你确定吗？"

"确不确定这事你不需要考虑。"她把注意力全部放在那些衣服上，其实款式和颜色已经在瞳孔里模糊了起来，她只觉得脑子轰隆隆的，只能让话语随着既定的对策吐出来，"你怎么那么喜欢管别人的闲事，王准的事是这样的，孙艳的事也是这样的，其实每个人都有自己的想法和行事的风格，不需要别人貌似好心好意地干预。"

郭浅浅冷冷地说："你说得是，我不也是这样吗？"

"对，你说得没错！"她点头肯定她说的话，"你不想管就不要再管下去，就算你对顾泽诺和盘托出我也没关系，至多，我损失的是治病的钱。"竟然在最后，她依然没有忘记提醒妹妹，做什么事情都应该想到后果，直到最后，她也依然利用着郭浅浅的善良。

这样是不是真的很无耻？

没错，自己不是一直都是这样无耻吗？

【三】

外面的天色还没有完全黑透，稀薄的橙黄色让人感觉很宁静，从林深深走以后郭浅浅就一直这样木木的，不想说话也不想动。终于，她像是回神般用力看了看车外的景物，突然有了个疑问："我们要去哪里？"

自己不就是一天没有上班吗？难道他要接自己去公司加个夜班？

本来刚刚接到他电话通知的时候，她就已经做好了随口应付掉他的准备，却没想到顾泽诺根本就没有给她拒绝的机会，丢了一句"我五分钟后在楼下等你"就挂掉了电话。

顾泽诺的脸从上车就一直很沉静，他淡淡地回答她："你在家里窝了一天了，难道你就不怕发霉吗？"

"我没有发霉，真的。"郭浅浅抬起胳膊，当着他的面使劲嗅了嗅自己身上的衣服，"不信你闻闻，我真的没有发霉，没有发霉，我们是不是可以回去了？"

"想回家？想跟我单独相处？你什么时候学会这么主动了？"他手把着方向盘，笑得很邪恶，"那我们现在就回去？我一定会满足你的！"

"哦，别！"她连忙心虚地伸出手替自己按摩了一下太阳穴，完全败下阵来，"你真的想太多了，你想去哪里就去哪里吧。"

郭浅浅从来不曾想象过自己会这样被顾泽诺牵着手在高档的商场里闲逛，每翻开这些品牌的标签看到那一长串数字的时候，都可以让她自己窒息好久。但是，顾泽诺却并不觉得有什么不妥，他表现得很轻松，他的卡可以任由她不断地刷。她左手提着几个购物袋，右手被顾泽诺死死地捏住，花了很多钱以后，他有了作为男人的成就感和满足感。然后他就突然贴着她的额头亲热地问她："老婆，你有没有心跳加速的感觉？"

可是郭浅浅只能感觉到自己的手指快要被他捏得断掉了，她只能硬着头皮小声说："顾泽诺，你可不可以走慢一点儿，我们能不能换个步调前进？"

郭浅浅心里空空的，她只记得唐鸣洪给自己买的早餐奶和他十年如一日干净的笑脸。他们第一次接触，是他递给她那支香草味的冰激凌，手指与手指间不经意地碰到，短短一瞬之间，就有那种触电般惊心的感觉。正想着，手机在她口袋里疯狂振动起来，她连忙掏了出来，赶紧抽出自己被顾泽诺牵着的手，双手捧手机以避过顾泽诺的眼光，因为那是林深深发来的彩信。她点击打开，照片里，林深深的嘴唇亲吻着唐鸣洪的脸颊。

郭浅浅把眼睛睁得大大的，她真的不敢相信自己眼前看到的一切，姐姐是在开玩笑吗？这个玩笑是不是也开得太大了呢？

她甚至呼吸都停止了，虽然努力了再努力，让自己千万不要哭出来，但眼泪已经在眼眶里几度回旋，最终还是大颗滚落下来。她死死闭住眼睛，用力拥抱着旁边的顾泽诺，眼泪沾湿他的大片衣襟。她喃喃自语："我的心跳加速了，很快，快得几乎都快停止了。"

过去的一幕幕似在眼前飞逝而过，像一列开往过去的地铁，再也没有办法回头。

她抱了顾泽诺很久，反正时间不短，她抱完他，看了一眼他平静的脸，一时之间不知道自己该做些什么、说些什么，她只能转头就往商场外面跑，跑到门口她才停下来。她想起自己现在没有地方可以去，难道自己立刻回家，马上碰到林深深和唐鸣洪？

所以，她轻轻叹息，她唯一的最佳选择是老实走去停车场，等待顾泽诺。

他并没追她出来，所以郭浅浅就只能站在车边等他，就这么执拗地等着。

被背叛、被抛弃的自己，还只能选择等待，选择没脸没皮地坚守自己的岗位。顾泽诺不紧不慢地从大门里走出来，他看到郭浅浅脸色灰白地等着他，一点儿也不意外。他在她面前停下，等着她开口解释。

郭浅浅深深呼吸了一下，才轻轻开口："刚才，商场里太闷了。"

"是的。"顾泽诺居然立刻就接受了她这个万分牵强的理由，并且附和道，"这家商场的通风设备一直不怎么好，我也这么觉得，我们下次不要来这里了。"

"哦。"郭浅浅惊讶得嘴巴都张大了，他什么时候变得如此大气、内敛，懂得照顾人的情绪了？而此时他已经拉开了车门，她却还呆呆愣愣地无法说话，其实顾泽诺一开始就已经注意到了郭浅浅的那些表情，隐约猜到了那么几分。他伸手过去握住她冰冷的手指："喂，上车。"

他招呼她，呼唤她，把她正在冰凉中的灵魂给拉了回来。

"我……"顾泽诺看着她，拖着危险的长音，开始解开西服的扣子。已经恢复了常态的郭浅浅立刻就慌忙地又进入了一级戒备。他脱下了西装又开始解开衬衫的扣子，郭浅浅就紧跟着他的动作在心底响起了红色警报。幸好他没有再继续下去，他只是解开了上面两颗扣子，露出衬衣里的白色背心，郭浅浅提到嗓子眼的心又落了回去。不过转念一想，自己真的是多虑了，他就是再怎么豪放，也不可能就在车里马上跟自己XXOO吧。

顾泽诺侧身从后座上拎过来一瓶矿泉水递给她后，才慢慢发动了汽车的引擎。郭浅浅接了过来，抬头对他道谢。她把瓶子拧开，喝了一大口水，沁凉的感觉在一瞬之间游遍了全身，她再面对顾泽诺的时候已经有了一脸淡淡的笑容。不管是为自己的哭泣掩饰，还是为林深深演好这场戏，郭浅浅知道，笑，也许是她现在唯一的选择，这个笑，居然比哭还要令人难受。

顾泽诺慢慢把车滑入主车道，他的注意力好像全部都放在了道路上。他根本就不看她的笑容，过了良久，他才轻轻说："不想笑就不要笑，我不喜欢看着你这样伪装自己。"

"我有吗？"说完，她又小口小口吮着手中的矿泉水。

"我说你有。"顾泽诺皱了皱眉很是肯定地点点头。

郭浅浅握矿泉水瓶的手指收紧了一下，塑料瓶身发出了些轻响。她赶紧控制住自己手指的力量，她不想解释，所以学习林深深最喜欢用的方法，把主动权丢给别人："你说有就有，你说什么就是什么吧！"

"那我想我可以跟你离婚了。"顾泽诺歪了歪脖子，他不得不承认自己心底有些舍不得，就算眼前的她只有和林深深一样的容貌，她并不是她，但他还是觉得舍不得。他知道自己不能把郭浅浅作为林深深的替身，一个想对林深深释放而又不敢释放的爱的替身。这样做，自己是不是太自私？

那瓶水终于因为手指的压力而从瓶子中溢了出来，郭浅浅手忙脚乱地找出纸巾擦拭，边擦着边小心翼翼地轻声确认："你刚才说什么？"

顾泽诺没有重复自己刚才的话，他确信她是听清楚了的，他只是接着详细说道："我明天把合约上约定的金额划到你的账上，离婚协议的事我自会找人跟进的。"

有些事情错了，不是路的坎坷，而是心的疑惑；有些心意定了，可以说服很多人，却始终说服不了自己。你不懂我的沉默，又怎么会懂得我此时的决绝？

【四】

唐鸣洪这天回家的时候在楼梯上摔了一跤，虽说不怎么严重，但是小腿上划出的那一道长长的伤痕，看起来还是有些可怖。他流了血，殷红殷红的："嘿，郭浅浅，林深深说，只有你不在我身边的时候我才最爱你，那么现在你已经不在我身边了。"

他颓然地坐在楼梯上，任血迹慢慢干涸在空气里，他叹着气："郭浅浅，你看，你不在我身边，我还是这么笨。不过也好，你就不会数落我，并且把这个事告诉孙艳，通过她这个花梨村大喇叭让身边所有人都知道我跌倒的糗事。"也许郭浅浅早就已经忘记了过去，就好像唐鸣洪自己也在不知不觉中忘记了很多，当然，除了他们在一起的那些记忆。

他曾经在她居住的小区楼下站了好久，黑夜里，那些窗口黑得就像一个洞，像是要伸出一只冰冷的手把自己整个人给拽进去似的。他忽然觉得它的黑和郭浅浅的眼睛一样深不可测，她的眼神自己大概会一辈子记得吧！

是不是每一个人都曾经有一个躲在黑暗中的守护者，他们就好像是夜间的萤火虫，只在夜色里发光，当然，发亮的也许只是他们手指间烟蒂的星火，但是不管是什么，那簇小小的微光，是不是足够温暖我们很多很多年呢？

唐鸣洪想起他们最后一次见面的那天，郭浅浅那失神的样子，她对自己说："你知道吗？你把我毁掉了。"他们在街上激烈地争论和行走着，这场战争原来已经长达八年之久了，谁又能够保持绝对的完整和无瑕？

说话的时候，唐鸣洪并不知道顾泽诺会出现，把她真正从自己生命里带走，消失不见。就好像他一直都不知道，原来郭浅浅会一直介意自己说过的那些话："你不在我身边的时候，我其实是爱你的。"唐鸣洪吸了口气，他想他开始后悔了，但已经晚了，郭浅浅不在自己的身边，他就算有林深深陪着，常常也会迷路。

顾泽诺同意离婚的事，尽管让林深深出乎意料，但她在接到郭浅浅的短信通知的时候，更多的是一种决然毅然的痛苦。她深刻地明白，快刀斩乱麻，长痛不如短痛。所以此时她就任由自己流泪，嘴里咬着自己的洗脸毛巾用力抽泣。她哭了很久，哭得身体都累了，然后才静静对着厕所里的镜子，仔细端详着自己渐渐疲惫苍白的面容。

　　林深深知道，终于，她需要立刻走了。而此时，孙艳已经在门外敲了好久的门，她不断大声喊："深深，你到底好了没有，我都要尿出来了。"

　　"再等等，再等等。"林深深轻轻抚了抚自己的鬓角，用毛巾擦着红肿的双眼，还是不为所动。肚子里的翻滚越来越厉害了，是可忍，孰不可忍，孙艳抱着自己的腹部继续在客厅里乱转，她仔细观察了一下四周，惊喜地发现了一个名牌的手提袋，看起来很结实的样子。她泪流满面，真的是一个好感人的手提袋啊！

　　孙艳二话不说，猴子偷桃般倒靠在沙发上，利落地捞起了那个袋子，又很迅速地把那个袋子里没有邮戳的信件通通倾倒了出来。然后她把它拿回自己的房间，放在房间的正中央，她郑重其事地蹲了下去，开始爽快地如厕！就在孙艳很没有形象却很惬意地一边上厕所一边哼着小调的时候，林深深终于从厕所里走了出来。她看孙艳的房间门居然没有关，就探了个头过来想告诉她厕所可以用了，结果，她看见孙艳蹲在那里一下下地呼气吸气。

　　林深深掩住鼻子，好气又好笑，她并不准备放过她，她故意躲在门口居高临下地鄙视着她问："孙艳，你在干什么啊？"有时候林深深真的很庆幸自己和郭浅浅有孙艳这么一个好朋友，可以随时让她们的心情豁然开朗。

　　"拉屎。"很显然，孙艳是没有任何底线的，她淡定地从床头摸过来一本时尚杂志，还很有原则地把她最讨厌的那个女明星的访谈撕下来，使劲在手里揉了很久，揉得彻底软了，才干净利索地解决了后续问题。

"好吧，你也真是的，什么事都做得出来。"在林深深的无限感慨之下，孙艳用透明胶带把那个手提袋封得死死的，结结实实的，然后混合着其余的生活垃圾，把它丢进小区内的厨房餐余垃圾桶中。

尽管林深深收拾的东西很少，行李很简便，但仍然让孙艳发现了一些蛛丝马迹。她踮着脚从阳台往外看见林深深跟唐鸣洪消失在小区的门口，就转回身来想给郭浅浅打电话。在电话通了的瞬间，她又连忙挂断，她居然有些害怕听到浅浅的声音。她低着头看着自己的手机屏幕，看见郭浅浅并没有回过来，她意外地，竟然松了一口气。

"如果运气好的话，你现在出门，飞车去机场，就可以赶在林深深和唐鸣洪进机场安检的时候截住他们。他们俩准备远走高飞，私奔出逃。"

这是孙艳刚刚发到郭浅浅手机里的短信，发完之后，她望了望只剩自己一个人的房间，叹了口气。她是邀功似的把这条短信编辑完成的，因为她找不到任何办法来弥补郭浅浅，弥补自己曾经犯过的错误。

此时的郭浅浅正坐在前往机场的出租车里面，司机回过头来告诉她："小姐，你放心好了，现在的路况很好，我们不出三十分钟就一定可以到第三航站楼的。"汽车已经平稳地开上了高速，而郭浅浅突然开始后悔了，她连忙说："师傅，我不去机场了，送我回去吧。"

"回去？"司机有些惊讶，从后视镜里看着她平静的脸。

"是的，回去，但是不是刚才的那个地方。"她新报的是她和孙艳住的出租房的地址，她要回家了，做回郭浅浅。

不得不承认顾泽诺的办事效率很快，他的律师已经通知林深深签离婚协议了。林深深签字很快，签完后她就跟唐鸣洪走了。而她这么一走居然把她所有的社会关系都转到了郭浅浅的身上，就连她原来的手机号码的呼叫转移，也是郭浅浅的电话。

林深深终于如她所说的，不用一天二十四小时都处于作战状态了，她告诉郭浅浅自己很庆幸丢下了顾太太的包袱。她告诉妹妹，以前每次办公室里有哪一个女生跟顾泽诺闹点儿什么小风波、小暧昧的时候，公司的一干人等都会把顾泽诺的所有绯闻对象连同林深深一起列一个详细的表格，从性格、学历乃至于三围都要一一地比对和较量。这种无声的压力几乎让林深深喘不过气来，她不是女超人，当然没有顾泽诺的博士后知己的三个学位，也没有模特180的魔鬼身材，也没有李曼的殷勤小心，更没有他家的钟点工那么会洗衣服做饭。

那些八卦的人就差把顾泽诺的老妈陈淑蓉也拿出来比较了，当然，如果非要比较的话，林深深是立刻举双手认输的，就算她节食保持身材，用心保养，努力钻研学习，放低姿态，也不可能立刻就生育出这个大一的儿子。

【五】

几个小时之后，飞机顺利抵达成都双流机场。林深深在转坐长途汽车前，拉着唐鸣洪特意去春熙路吃了一顿担担面和钟水饺。

林深深小心翼翼地尝试着将那些曾经的故事和心情编织在一起，让它变得更加完整。可是，她立刻就发现这样做只是一种徒劳，自己的青春、自己的过去就如同被摔碎的花瓶，无论自己怎么努力，都没有办法还原和回头。

吃完东西以后，林深深站在中山广场的铜像下，仰望着阳光斜斜地从楼宇与雕像的夹角间倾泻下来，暖暖照在自己的肩头。她给郭浅浅打了一通长长的电话，号码是陌生的号码，她在附近报刊亭随便买的，用完就会扔掉。她告诉妹妹："我终于想通了，钱真的不是最重要的，最重要的是心灵的解脱，我现在跟唐鸣洪在一起，所以彻底解脱了。"

　　"是吗？那么恭喜你们。"郭浅浅冷笑着回复姐姐。

　　"我记得你问过我，唐鸣洪曾经给你回复过一封信。"林深深咬了咬唇。

　　"嗯。"郭浅浅点点头，"不过你不是说你不知道，没看见，没有收到过吗？"

　　"那封信我收到了，截住了，我是怕伤害你，所以没有转交给你。唐鸣洪在那封信里面说你连情书都不会写，还是回去补习补习再说吧！"

　　"那现在呢？你就可以伤害我了，你就可以直接告诉我了？"她捏紧了手中的手机。

　　"不是，不是。"林深深摇了摇头，"其实，我想隐瞒的并不是这个，我的病从哪里来的你知道吗？就是从这封信上来的，我知道，就是从这封信上来的，因为是我把这封信烧掉了，这是老天给我的报应。"

　　"烧掉了？你说你烧掉了？"郭浅浅不由得把手里的手机捏得更紧了一些，她几乎能预感到姐姐也许会说出一些不好的话。

　　郭浅浅猜得果然没错，林深深接下来要说的，是埋藏在她心里这么多年的结。她几乎是用牙齿磨出来的声音："是的，家里的那场大火，爸爸妈妈因为那场大火而死掉。"

　　"你没救了，林深深。"郭浅浅无力地闭上了眼睛。

"是，我曾经以为我没救了，可是我真的不是故意的，我没有想到，当时，我拿着脸盆正烧着那封信，我没想到爸爸会突然叫我，我慌张之下，把那盆子连同带火的信一起塞到了床底下。"林深深无数次想到这段记忆的时候，都恨不得杀掉自己。

"你在害怕？"郭浅浅忍不住问她。

"当然害怕，害怕到要死，你知道我在美国那些日日夜夜是怎么煎熬过来的吗？"林深深点点头，有眼泪从眼眶里不受控制地转出来，抬手很快地一下子抹掉。

"那现在呢？你不害怕了？你就什么都敢说出来了是吗？"郭浅浅努力压制心中的那股火气，她真不想去怪林深深，可是，那场大火不也是自己的一个噩梦吗？

"我补偿你了。"她轻轻吐出了一口气。

"你补偿我了？"郭浅浅问她，她的声音很淡，淡得如眼前涌起的雾一般迷蒙。

"对。"林深深吸了吸气，点点头，"我把那三千万全部留给你，全部，全部，作为我对你的歉疚，作为我对你的补偿。"

"还有话要说吗？"郭浅浅感觉自己都要把自己的嘴唇咬破了，"如果你没有别的话说的话，我就要挂电话了。"

"当然有，你既然独吞了整份，那么你需要帮我做一件事。"林深深努力保持着言语间的冷静。

郭浅浅怒极倒反笑了："你觉得这还有可能吗？"

"有的。"林深深很坚持，"因为也毕竟不是我自己的事，是我婆婆的，是顾泽诺妈妈的。"

"我不会帮你的。"郭浅浅说得很肯定。

林深深早料到妹妹会这样说，她赶紧很快地说："爱帮不帮，你自己决定好了。"

"说完了？好了？那我要挂电话了！"嘴巴里虽然这么说，但郭浅浅还是不敢轻易跟林深深断线，因为她心里能够意识到，也许这就是自己跟姐姐的最后一次通话。

"你说得没错，真爱最重要，真心真意最重要，我有了唐鸣洪还祈求什么呢？"

耳朵里是电话挂断的长音，是林深深主动挂断的，她已经没有办法再说下去，说这些伤害郭浅浅也伤害自己的话。

林深深心思细密，整个事件原本上没有纰漏，但是她没有察觉到一件事。孙艳借用那个装信的手提袋方便的时候，有一封信掉到了沙发底下。她没有来得及把它和其余的东西一起带走。那封信的内容正好与她的决绝完全相反。

因为她在没能寄出去的信纸上跟顾泽诺说了心里最真实的话，她说："顾泽诺，我记得你的脸，所有的表情，你站在昏暗路灯下的执着的眼睛，拥抱我时的紧张呼吸，以及偶尔灿烂雀跃的表情。我记得我从来没有告诉过你，我讨厌你的戒备，讨厌你的市侩，讨厌你母亲的挑剔苛刻。是的，我从来没有说过，我只是安然对着你微笑，做好合约里的一切。我告诉自己我是为了钱，告诉你我是为了钱，但是心告诉我自己，我是很爱很爱你。现在我就要被带走了，所以你自由了，你自由了。"

林深深确实是爱顾泽诺的，因为她将不会再见到他。

【六】

楼道里灯火通明，郭浅浅回家走到五楼拐角的时候，就听到七楼的楼梯间响起了孙艳熟悉的声音，她正在对别人说："到这里就可以了。"

"那……再见。"陌生的男人说着转身下楼，在那一片恍惚的光线里，孙艳抽了抽鼻子。她忽然觉得那男人的背影有点儿……单薄或者孤单。反正有种说不出来的感觉。

"喂……"

男人停住，转过头问："什么？"

孙艳故作轻松地笑笑："路上注意安全，还有……今天，谢谢你！"

"嗯。"男人答应着，下到第六层。

把提包从左手换到右手，孙艳才叹了口气，然后摁响门铃。

"其实，我也刚刚才到家。"郭浅浅从她身后赶上来，边说着边掏出钥匙上前，把门打开，侧身进去的时候，她忍不住故作轻松地说，"这个男人蛮帅的！"

孙艳在她身后负责把房门关好，然后把提包随手扔到了客厅的沙发上，也笑着回她："那……把他让给你好不好？"

"你在开玩笑？"郭浅浅的态度很认真，她摁开了客厅里的电视机。

"你觉得我像是在开玩笑吗？"孙艳收敛住脸上所有的表情，然后从沙发角落找到遥控器递给她。

"这不会是你的补偿吧？"郭浅浅叹了口气，想起今天和林深深的对话。

"如果能够成为我对你的补偿的话，我是愿意的。"孙艳咬住唇轻轻说，"我真的很对不起你，我也不知道自己还可以做什么。"

"我有点儿难过。"郭浅浅打断她的话，她只是胡乱地换着电视频道，从晚间档的新闻调到体育频道，再调到老套的偶像剧……居然没有让自己感兴趣的东西，她索性把遥控器扔飞，让它重新回到沙发的角落。

孙艳去厨房开火烧水，然后又走进客厅靠在门框上："怎么？因为我告别单身，走出史凯的阴影里，而你还在孤单的苦海中继续浮沉？"

"为你的眼光。"郭浅浅轻轻地摇了摇头。

"……"孙艳的眼神疑惑不解。

"你真的认为那个男人很好？"

"你不是刚刚还夸他很帅吗？"

"没品位。"天然气炉灶上的水在这个时候沸腾了，"你根本就不懂得欣赏男人！他根本就没有比唐鸣洪好多少！"

"所以，"孙艳回身去把火关掉，"你为什么不能更好地把握好唐鸣洪？你在后悔？追悔莫及？"

"我真的没有……"郭浅浅抬头看她，自己已经不止一次反复对她解释过了，事情过去就过去了，她不会再怪她，可是孙艳始终不相信。

"那就拜托你赶紧找一个男朋友，让他断掉念想好不好？"孙艳冷静地打断她，"或者说，让你自己断掉念想。"

"这种事儿，不是我想快就可以快的。"她低下头摆弄自己衣角。

"那改天我给你介绍一个男人……我跟你说……"

郭浅浅彻底放弃了在沙发上再坐一会儿的年头，捂着耳朵冲进了自己的卧室。在相对冷静了十几分钟后，孙艳在自己的房门上轻轻地敲了两下，解释道："刚才的那个男人我也不认识，下午回家的时候，我被他开的汽车蹭到，他带我去医院检查完后，送我回家！"

郭浅浅记得自己曾经在一本书上看到过这么一段富有哲理的话：这个世界上的事情都拥有三个面，自己的一面，别人的一面，还有事实真相的一面。所以别人的看法总是别人的，自己的看法那肯定是自己的，但是事实的真相永远都端正地摆在那里，毫无偏颇。

转动的地球，游走的时针，不会因为任何人任何事而停止。

"顾太太，顾先生正在开会。"公司里，人们依然如往日般忙碌，不会因为少了谁而减慢运作。

其实孙艳的意思郭浅浅很明白，什么事情都总有开始和结束，所以她来找顾泽诺，完成一些未完成的事。可是，她的脚还没有踏过前台，李曼就已经走上来拦住了她的去路。

"我不是顾太太。"

"哦，对。"李曼点点头，笑着搓了搓手指，"你们已经离婚了。"

郭浅浅按捺住心中的苦涩，抬头向她微笑着解释道："我不是林深深，我找顾泽诺有事。"

"哦？"李曼仰首，仔细端详着她的脸，然后轻笑，她以为她换了个马甲自己就不认识她了吗？她语气依然礼貌，"那您有预约吗？"

"没有。"她摇了摇头。

"那您给他打个电话好不好？"李曼呼出一口气，欣赏着自己刚刚涂抹了指甲油的指甲，"反正您有顾总的电话的，不要为难我们这些打工的人呗！"

"他电话已经对我的号码禁止呼入。"郭浅浅无奈地弯了弯嘴。

"哦？是吗？这个消息还真的是……"她想说大快人心，但又觉得自己好像不能把得意表现得那么明显，进而试探道，"那您回家等他吧！"

"公寓的门锁顾泽诺也已经换掉了。"郭浅浅看着李曼一脸的幸灾乐祸，她跟她正耐心说着，而会议室的门已经从里面推开，顾泽诺的会议已经散了，他一眼就看到了她，他不悦地皱了皱眉："钱不是给你了吗？应该已经到账了，你还来找我干什么？"

"你听我说，我是郭浅浅不是林深深。"她稳了稳心神向他解释道。

"郭浅浅，你觉得我有那么傻，真的分不出你们两个吗？刚开始也许是这样的，但是，后来慢慢就能够很好区分了。"他对着她目光清冷。

"你知道，那你可以给我点儿时间吗，我想跟你谈点儿事情。"她的态度十分诚恳，看着他的眼睛又连忙补充了一句，"可以吗？"

顾泽诺沉默了几秒，然后飞快地摇了摇头，侧身绕过她就想要走："谈什么，谈生意？你能跟我做多大的生意呢？几百万？几千万？还是几亿？"

她跟着他的步伐而转动身体："我当然没有生意跟你谈，我只想跟你说点儿事情。"

"你知道顾总有多忙吗？你知道顾总的每分钟等于多少钱吗？"他旁边的李曼在此时恰如其分地加入这么些话，当着这么多人，郭浅浅的脸有些发红了。

"我愿意花三千万买你听我说这半个小时的话。"她顶住压力，紧紧捏了捏自己衣服的腰身。

"三千万？"李曼惊讶得张大了嘴巴，声音低低的，"你说的是日元还是越南盾，难道……不会是秘鲁币吧？"

连顾泽诺也露出了些不敢相信的眼神："郭浅浅？你说三千万？"

"如果不够的话，是三千零三万五千八百五十七块五毛。"她从自己的皮包里掏出银行卡，又拿出钱包里所有的现金，她又使劲翻了翻，"哦，不对，是六毛。"

郭浅浅看顾泽诺没有说话，就继续加了一句："这是我全部的家当了，难道还需要我写欠条？你可以开个价的。"

"郭浅浅，有什么话你就说吧，不用在这么多人面前恶心我！"顾泽诺的耐心已经完全被消磨殆尽了，他终于忍不住让她直奔主题。

【七】

他的办公室一如往日般宽敞明亮，郭浅浅踏上绵软的地毯，扶着那巨大的红木办公桌的一角。她的手指触到上了清漆的桌面，是一片微凉。她抬手，从包包里拿出那张早就准备好了的银行卡，懦懦地递了出去："这钱并不算是我花掉了，只是物归原主。"

"这是我答应给你的，就是你的。"顾泽诺看也没有看那银行卡一眼，"好吧，应该说这笔钱是我答应你姐姐林深深的，那么她怎么处理，或者转账给你，是她的决定，我无权去干预，你要物归原主的话，也应该找林深深。"

"那我直说，做儿子的，有些事是不能够假手于人的。"郭浅浅把那卡往桌面上一扔，她想要尽快解决这些事。

"你想说什么就直接说吧。"他只是摸了摸自己的鼻子，闭了闭眼。

郭浅浅点点头，声音很清晰，她几乎是一语中的："其实，顾泽诺，你一直在乎很多人，在乎很多事，但表面上却要装作不在乎。"

"你说什么？"他眯着眼看了看她，旋即轻蔑地笑笑，"你爱说什么就是什么吧。"

"你妈妈要林深深在她死的时候，把这张照片贴身放在她的身上。"她掏出那张林深深留下的黑白照片摊开手递了出去。而顾泽诺转头呆呆看着她，伸手一把接了过来，然后想要把它立刻用力撕掉，却又很快停住了动作，把它扔回到郭浅浅的身边，颓然地说："她要放什么就放什么，我尊重，我不管。"

那张照片此时却轻飘飘地落到了地毯上，落在了郭浅浅脚前。

"我认为她还是希望由自己的儿子来帮她做这件事。"

"你疯了吗？"他的表情近乎咆哮，他过去控住郭浅浅的双臂把她抵在桌上，"我已经足够忍耐，我已经足够孝顺，她还要我怎么样？"

她淡淡地看着他："我只是想解开你的心结！"

"我没有心结！"他暴躁地侧身转脸过去，胸腔激烈地喘息着。

郭浅浅蹲下身子把那张照片捡起来，看着照片上那男子年轻的脸，看着他耸动的背影轻轻说："真的没有吗？"

"你懂什么？"顾泽诺始终背对着她没有回头。

"那我说你听。"郭浅浅抬头看着他挺拔的身形，宽阔的背脊。

"我不想听。"他想用手指捂住自己的耳朵。

"不想听也要听，这个时间是我花钱买的。"她不再去看他。

"你要说就赶快。"他的语气里充满了不耐烦。

"是的，你伤心。"她又看了他一眼，他已经转身过来了，他本来很想表达她说错了，他满脸的不满，但是终究没有说什么，任由郭浅浅继续说下去。

"你难过，因为你一直认为，即使你妈妈最爱的不是你爸爸，也应该是你，她贴身藏的照片应该是你的，可是，你不觉得你很自私吗？"

"我自私？"他旋风般转过来，伸出手指指着自己的脸。

"是，你很自私，因为你很爱你妈妈，但是你有没有设身处地地为她想一想？知道她为什么这么做吗？"郭浅浅眼神清冷。

"因为她爱那个男人超过了爱自己的儿子！"他边说着边微微眯起了眼。

郭浅浅直面他："你错了，大错特错，不可否认她对那个男人有感情，但是，她更爱的一定是你这个儿子。"

顾泽诺只把眼睛看向办公室的一角，态度鄙薄："你又不是她。"

"因为她跟林深深说过，她对这个男人充满了遗憾，所以，她要带着他的照片一起归去。但是，如果上天让她重新选择一次的话，她依然会放弃这个男人，依然会选择你。因为，顾泽诺你是她身上掉下的一块肉，她为你可以牺牲一切，包括这个男人，也包括她的所有。所以，她不得不留给他遗憾，不得不把他的照片深深藏起，因为遗憾！"

"遗憾？"顾泽诺微微眯起了眼，好像突然想通了什么，不能不说，郭浅浅的话让他醍醐灌顶。

郭浅浅继续说道："你的母亲永远不会把遗憾给你，她给了你她能给的一切，所以，她不用带着你的照片遗憾归去，内疚终生。"

"你说完了没有，时间好像已经到了。"他不想再听她说下去，他心底已经有了一些豁然开朗的口子，疼痛却有一丝感动。

"有这么快吗？"郭浅浅抬手看了看手机，其实才刚刚过了几分钟，不过要说的话她已经都说了。顾泽诺已经失神了，她抬手轻轻敲了敲他的手臂，"另外，至于我姐姐林深深是不是爱你，你自己看，自己判断吧。"她又从包包里拿出林深深不小心遗留的那封信放到他眼前的红木办公桌上。

"郭浅浅。"顾泽诺叫住她，看着她晶莹的眼睛然后低了低头，"你还是把这个带走吧。"

郭浅浅立住，只是淡淡地扫了一眼那张铂金色的银行卡，没有说话。而顾泽诺就赶紧加了句不知是解释还是什么的话，他居然还有些吞吞吐吐，"我……我发现我好像只能这么做。"

"其实，你可以做的还有很多。"她轻轻笑了，郭浅浅终于明白为什么自己每次看到他，都觉得在他傲娇的面具下总有一丝落寞，因为他一直都在乎着自己装作不在乎的人和事。

郭浅浅走过去踮起脚尖，拍了拍他的肩膀，他把腰弯下来，把头靠在她的肩膀上，她感觉得到他的完全信任。阳光透过厚重的磨砂玻璃，虚弱地跑了进来。

郭浅浅知道，很多事情，他们都力不从心，无力抗拒，没办法逃避。所以，转身离开的时候，不知道为什么，她很想哭。她知道自己将要彻底离开顾泽诺了，她那么难过，她努力想起他的那些刻薄、那些桀骜不驯，想起他总是喊自己做这个做那个，对她呼来喝去，在她累的时候还让她给他倒茶倒水，给他洗衣服洗碗。那个时候，郭浅浅觉得跟顾泽诺在一起的一切都是噩梦，但不知道为什么，现在却无比想念。

她最后一次转过头来和顾泽诺说："再见。"

他捏了捏她的脸颊："再见，浅浅。"

他又突然伸出手来用力地抱住她，叹了口气，然后在她耳边轻轻说："谢谢你，浅浅。"

走出他办公区域所在的这个楼层的时候，李曼赶出来要送她一程。她连忙摆手说不用了，李曼抢先几步走过去帮她按亮了电梯的下行按钮："这是顾总吩咐的，郭小姐。"

两个人沉默着等着电梯，等电梯门打开的时候，郭浅浅走进去，回身过来，李曼还没有走，她轻轻地说："郭浅浅，他喜欢的是你姐姐林深深，不是你。"

郭浅浅就扯出一个大的笑脸，对她点点头："没错，他喜欢林深深，他不喜欢我，也不喜欢你。"电梯门关闭的那刻，她终于忍不住哭了，任由眼泪流出来，但没发出哭泣声，这样，摄像头也许就录不清楚她的悲伤了。

郭浅浅不知道自己是不是已经放下了关于林深深的一切，关于唐鸣洪的一切，就连孙艳，她也和她恢复了交情。一切就跟什么都没有发生过似的，跟林深深没有回来过，唐鸣洪和顾泽诺从来没有出现过一样。

【八】

孙艳说这是最后一次，最后一次给史凯打电话，一共连续拨出了十多次，他居然一次也没有接，连一条短信也没有回复。她知道，自己再怎么坚持，史凯都不会接她的电话，也许，他正在跟王准缠绵。

孙艳把啤酒当白开水往自己喉咙里灌着，郭浅浅想阻止也没有办法，啤酒虽然酒精浓度很低，可也是酒啊，喝多了也会醉的。

郭浅浅也喝了不少，在朦胧中，她仿佛看见了顾泽诺的脸庞。喝完了酒，她就在想，自己也许是有点儿喜欢上顾泽诺了吧？孙艳也确实喜欢史凯吧？要不，有哪个女孩子会把自己喝成这个样子啊？她们真的是豁出去了吧？

她们平躺在床上，摸着使劲跳动的心脏，想着想着又一起难过起来，她们两个条件都不差啊？凭什么要这么委屈自己呢？

孙艳在旁边说起了胡话，她说她觉得史凯和王准这对狗男女绝对不会长久的。然后，她突然又说，也许自己并不是看得那么准，就像是自己在史凯没有出现的时候，曾经以为把唐鸣洪弄上床，最后就可以把他弄到手似的。可是，现实里哪里有那么多有责任感的男人呢？

现实里，又哪里有自己这么不要脸的好朋友呢？

她边说着，边号啕大哭起来。

而此时她痛恨的王准正安然和史凯睡在同一张床上。其实，她连做梦都梦到史凯的前女友孙艳来追杀自己，其实，她刚刚只是把他的手机调成了静音。其实，孙艳曾经无数次发短信来问他，是否真的不要她了。史凯不知道怎么回复，于是把手机给了王准。

可是，王准也面临难题了，她不知道自己下一次出轨，下一次被物质给迷惑会在什么时候。那么，在那个时候，她希望孙艳还这么喜欢史凯，能够在她去找寻物质的时候，替代自己的位置，好好爱史凯。

她侧身过去，趴在史凯光滑的背上，她想问他，为什么他不是一个很有钱很有钱的人呢？

或者，她想问自己，为什么自己这么物质？这么不要脸？这么放荡呢？

王准轻轻在耳边对史凯说："我好痛苦。"

他没有动，在睡梦中迷糊地说："如果觉得痛苦的话，那就一起死吧。"

史凯不止一次对王准表达过想死的想法，最激进的一次，是他们一起走在大马路上，一起站在马路中央，灯光亮晃晃的，车流往来不息，带着致命的疾驰。

王准确实害怕了，现在回想起来，如果不是她拉住他，他们会不会真的一起殉情而死呢？

不过现在想来，也许能跟他死在一起，也算是好的！

王准这么想着，就紧紧靠在史凯背上，闭上眼睡了。

此时，在距离郭浅浅、顾泽诺、孙艳、王准还有史凯他们有两千多公里的地方，林深深和唐鸣洪正并排靠在长途车的椅背上。唐鸣洪实在忍受不住这样的沉默，也实在担忧林深深的身体，所以才一次又一次推她的肩膀问："你死了吗？"

"啊？"她闭着眼下意识地回答。

他轻轻咳嗽一下："没死，就说句话吧。"

"你真的很烦，我都不知道郭浅浅怎么受得了你？"林深深甩给唐鸣洪一个白眼，将头转到另外一边，闭上眼睛继续睡觉。大巴已经在高低起伏的山路上颠簸了两个多小时。忍住强烈的眩晕感，唐鸣洪眯着眼睛看着窗外一片翠绿的山峰，渐渐感觉到有些后悔。其实做戏也不需要这么认真吧，只要配合林深深的步骤，然后躲在家里就好了，为什么还要天远地远跟她来到这么远？

林深深就像是他肚子里的蛔虫，居然猜出他的想法来："怎么？是不是后悔了？"

他用力摇头否认："当然没有。"

"你不会是对我余情未了吧？"她终于又转回头来，然后嬉笑着凑近他。

"当然更没有。"唐鸣洪简直就要从座位上跳起来，这引起了车厢里其他人的瞩目，他不顾众人的侧目，压低声音解释道，"你知道的，我做这一切都是为了郭浅浅好，你说得没错，心中有刺，就会不舒服。我宁愿背负所有的不好，让她坦然，坦然地跟我分手，去过好今后的日子。"

"你老实点儿坐好好吗？"林深深又一次白了他一眼，"不要这么激动，我知道，你很伟大。"

他听她的话坐好："你也别给我那么大的帽子，我只是顺从我自己的心意。"

"那么，你也是可怜我吧，所以陪着我，送我到我想到的地方。"她半睁眼瞟了他一下。

"谁说的？"唐鸣洪却始终不肯承认，"我只是也想出来旅游一下，看看风景，我当然也怕。北京说大挺大的吧，但是如果不小心碰到郭浅浅，那不是前功尽弃了吗？"

"好吧。"林深深抱着自己的肩膀点点头，闭上眼，"不过，我依然谢谢你。"

他们又坐了四个小时的车到达了目的地，他们要在四川的一个山区里，一起过一段平静而安详的时日。

山里平静的日子居然也可以过得飞快。林深深脸上的红润已经似花般凋谢，最近深夜的时候，林深深越来越频繁地被腹间的疼痛折磨至醒，但是当她听见窗外林海起伏的沙沙声，她想起郭浅浅的笑脸，想起顾泽诺，疼痛的感觉也就轻了很多，心越来越踏实。

她冲着窗外大声地呼喊着："浅浅，你一定过得很好吧？我知道，顾泽诺对你一定会比对我更好，更能给你幸福的。"她低下头，手指抠着斑驳的窗棂，"我现在会想起你们，我想对你们说些什么呢？"

自己想对郭浅浅说些什么呢？她曾经反复地想，反复地想，她发现，不是很多，又或者有很多。不是很多，是因为林深深觉得自己没资格，她从来没尽到一个姐姐的责任，就算是姐妹扶持都没有；想说的有很多，是因为她很想跟郭浅浅分享这里的点点滴滴，但是不可能了，她已经没有多少时间了。

至于顾泽诺，他们真的会在一起吗？

林深深觉得自己的撮合也许不靠谱，又也许靠谱。

也许……有太多的也许不是她自己可以去掌握的了，但至少她曾经试着努力，试着让顾泽诺发现郭浅浅的好。郭浅浅不是为了钱才跟他在一起的，他能够安心了吧？

他所有的怨怼、所有的怀疑都留给她林深深一个人好了。

顾泽诺其实也算是个好男人，所以，把浅浅托付给他，自己也能够安心一点儿吧？原来，人到最后也会心存有私，因为自己做不到的事，总希望别人能够帮自己完成。

不过就算最后他们没能在一起，也不怕，她至少留了点儿积蓄给浅浅，她希望她过得更好。只是委屈了唐鸣洪，背着黑锅，陪着自己。不过，他确实犯过错，伤害过浅浅，每个人都需要为自己做过的错事负责吧？当然，她已经没有任何资格去判定任何事情了。

死，有时候似乎真的是一种解脱。而林深深没有想到的是，病魔反而不是夺取她生命的真正凶手。因为在这个夏天快结束的时候，这个山区里反常地下了三天三夜的连绵大雨，缺少植被的山体滑坡，吞没了好几个村庄，也包括，林深深所在的那个……

几天之后，她的尸体被找了出来，她贴身的衣服里是顾泽诺的照片，右手的掌心里牢牢握着手机，里面储存了一条永远也不会发出去的短信："顾泽诺，我爱你，我希望你别来无恙。"

幸好前两天唐鸣洪就已经离开了这个村庄，因为他半个月前就开始天天嘟囔："如果再不去城里买点儿止痛药的话，那可就真的不成了。"

"不成了？"林深深轻轻笑笑，"大不了就是咱们再见罢了。"

"再见？"他看着她苍白的脸以及越显漆黑的眼。

"下辈子再见呗？"她回看着他一脸被捉弄的无奈。

在林深深被泥石流吞没前那一天，她托唐鸣洪给她拍了张照片，并且让他出去买药的时候，顺便把照片也带出山去。

照片上有湛蓝色的天空，青色的树影，泥黄的围墙，低矮的房屋，她清澈微笑的脸，她被风吹得散乱的漆黑长发，以及她怀里憨态可掬的小狗。她的身边满是仰着头一脸惊喜的山里的孩子们的脸。

照片后面有林深深娟秀的字迹：深深的爱要浅浅地说！

【九】

唐鸣洪把林深深的骨灰带了回来，顾泽诺和郭浅浅一起把她安葬在公共陵园。他亲自给她选的汉白玉墓碑，上面除了刻有"亡妻林深深"几个字，还雕刻着并蒂双生花的花纹。除了这些，唐鸣洪还带回了林深深写的那些未能寄给顾泽诺的信。

郭浅浅最后把这些信都交给了顾泽诺。

其实在这之前，她真的考虑过，要不要把这些都交给他，如果交给了他，他就更无法忘记林深深了吧。如果交给他，他就会知道，原来他和林深深之间有这么多的误会；原来林深深真的是爱他的，很爱很爱他，她所做的一切，都是为了爱他。

每个人都有每个人自己的考虑，每个人做事都有自己的一套方法，每个人都有爱别人的一种方式。林深深把顾泽诺交给自己，何尝不是想把自己也交托给顾泽诺呢？所以，郭浅浅觉得，自己应当理所当然地接受这番好意吧！至少，她终于知道，顾泽诺也是喜欢她的，而她呢，在这些日子的接触后，也觉得他应该是一个值得托付终身的人吧！

反正，自己已经没有了沈晓北，更不可能跟唐鸣洪回到从前，那么，顾泽诺也不失为最好的选择对不对？人都是要选最好的路走的对不对？人都是自私的对不对？

而林深深的信，就像日记一样记述着她对顾泽诺的爱，也记述着她对郭浅浅的爱，更是一种她人生际遇及内心独白的记录。所以，他们在一起，应该是林深深比较乐意看到的结果。而顾泽诺给远在美国遭遇财务危机的姨妈寄支票的时候，郭浅浅给姨妈打了个电话。姨妈听到林深深去世的消息的时候，泣不成声。

林深深信上的几句话被郭浅浅记了下来，她传达给姨妈："你终于成功做了一次自己，不再是金钱和所谓的幸福的俘虏，所以，我学你，学会悔过和补偿，然后以一种局外人的方式去看自己爱的人。能幸福快乐，也是一种幸运！虽然这样坦然生活的日子很短暂，却是最没有负担的，最有目标的，最有意义的，最美的时光！"

林夕曾说，亦舒写过最悲伤的话莫过：当你离开，身体的一部分也随之死亡。

而顾泽诺则以为，随之死亡的那部分一定不是记忆。因为，无论她离开与否，她的过去，会永远留存在自己脑海深处。那些记忆犹如浮木，在他困于生活沉浮时，可以抱紧喘息。

林深深跟自己吵架时认真的样子，她跟他抬杠时的那些表情，以及她在雨中递给他雨伞，在花园里递给他苹果的清冷的笑容……顾泽诺真的以为这些都会因为太过短暂而被忘掉。原来，自己还清晰地记得每一个细节。然后，他会在这些细节里无法自拔，他还会难以自持地想起郭浅浅，也许是因为她们两姐妹太过相像，但更多地，他也会想起郭浅浅自我性格的那一面。她不像林深深那样，事事争先，事事要强。甚至，就算她在跟他赌气的时候，她给他的感觉也是温暖的，她睡觉的时候会嘟起嘴巴毫不设防，而林深深则会整个人蜷缩起来，手脚冰凉。

　　他完全被她们俩弄糊涂了，他不知道自己对郭浅浅的喜欢是不是基于林深深，是不是因为她跟林深深太过相像，是不是他把她作为林深深的替身。所以，最近，除了医院和公司，顾泽诺还常常到郭浅浅的小区楼下报道。不过，过程是隐秘的，时间选在了夜深人静时，他不想她知道他曾经来过。他不想给她太多负担，也不想给自己太多负担。他觉得自己只要这么远远地，远远地看着她房间里透出的光亮就已经很好了。

　　有时候，他也会对着车窗的后视镜，用双手揉一揉自己的脸颊，因为白天的时候，他在公司是一直保持着领导者的微笑的。而现在，他很高兴自己可以不用假装若无其事，不用假装什么都没有发生过。

　　顾泽诺越来越多的时候还是会觉得整个心空落落的，感觉略有些迟钝。有一天工作完了口渴，他买了瓶蜂蜜绿茶，喝了半瓶，他惊恐地发现自己居然没觉得有甜味。他特意将瓶子举到眼前细看，没错，是林深深喝惯的牌子，也是郭浅浅喜欢的那种加了蜂蜜的。还有吃饭，助理送上来的菜他完全食不知味。他不死心，出公司去找了家地道的湖南餐厅，一个人点了好几个菜，当辛辣一下刺激到味蕾，眼泪都快要沁出来时，他笑了，然后点点头对自己说："呵，还好，还好，毕竟这完全可以证明，自己的味觉是没有毛病的。"

　　他就这么一边喝着冰镇酸梅汤，一边吃着口味虾，还一边用纸巾擦着自己不断沁出的泪水和汗水，一个人吃完了超过五人份的这餐饭。走出餐馆时，顾泽诺一个人晃晃悠悠地转到郭浅浅家附近的商场，一层层楼逛完。他沿步行街往前走着，看着橱窗里自己孤单修长的身影。

走到国贸中影影城楼下时，顾泽诺猛然间停下脚步，他想起林深深很爱看电影，而郭浅浅很喜欢在电脑上查询最新的电影上映的信息。他的视线停在大大的招贴上，良久才去买了票。他从来也没有陪她们之中任何一个人好好看过一场电影。他买了票，一直等到检票的时候，看着前面一对对情侣们鱼贯而入，他最终没有进去。他发现，自己居然没有一个人进去看那部电影的勇气。

此时，顾泽诺终于感到了疲惫，在无目的地步行了快三个小时以后。晚餐那种冰凉加辛辣的搭配也在他的胃里开始作怪。他在街边一条长椅上坐下，抵住隐隐作痛的胃，看来来往往的行人从眼前走过，就这么又不知待了多久。在这样一个盛夏的晚上，他穿着长袖的衬衫，居然会感觉到凉意，一阵风吹过，顾泽诺瑟缩了一下，才起身去停车场开车，然后再开去郭浅浅小区的楼下。在挽起袖子扶住方向盘的时候，他对着后视镜苦笑，自己这样究竟算不算是失恋呢？原来，失恋的滋味是这样的。

于是，在深夜的时候，他在她家楼下和往常一样看着她的窗子。他坐在车里抽烟，将收音机声音开得小小的，让主持人的声音几乎低不可闻地在车内回旋，这样似乎显得不至于过于寂寞。终于，她家的灯光灭了，他走出车子，凝视着那扇窗，在心里说："晚安，祝你好梦！"

【十】

时光荏苒，新的一年的夏天很快就到了，同样那么炎热。因为贪凉，郭浅浅和孙艳吹了一夜的风扇，还好她们肚子上盖了薄被，但孙艳的腿还是不小心受了凉。她在医院又是拔罐又是按摩，等一切工序完毕之后，她的腿上竟然出现了一团团青紫色的瘀痕，她走到镜子前的时候，刚刚被医生允许进门的郭浅浅就开始在她面前叹息。

孙艳便白了她一眼："你叹什么气？"

她站在她身后点了点头，回答："你的腿看起来好恐怖。"

"可是我都没有叹气，你叹什么气？"孙艳看着她一副幸灾乐祸却又不敢表露地憋住笑的表情，连忙把自己的双腿藏在窗帘后。而她干脆笑出了声，正色答道："正是因为你没有叹气，所以我才帮你叹气的。"

孙艳用力瞪她一眼，大声嚷道："我不要出门了。"

郭浅浅便温柔地应和着她说："好，我们可以等到夜深了没多少人了再出去。"

于是，她们一起在医院大厅里静坐，她们看着天色一点点变幻，今天的天空不知为何美得几乎失去了真实，深蓝、橘红、浅黄的晚霞层层浸染。而孙艳看着看着，就不知不觉在郭浅浅的腿上睡着了。醒来的时候她已经躺在了自己的床上，她是被郭浅浅背回来的，而整个过程她竟然都不知道。她是不是已经原谅自己了？原来，她也会有这么大的力气。

孙艳很长一段时间里都不敢主动跟郭浅浅说话，因为她害怕一不小心就提到不该提到的人的名字，比如林深深，比如唐鸣洪。所以，她跟郭浅浅最近所有的交流都保留在人与人交流的最初级阶段，她喜欢问她："饿吗？""吃饭了吗？""还饿吗？""睡好了吗？""还要不要再休息一下？"所以，现在，她从床上爬起来的第一件事就是想去找郭浅浅，她曾经那么对不起过的好朋友。她想问她昨天晚上睡得好不好、现在饿不饿、想吃什么，她虽然不会做，但是可以去买。

孙艳推开郭浅浅的房间门的时候才发现，她的床铺被收拾得整整齐齐的，但是人却不在。

郭浅浅去了陈淑蓉养病的医院，她原本以为自己不会再跟陈淑蓉包括顾泽诺见面，因为大家彼此的生活圈子是那么不同。

可是，她没想到的是陈淑蓉会主动打电话给她，要她去看她。她说，她有些话想要跟她说。她还是那么老奸巨猾，她还故意可怜兮兮地说，她相信郭小姐应该不会拒绝一个行将就木的老人的最后要求的。

郭浅浅在敲响医院病房的门以后，给她开门的居然是顾泽诺。很久没见，他看见她也只是淡淡笑笑，她明明发现他眼睛里满是疑惑，但是他还要故意装作若无其事地侧身让她进去。郭浅浅进门以后，陈淑蓉刚刚把看到一半的报纸折好，放在一边。她的精神看起来很好，气色也调养得比前些日子红润了些，一点儿都不像她在电话里表述得那么严重。她放好报纸以后还顺便吩咐顾泽诺："我这病房里也没有什么饮料，你去给浅浅买一瓶绿茶吧，记得，我要喝瓶装的乌龙茶。"

"我不渴！"郭浅浅连忙摆手，"我看看您，这就走。"

"让泽诺去吧，他还要帮我带乌龙茶呢。"陈淑蓉揉了揉太阳穴。而他，早已经去了，她想拦也拦不住了。医院的病房里还是有一股消毒水的味道，很长一段时间，郭浅浅认为自己再也不会见到顾泽诺了，今天见到他，自己心底居然会有一种说不出的亲切与熟悉的感觉。

"我知道，你把一切都告诉了泽诺。"陈淑蓉打破了病房的宁静。

郭浅浅低了低头，手指捏着自己的衣服角："对不起，我知道，我不应该干预您的隐私。"

"那我就不感谢你了。"陈淑蓉嘟了嘟嘴巴。

郭浅浅有些喜出望外，她居然不怪自己，她唯唯诺诺地问："您真的会感谢我吗？"

"当然，因为我一直没有勇气告诉自己的儿子真相，而你帮了我的忙。"陈淑蓉坦然地点了点头，"真的，我很感谢你。"

她很快地轻轻点点头："能帮您忙，我很开心。"

"谢谢你，所以我现在也要告诉你我的傻儿子也许永远也不会主动跟你说的话，他很喜欢你。"陈淑蓉的表情很认真，"当然，你要想好，这也基于他爱你的姐姐林深深。"

郭浅浅张了张口，只是"啊"了一声，然后就看着眼前的陈淑蓉继续冲她和蔼地笑笑。

"为了感谢你，我想送给你一件礼物，礼物放在我们家二楼第三个房间。"

她又"啊"了一声，连忙摇头："真的不需要，真的。"

"真的？"陈淑蓉看了她一眼，"你去看一看吧，这个礼物你接受或者不接受，都请你去看一看好吗？我让顾泽诺送你去，不过，你不可以告诉他我送你礼物的事，到家以后，你直接去二楼那个房间就好了。"

郭浅浅第三次"啊"了一声，心底在想，你到底要不要这么神秘？

但是，她最后还是听了陈淑蓉的话，让顾泽诺开车送她去他家的别墅。在他还没有关好车门的同时，她就抢先去了二楼那个房间。

屋子很干净，有熟悉的味道，很长一段时间，郭浅浅也曾经认为自己再也不会回到这里来了。走廊的转角就是陈淑蓉说的那个房间。门轻轻一推就开了，瞬间，世界沉寂。

一屋子的画像。墙上、地上、架子上，放的都是画像，被描绘的女孩很美，美得让郭浅浅都不得不怀疑那是不是自己了。当然，她能够确认，这些画的就是自己，不是她自作多情，因为，画中人的服饰都是哆啦A梦的T恤和牛仔裤，不是姐姐林深深的职业裙装。

顾泽诺，他到底是带着什么样的心态画的呢？

而且，仅仅一年的时间，怎么会画这么多？这么多？

"浅浅，你怎么一下子就跑到了这个房间？妈妈不是说你只是来拿林深深落下的东西吗？"难以置信的声音在背后响起，是紧跟在她身后的顾泽诺。

她猛地转身，看到他就站在走廊口，神色有几分迷离。天还是很热，他却穿着长袖，显得那么不和谐。

郭浅浅感觉到自己全身都开始颤抖，她冲上去，在离他有一米多一点儿的地方停下。

他向前一步，打破这么一点点的距离，用力抱住她。

眼泪就这样毫无预兆地掉落下来，她也回手抱住他，脸埋进他怀中。

"我这样做到底有没有错？"她轻轻问他。

"我也不知道，到底有没有错，而我更怕的是，这样好像对你不公平。"顾泽诺淡淡地点点头，有一种情感开始充斥脑海，酸楚而带点儿怜惜。

如果爱，并且已到了非爱不可的地步，又何必问它是否应该、是否值得？

在感情的世界里，所有人都不可能一尘不染，百分百完美对不对？就如同人生，人人都有不如意事，事事皆有不完美的瑕疵，所以，坦然接受，就是对自己的宽容。

林深深临终前拍的那张照片，被郭浅浅贴身收了起来。

姐姐在照片里会永远微笑地看着她的，她肯定。但在她每天拿出来看一下，然后收起这张照片的时候，泪水还是不能控制地淹没了她的眼眸。